JULES
VERNE
BEST
COLLEC
TION

쥘 베른 베스트 컬렉션

*

신비의 섬 3

김석희 옮김

L'Île mystérieuse

열림원

"내가 전에 어떤 이름을 썼는지 알고 있소?"

"알고 있습니다. 이 놀라운 잠수함의 이름도 알고 있지요."

"나는 30년 동안 바깥세상과 인연을 끊고 깊은 바다 속에서 살았지."

"저는 선장님이 그런 삶을 산 동기가 무엇이었는지 모릅니다.
제가 알고 있는 것은 우리가 지금까지 살아남을 수 있었던 것은
선량하고 너그럽고 강력한 분의 덕택이라는 것입니다.
그 강력하고 너그럽고 선량한 분은 바로 당신입니다!"

"그렇소. 바로 나요."

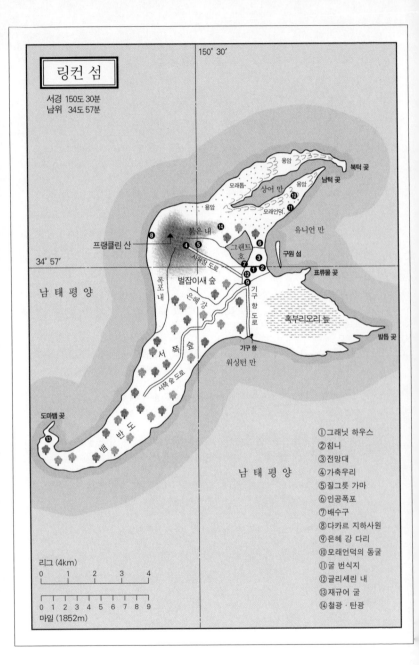

링컨 섬

서경 150도 30분
남위 34도 57분

150° 30′

북턱 곶

남턱 곶

웅암

상어 만

모래톱

웅암

모래언덕

웅암

유니언 만

붉은 내

프랭클린 산

34° 57′

그래트 호

구원 섬

표류물 곶

남 태 평 양

시육정 도로

벌잡이새 숲

폭포 내

은혜 강

기구 항 도로

혹부리오리 늪

발톱 곶

서 쪽 숲

서쪽 숲 도로

기구 항

위싱턴 만

남 태 평 양

도마뱀 곶

뱀 반 도

① 그래닛 하우스
② 침니
③ 전망대
④ 가축우리
⑤ 질그릇 가마
⑥ 인공폭포
⑦ 배수구
⑧ 다카르 지하사원
⑨ 은혜 강 다리
⑩ 모래언덕의 동굴
⑪ 굴 번식지
⑫ 글리세린 내
⑬ 재규어 굴
⑭ 철광·탄광

리그 (4km)

0 1 2 3 4

0 1 2 3 4 5 6 7 8 9

마일 (1852m)

제 3부
섬의 비밀

1

파멸이냐 구원이냐?―다시 불려온 에어턴―중대한 의논―
수상한 배―경계태세를 취하다―배가 다가오다―
한 발의 포성―배가 섬 앞에 닻을 내리다―2일밤

2년 전에 기구 조난자들은 링컨 섬에 내던져져, 지금까지 인간
사회와 어떤 연락도 취하지 못했다. 신문기자인 기디언 스필렛
이 인간 사회와 연락을 취하려고 자신들이 어떤 처지에 놓여 있
는지를 적은 편지를 바닷새에 맡긴 적이 한 번 있었지만, 그 편지
에 진지하게 기대를 거는 것은 무리다. 앞에서 말한 상황에서 에
어턴이 이 작은 개척지의 새로운 식구로 추가되었다. 그런데 바
로 그날(10월 17일), 평소에는 텅 비어 있는 바다, 섬에서 보이는
해상에 뜻밖에 다른 인간들이 모습을 나타낸 것이다.

그것은 의심할 여지가 없었다. 배였다! 하지만 그 배가 먼 바
다를 지나갈 뿐인지, 아니면 항구에 들르려 하는지는 아직 알 수
없었다. 물론 몇 시간만 지나면 그게 어떤 사정인지 파악할 수 있
을 것이다.

사이러스 스미스와 하버트는 곧 그래닛 하우스의 대청에 스필
렛과 펜크로프와 네브를 불러 지금까지의 경과를 알려주었다.

펜크로프는 당장 망원경을 들고 수평선을 둘러보다가, 사이러스가 가르쳐준 해상의 한 점에서 딱 멈추었다. 사진의 음화에 희미한 얼룩을 만든 바로 그 점이다.

"이게 무슨 일이지? 진짜 배야!" 펜크로프가 말했지만, 목소리에서는 기쁜 기색이 별로 느껴지지 않았다.

"이쪽으로 오고 있나?" 스필렛이 물었다.

"아직 모르겠습니다. 수평선 위에는 돛대만 보일 뿐이고, 선체는 전혀 보이지 않아요!" 펜크로프가 대답했다.

"어떻게 하면 좋을까요?" 하버트가 물었다.

"기다려봐야지." 사이러스가 대답했다.

개척자들은 상당히 오랫동안 입을 다물고 있었다. 그들은 링컨 섬에 온 뒤 지금까지 일어난 사건들 가운데 가장 중대한 이 사건이 저마다 마음속에 불러일으킨 온갖 생각, 온갖 감동, 온갖 경계심, 온갖 기대감에 몸을 내맡기고 있었다.

물론 개척자들은 황량한 외딴 섬에 표착한 종래의 조난자들과 같은 처지에 있었던 것은 아니다. 보통 조난자들은 심술궂은 자연과 싸우면서 자신의 생활을 지키려고 애쓰고, 인간이 사는 대지로 돌아가고 싶다는 욕구에 끊임없이 시달린다. 하지만 링컨 섬의 조난자들 중에서도 특히 펜크로프와 네브는 자신들이 더없이 행복하고 풍족하다고 생각했기 때문에, 섬을 떠나야 한다면 오히려 그것을 유감스럽게 생각했을 것이다. 그리고 그들은 이 섬에서 일군 새로운 생활, 자신들의 지혜와 노력으로 문명화한 이곳 생활에 완전히 익숙해져 있었다. 그렇기는 하지만, 결국 그 배는 대륙의 소식 자체였다. 어쩌면 그들을 데리러 온 조국의 배인지도 모른다! 그 배에는 그들과 같은 인간이 타고 있다! 배를 보고 모두 가슴이 두근거린 것도 이해할 수 있을 것이다.

이따금 펜크로프는 망원경을 손에 들고 창가에 진을 쳤다. 그리고 주의를 집중하여 배를 관찰했다. 배는 동쪽 해상 30킬로미터 지점에 떠 있었다. 개척자들은 자신들의 존재를 알릴 수단을 전혀 갖고 있지 않았다. 깃발을 올려도 배에서는 보이지 않을 것이고, 총을 쏘아도 들리지 않을 것이다. 불을 피워도 연기는 보이지 않을 것이다.

그래도 프랭클린 산이 솟아 있는 이 섬이 배에서 망을 보는 파수꾼의 눈에 들어가 있을 것은 확실했다. 하지만 왜 그 배는 이쪽으로 다가오려 하고 있을까? 태평양의 이 해역에는 타보르 섬을 제외하면 지도에 어떤 섬도 실려 있지 않은데, 그 배가 이곳에 온 것은 단순한 우연일까? 폴리네시아의 섬들과 뉴질랜드, 아메리카 대륙을 잇는 원양 항로의 배들이 보통 택하는 루트에서 그 배가 벗어나 있는 것도 단순한 우연일까?

모두가 마음에 품은 이 의문에 대답하듯 하버트가 갑자기 외쳤다.

"저건 '덩컨' 호가 아닐까요?"

'덩컨' 호는 글레나번 경의 배다. 글레나번 경은 에어턴을 타보르 섬에 부려놓고 갔지만, 언젠가는 다시 데리러 오겠다고 말했다. 그런데 타보르 섬은 링컨 섬에서 그렇게 멀리 떨어져 있지 않으니까, 타보르 섬으로 가는 배가 링컨 섬이 보이는 해역을 지나갈 수도 있다. 두 섬은 동서로 240킬로미터, 남북으로 120킬로미터 정도밖에 떨어져 있지 않다.

"에어턴에게 당장 알려야겠군." 스필렛이 말했다. "바로 불러들이세. 저게 '덩컨' 호인지 아닌지 알 수 있는 사람은 에어턴밖에 없어."

신문기자는 가축우리와 그래닛 하우스를 연결하는 전신기로 가서 전보를 쳤다.

'빨리 오라.'

몇 분 뒤에 벨이 울려 답신이 도착했음을 알렸다.

에어턴은 '곧 가겠다'는 전보를 보내왔다.

그뒤에도 개척자들은 계속 배를 관찰했다.

"저게 '덩컨' 호라면……" 하버트가 말했다. "에어턴이 오면 간단히 알 수 있을 거예요. 한동안 그 배를 타고 있었으니까."

"'덩컨' 호라는 걸 알면 에어턴은 무척 감격할 거야." 펜크로프가 덧붙여 말했다.

"그래." 사이러스가 받았다. "지금 에어턴은 '덩컨' 호에 탈 자격을 충분히 갖추고 있네. 그러니까 제발 저 배가 글레나번 경의 배였으면 좋겠군. 다른 배라면 아무리 봐도 수상해. 이 근처 바다는 보통 배가 지나다니지 않으니까, 이 섬에 오는 게 말레이의 해적선이 아닐까 걱정이야."

"우리는 해적을 물리칠 수 있을 겁니다!" 하버트가 외치듯이 말했다.

"물론이지." 사이러스가 빙긋이 웃으면서 대답했다. "하지만 해적과 싸울 필요가 없었으면 좋겠군."

"지켜볼 수밖에 없어요." 스필렛이 말했다. "링컨 섬은 선원들한테 알려져 있지 않아요. 상자에 들어 있던 지도에도 실려 있지 않을 정도니까요. 그러니까 어떤 배가 생각지도 않게 이 새로운 섬을 발견했다면, 여기서 멀어지기보다는 오히려 가까이 다가와서 조사해보려고 하지 않을까요?"

"그래요." 펜크로프가 대답했다.

"나도 그렇게 생각하네." 사이러스가 말했다. "아직 지도에 실려 있지 않은 육지나 섬을 발견하면 그것을 세상에 알리거나 확인하는 것은 선장의 의무라고까지 말할 수 있지. 링컨 섬은 거기에 해당돼."

"그럼 저 배가 다가와서 수백 미터 떨어진 곳에 닻을 내리면 우리는 어떻게 하죠?" 펜크로프가 말했다.

이 갑작스러운 질문에 처음에는 아무도 대답하지 않았다. 하지만 사이러스는 잠깐 생각한 다음, 여느 때처럼 침착한 어조로 대답했다.

"우리가 할 일, 지금부터 해야 할 일은 이런 걸세. 우선 저 배와 연락을 취하고 배에 올라탄다. 그리고 우리는 미국의 이름으로 이 섬을 영유했다고 선언한 뒤, 섬을 떠난다. 나중에 우리와 행동을 같이할 사람들과 함께 이 섬으로 돌아와 정식 식민지로 삼고, 태평양의 이 해역의 주요 거점을 미국에 바친다!"

"만세!" 펜크로프가 외쳤다. "그렇다면 조국에 바치는 훌륭한 선물이 될 겁니다! 이 섬은 벌써 식민지로 완성된 거나 마찬가지예요. 모든 지형지물에 이름이 붙어 있고, 천연항과 급수장, 도로, 전신기, 조선소, 공장도 있어요. 남은 일은 지도에 링컨 섬을 그려넣는 것뿐이잖아요!"

"하지만 우리가 섬을 비운 동안 누군가가 섬을 빼앗으면 어떡하지?" 스필렛이 물었다.

"그건 절대 안 될 일입니다!" 선원이 외쳤다. "나 혼자만이라도 섬에 남아서 이곳을 지키겠습니다. 펜크로프의 명예를 걸고, 주머니에서 회중시계를 도둑맞듯 섬을 도둑맞지는 않겠습니다!"

한 시간이 지나도 그 배가 링컨 섬으로 오고 있는지 어떤지는 단언할 수 없었다. 확실히 거리는 더 가까워졌지만 방향은 어떨까? 그것은 펜크로프도 알 수 없었다. 북동풍이 불고 있으니까 그 배는 바람을 우현에 받으면서 달리고 있을 것이다. 그 바람은 섬으로 다가오려는 배에는 더없이 좋은 순풍이었다. 이렇게 잔잔한 바다라면 수심이 적혀 있는 지도가 없어도 안심하고 다가올 수 있었다.

전보로 부른 지 한 시간 뒤인 네 시쯤 에어턴이 그래닛 하우스에 도착했다. 대청에 들어오자 그가 말했다.

"불러서 왔소."

사이러스는 여느 때처럼 악수를 나눈 뒤 에어턴을 창가로 데려갔다.

"에어턴, 중대한 이유가 있어서 불렀네. 실은 섬에서 배가 보인다네."

에어턴은 처음에는 얼굴이 약간 창백해지고 눈이 흐려졌다. 그는 창 밖으로 몸을 내밀고 수평선을 훑어보았지만 아무것도 보지 못했다.

"이 망원경을 써보게." 스필렛이 말했다. "잘 보게, 에어턴. 어쩌면 저 배는 자네를 다시 데려가려고 이 해역에 온 '덩컨' 호인지도 몰라."

"'덩컨' 호가! 벌써?" 에어턴이 중얼거렸다.

'벌써'라는 말은 무심코 튀어나온 모양이다. 그는 두 손으로 얼굴을 가렸다. 12년 동안이나 무인도에 버려져 있었는데도 충분히 속죄하지 못했다고 생각하는 것일까? 죄를 뉘우치고 있는 이 죄인은 자신에게도 남에게도 아직 용서받지 못했다고 느끼고 있는 것일까?

"아니야! 저건 '덩컨' 호일 리가 없어." 에어턴이 말했다.

"잘 보게, 에어턴." 사이러스가 말했다. "우리가 어떻게 해야 할지, 미리 알아두는 게 중요해."

에어턴은 망원경을 들고 가르쳐준 방향으로 돌렸다. 몇 분 동안 그는 꼼짝도 하지 않고, 한마디도 하지 않은 채 수평선을 관찰했다. 그리고 마침내 이렇게 말했다.

"배인 것은 확실하지만 '덩컨' 호 같지는 않아요."

"'덩컨' 호가 아니라는 걸 어떻게 아나?" 스필렛이 물었다.

"'덩컨' 호는 기선이오. 그런데 저 배에는 연기가 보이질 않아요."

"돛으로만 달리고 있는 게 아닐까?" 펜크로프가 물었다. "이쪽 방향으로 오고 있다면 순풍이니까. 그리고 이곳은 어떤 대륙에서도 멀리 떨어져 있으니까 연료를 절약하는 게 좋지."

"그럴지도 모르지." 에어턴이 대답했다. "불을 껐을 뿐인지도 몰라. 좀더 해안으로 다가오면 어떤 배인지 알 수 있을 텐데."

이렇게 말하고 에어턴은 대청 구석에 앉아서 입을 다물어버렸다. 개척자들은 낯선 배에 대해 다시 이것저것 이야기를 나누었지만, 에어턴은 그 대화에도 끼어들지 않았다.

모두 자기 일을 계속할 기분이 아니었다. 스필렛과 펜크로프는 특히 신경이 곤두서서 가만히 앉아 있지 못하고 방을 오락가락하고 있었다. 하버트는 오히려 호기심이 강해져 있었다. 네브만은 여느 때와 다름없는 침착성을 유지하고 있었다. 주인이 있는 곳이 제 조국이라는 것일까? 사이러스는 깊은 상념에 잠겨 있었다. 사실 그는 그 배가 다가오기를 바라기보다 두려

에어턴은 망원경을 들고……

위하고 있었다.

그러는 동안에도 배는 조금씩 다가오고 있었다. 망원경으로 들여다보면 원양선이 분명했다. 태평양에서 흔히 해적선으로 쓰이는 말레이의 프라우선*은 아니다. 사이러스의 걱정과는 달리, 링컨 섬 앞바다에 나타난 배는 위험한 존재는 아닌 듯했다. 펜크로프는 유심히 관찰한 뒤, 저 배는 브리그선**이 분명하다고 말했다. 배는 큰 가로돛과 중간돛과 윗돛을 모두 펴고 바람을 우현에 받으면서 비스듬히 해안으로 다가오고 있었다. 에어턴도 그것을 확인했다.

하지만 그대로 계속 달리면 배는 '발톱 곶' 너머로 숨어버릴 것이다. 배가 남서쪽으로 나아가고 있었기 때문이다. 관찰을 계속하려면 '기구 항'과 가까운 '워싱턴 만'의 고지대로 올라가야 한다. 하지만 벌써 오후 다섯 시니까, 이제 곧 어스름이 찾아와 관찰하기가 어려워질 것이다.

"밤이 되면 어떻게 할까?" 스필렛이 물었다. "불을 피워서 이곳에 우리가 있다는 걸 알릴까?"

그것은 중대한 문제였다. 사이러스는 아직도 불길한 예감을 갖고 있었지만, 결국 불을 피우기로 결정되었다. 밤사이에 배는 모습을 감추고, 그대로 멀어져버릴지 모른다. 그 배가 사라지면 언제 또 다른 배가 링컨 섬 근처에 나타나겠는가? 그렇게 되면 개척자들의 미래가 어떻게 될지 아무도 예상할 수 없지 않은가?

"그래. 저 배가 어떤 배든 이 섬에 사람이 살고 있다는 걸 알려주어야 돼." 스필렛이 말했다. "우리한테 주어진 이 기회를 놓치

* 프라우선_ 이물과 고물이 뾰족한 쾌속 범선.
** 브리그선_ 쌍돛대 범선.

면 나중에 후회하게 될 거야."

그래서 네브와 펜크로프가 '기구 항'으로 가게 되었다. 밤이
되면 브리그선 승무원들의 주의를 끌 만큼 밝은 불을 피우려는
것이다.

그런데 네브와 펜크로프가 그래닛 하우스를 막 나가려는 순간
배가 갑자기 방향을 바꾸어 분명히 링컨 섬을 향해 '유니언 만'
으로 뱃머리를 돌렸다. 브리그선은 꽤 속도가 빨라서 거침없이
다가왔다.

네브와 펜크로프는 출발을 미루었다. 에어턴은 망원경을 들고
그 배가 '덩컨' 호인지 확인하려고 했다. 스코틀랜드의 '덩컨' 호
도 브리그선이었다. 해상에 나타난 배의 쌍돛대 사이에 굴뚝이
서 있는지를 확인하면 된다. 배는 이제 15킬로미터 정도밖에 떨
어져 있지 않았다.

시야는 아직 밝았기 때문에 조사하는 것은 간단했다. 에어턴
은 망원경을 내리고 이렇게 말했다.

"저건 '덩컨' 호가 아니오! '덩컨' 호일 리가 없어요……."

펜크로프는 다시 망원경 시야에 브리그선을 포착했다. 300톤
에서 400톤쯤 되는 배였다. 날렵하고 멋진 선체에 튼튼한 돛대를
갖추어 아주 달리기 쉽게 만들어져 있었다. 빠른 속도를 낼 수 있
을 것이다. 하지만 어느 나라 배일까? 아직은 단언할 수 없었다.

"깃발은 돛대에 펄럭이고 있지만……" 선원이 말했다. "색깔
은 보이지 않아요."

"30분만 지나면 분명해질 걸세." 기자가 받았다. "그리고 저
배의 선장은 분명 이 섬으로 올 작정이야. 그러니까 오늘은 몰라
도 늦어도 내일은 어느 나라 배인지 알게 되겠지."

"그래도 어떤 자들이 저 배에 타고 있는지, 되도록 일찍 아는 게 좋아요. 그러니까 저 배의 깃발을 보고 국적을 미리 알 수 있으면 좋은데!"

이렇게 말하면서 펜크로프는 망원경을 눈에서 떼지 않았다.

날이 저물기 시작하자 난바다에서 불어오는 바람도 가라앉았다. 브리그선의 깃발은 전보다 처져서 밧줄에 휘감겼기 때문에 식별하기가 더 어려워졌다.

"미국 깃발은 아니야." 펜크로프가 중얼거렸다. "영국 깃발도 아니고, 붉은색이 안 보이니까 프랑스나 독일 깃발도 아니고, 흰색이 들어간 러시아 깃발도 아니고, 노란색이 들어간 에스파냐 깃발도 아니고…… 한 가지 색으로 이루어진 깃발 같은데…… 이 해역에서 흔히 보는 깃발이라면…… 칠레 깃발인가? 하지만 칠레 깃발은 삼색기이고…… 브라질 깃발은 초록색이 들어가 있고…… 일본 깃발은 검은색과 노란색이야…… 그런데 저 배의 깃발은……."

이때 바람이 불어 정체 모를 깃발이 펄럭였다. 에어턴은 선원이 내려놓은 망원경을 움켜잡고 눈에 갖다댔다. 그리고 나직한 목소리로 조용히 말했다.

"검은 깃발이다!"

과연 브리그선 돛대에서는 거무스름한 헝겊이 펄럭이고 있었다. 이렇게 되면 당연히 수상쩍은 배라고 볼 수밖에 없다.

그러면 사이러스의 예감이 옳은 것일까? 저 배는 해적선일까? 이 근처 바다를 휩쓸고 다니는 말레이의 프라우선과 경쟁하듯 태평양 남쪽 해역에서 해적질을 일삼고 있을까? 링컨 섬에 와서 무슨 짓을 하려는 것일까? 지금까지 세상에 알려지지 않은 이 섬

"검은 깃발이다!"

이 약탈한 물건을 숨겨두기에 안성맞춤이라고 생각하고 있을까? 겨울 동안 대피할 항구를 찾으러 온 것일까? 개척자들이 세운 훌륭한 영토가 더러운 피난처, 태평양 해적의 소굴로 변하고 말 것인가?

개척자들의 마음에는 직감적으로 이런 의문들이 차례차례 솟아났다. 그 배에 펄럭이는 검은 깃발이 무엇을 의미하는지는 생각할 필요도 없었다. 그것은 바로 해적들의 깃발이었다! 전에 탈옥수들이 범죄행위에 성공했다면 '덩컨' 호에도 이런 검은 깃발이 펄럭이고 있었을지 모른다.

그들은 당장 의논을 시작했다.

우선 사이러스가 말했다.

"저 배는 그저 섬 해안을 보고 싶어할 뿐이고, 해안에 상륙하지는 않을 걸세. 그러면 운이 좋은 거지. 어쨌든 전력을 다해 우리 존재를 감추어야 하네. '전망대'에 세운 풍차는 금방 눈에 띌 테니까, 에어턴과 네브는 가서 풍차 날개를 떼어주게. 그래닛 하우스의 창문도 잎이 무성한 나뭇가지로 감추기로 하세. 불도 전부 끄고, 요컨대 이 섬에 사람이 살고 있다는 걸 드러내지 않도록 하세."

"우리 배는 어떡하죠?" 하버트가 물었다.

"우리 배는 '기구 항'에 들어가 있으니까 저놈들한테는 보이지 않아."

사이러스의 지시는 당장 실행에 옮겨졌다. 네브와 에어턴은 '전망대'로 올라가서 사람이 살고 있는 흔적을 감추기 위해 필요한 조치를 취했다. 두 사람이 이 일을 하는 동안, 다른 동료들은 '벌잡이새 숲' 가장자리로 가서 많은 나뭇가지와 덩굴을 그래닛 하우스로 가져왔다. 멀리 떨어진 곳에서는 잎이 무성한 나무로 보일 것이고, 이것은 암벽에 뚫린 창문을 교묘히 감추어줄 것이다. 또한 불의의 공격에 대비하여 당장이라도 사용할 수 있도록 탄약과 무기를 준비해두었다.

이런 준비가 다 끝나자 사이러스는 이렇게 말했다(그 목소리에서는 흥분한 기색이 느껴졌다).

"저놈들이 섬을 빼앗으려 들면 우리도 끝까지 섬을 지키세. 어떤가?"

"당연하죠." 기자가 대답했다. "여차하면 모두 죽을 각오로 섬을 지킵시다!"

사이러스는 동료들에게 손을 내밀었다. 모두 넘치는 감정으로 그 손을 맞잡았다.

오직 에어턴만은 방구석에 앉아 개척자들의 이야기에 끼어들지 않았다. 일찍이 유형수였던 그는 아직도 개척자들 속에 동료로 낄 자격이 없다고 생각했다.

사이러스는 에어턴의 마음을 알았기 때문에 그에게 다가가서 이렇게 물었다.

"에어턴, 자네는 어떻게 할 텐가?"

"내 의무를 다하겠소." 에어턴이 대답했다.

그후 그는 창가에 진을 치고 나뭇잎 사이로 배를 감시했다.

일곱 시 반이 되었다. 태양은 20분 전에 그래닛 하우스 뒤쪽으로 모습을 감추었다. 동쪽 수평선은 조금씩 어두워졌다. 한편 브리그선은 여전히 유니언 만을 향해 다가왔다. '전망대'에서 보면 직선거리로 12킬로미터도 떨어져 있지 않을 것이다. 배는 '발톱곶'까지 와서 방향을 바꾼 뒤, 밀물을 타고 북상하고 있었다. 이

거리라면 벌써 드넓은 유니언 만 안에 들어와 있다고 말할 수 있다. '턱 곶'에서 '발톱 곶'까지 똑바로 선을 그으면 그 선은 배의 우현 뒤쪽과 만날 것이다.

브리그선은 그대로 유니언 만 안으로 침입해 들어올까? 이것이 첫 번째 문제였다. 만 안으로 들어오면 거기에 닻을 내릴까? 이것이 두 번째 문제였다. 해안을 둘러본 뒤, 그것으로 만족하고 선원들을 상륙시키지 않은 채 다시 난바다로 돌아갈까? 앞으로 한 시간만 지나면 답을 알게 될 것이다. 개척자들은 그저 가만히 기다릴 수밖에 없었다.

사이러스는 검은 깃발을 내건 수상쩍은 배를 걱정스러운 마음으로 지켜보고 있었다. 그 배는 지금까지 그들 모두가 힘을 합쳐 건설한 이 섬을 직접 위협한다고 말할 수 있지 않을까? 해적들(그 배에 탄 자들이 해적인 것은 의심할 여지가 없다)은 지금까지도 몇 번이나 이 섬을 찾아온 게 아닐까? 섬에 다가올 때 일부러 검은 깃발을 내걸었으니까, 전부터 놈들은 섬에 상륙했던 게 아닐까? 그렇다면 지금까지 설명할 수 없었던 불가사의한 사건들도 해명할 수 있을지 모른다. 개척자들이 아직 탐색하지 않은 섬 어딘가에 한패가 숨어서 놈들과 연락을 취하고 있는 게 아닐까?

사이러스는 말없이 자문하고 있었지만, 이런 의문에 어떻게 대답해야 좋을지는 그 자신도 알지 못했다. 하지만 브리그선 때문에 개척지가 아주 심각한 위기에 봉착한 것은 분명히 느낄 수 있었다.

하지만 그들은 끝까지 싸우기로 결심하고 있었다. 해적은 수가 많을까? 개척자들보다 무기를 더 많이 갖고 있을까? 그것을 아는 것이 중요했다. 하지만 어떻게 배에 접근하면 좋을까?

벌써 밤이 되어 있었다. 낮 동안 떠 있던 초승달도 모습을 감추었다. 깊은 어둠이 섬과 바다를 감싸고 있었다. 두꺼운 구름이 수평선을 뒤덮은 채 어떤 빛도 통과시키려 하지 않았다. 땅거미가 지면서 바람은 완전히 멎어버렸다. 나뭇잎도 흔들리지 않고, 파도 소리도 들려오지 않는다. 배는 불을 완전히 끄고 있어서 모습이 전혀 보이지 않았다. 아직 섬에서 볼 수 있는 곳에 떠 있다 해도, 어디쯤 있는지 짐작도 가지 않는다.

"어쩌면 저 배는 밤중에 어딘가로 떠나서 새벽에는 이미 사라져버렸을지도 몰라요." 펜크로프가 말했다.

선원의 말에 응답하듯 바다 위에서 강렬한 불빛이 번득이더니 대포 소리가 울려 퍼졌다.

배는 여전히 바다 위에 있었다. 게다가 대포까지 갖추고…….

빛과 소리 사이에는 6초의 간격이 있었다.

다시 말해서 브리그선은 해안에서 2킬로미터쯤 떨어진 바다에 있다는 이야기가 된다.

그때 닻줄 구멍을 통해 삐걱거리며 바다로 내려가는 쇠사슬 소리가 들렸다.

배는 그래닛 하우스의 눈앞에 방금 닻을 내린 것이다!

2

해적들의 의도는 이제 의심할 여지가 없었다. 섬 바로 앞에 닻을 내렸으니까, 이튿날 보트로 상륙할 작정인 게 분명했다.

사이러스와 동료들은 언제라도 행동에 나설 준비가 되어 있었지만, 아무리 각오가 단단하다 해도 신중한 태도를 취하는 것을 잊지 않았다. 해적들이 해안에만 상륙하고 섬 내부로 들어오지 않으면 개척자들의 존재를 알아차리지 못할 것이다. 실제로 해적들은 '은혜 강'에서 음료수를 보급할 목적만 갖고 있는지도 모른다. 그렇다면 강어귀에서 2킬로미터쯤 떨어진 곳에 걸려 있는 다리와 침니의 여러 가지 설비도 그들의 눈에 띄지 않을 가능성이 있다.

그런데 왜 저 배는 돛대에 검은 깃발을 내걸고 있을까? 왜 대포를 쏘았을까? 섬을 점령하겠다는 선언이 아니라면 단순한 허세일 것이다. 사이러스는 이제 해적선이 무서운 무기를 갖추고 있다는 것을 알고 있었다. 그런데 해적들의 대포에 대항할 무기로 링컨 섬 주민들이 갖고 있는 것이라고는 겨우 총 몇 자루뿐이었다.

"하지만 이곳은 아무도 공략할 수 없어." 사이러스가 말했다. "배수구는 갈대와 잡초 밑에 감추어져 있으니까 적에게 들킬 염려는 없어. 그러니까 놈들은 그래닛 하우스로 들어올 수 없어."

"하지만 농장과 사육장, 가축우리, 그 모든 것을!" 펜크로프는 발을 구르면서 외쳤다. "그 모든 것을 놈들은 분탕질하고, 몇 시간 만에 망가뜨릴지도 몰라요!"

"그건 그렇지만, 안타깝게도 그걸 막을 방법이 없네."

"놈들의 수가 많으냐 어떠냐가 문제예요." 기자가 말했다. "여남은 명밖에 안 된다면 놈들을 막을 수 있어요. 하지만 마흔 명이나 쉰 명, 그보다 더 많다면……."

"스미스 씨." 에어턴이 말을 걸면서 사이러스 쪽으로 다가왔다. "허락받고 싶은 일이 있는데……."

"말해보게, 에어턴."

"내가 저 배에 몰래 들어가서 선원이 얼마나 되는지 조사해 오겠소."

"하지만 에어턴, 그건 위험해. 목숨을 잃을 수도 있어."

"그러면 안 될 이유라도 있소?"

"그건 자네의 의무를 넘어서는 일이야."

"의무? 나는 의무만 다하는 것으로는 부족하오."

"배까지 어떻게 갈 텐가? 카누로?" 스필렛이 물었다.

"아니, 헤엄쳐 가겠소. 사람은 잠수해서 갈 수 있지만 카누는 물속을 다닐 수 없으니까."

"브리그선은 해안에서 2킬로미터나 떨어져 있어요." 하버트가 말했다.

"나는 헤엄을 잘 쳐. 그러니 걱정 마라, 하버트."

"거듭 말하지만, 목숨을 잃을지도 모르는 위험한 짓이야." 사이러스가 다시 말했다.

"상관없어요. 사이러스 씨, 제발 부탁이오. 그걸 할 수 있다면 내가 구원을 받는 데 도움이 될 것 같소."

"알았네, 에어턴." 사이러스가 말했다. 이 부탁을 거절하면, 지금은 성실한 인간이 된 과거의 죄수에게 큰 고통을 주게 될 거라고 생각했다.

"나도 따라가겠네." 펜크로프가 말했다.

"나를 못 믿겠다는 얘긴가?" 에어턴이 퉁명스럽게 대꾸했다. 그러고는 좀더 겸손한 말투로 덧붙였다. "유감이군."

"천만에, 그게 아니야!" 사이러스가 얼른 끼어들었다. "펜크로프는 자네를 의심하지 않아! 자네는 펜크로프의 말을 오해했네."

"그래요." 선원이 받았다. "나는 그저 작은 섬까지만 에어턴과 함께 가겠다고 제의하는 거예요. 아마 그렇지는 않겠지만, 저 악당들 가운데 누군가가 작은 섬에 상륙했을지도 몰라요. 그렇다면 그놈이 경계경보를 울리는 것을 막기 위해서는 두 사람이 가는 게 좋아요. 나는 작은 섬에서 에어턴을 기다리고, 저 배에는 에어턴 혼자 보내겠어요. 그러고 싶다니까!"

그렇게 결정이 내려지자 에어턴은 떠날 준비를 시작했다. 그의 계획은 대담했지만, 어둠을 이용하면 성공할 가능성이 있었다. 브리그선까지 헤엄쳐 간 뒤, 돛대밧줄이나 체인 플레이트*에

* 체인 플레이트_돛대밧줄을 뱃전에 매는 데 쓰는 금속판.

매달려 있으면 배에 탄 해적의 수를 알아내고 놈들의 속셈까지도 알아낼 수 있을지 모른다.

에어턴과 펜크로프는 동료들과 함께 해변으로 내려갔다. 에어턴은 상의를 벗고 차가운 수온을 견딜 수 있도록 몸에 기름을 발랐다. 몇 시간 동안이나 물속에 머무르게 될지도 모르기 때문이다.

그동안 펜크로프와 네브는 '은혜 강'을 따라 상류로 200미터쯤 올라간 제방에 묶어둔 카누를 가지러 갔다. 두 사람이 돌아왔을 때 에어턴은 출발 준비를 모두 갖추고 있었다.

개척자들은 에어턴의 어깨에 담요를 걸쳐주고 그와 악수를 나누었다.

에어턴이 펜크로프와 함께 카누에 올라탔다.

밤 열 시 반에 두 사람의 모습은 어둠 속으로 사라졌다. 동료들은 침니에서 두 사람이 돌아오기를 기다리기로 했다.

카누는 쉽게 수로를 건너 작은 섬에 이르렀다. 해적들이 작은 섬 주위에서 얼쩡거리고 있으면 안 되기 때문에 상륙은 신중하게 이루어졌다. 하지만 눈을 부릅뜨고 열심히 살펴보아도 작은 섬에는 아무도 오지 않은 모양이다. 그래서 에어턴은 펜크로프를 데리고 서둘러 작은 섬을 가로질렀다. 그리고 주저 없이 바다로 뛰어들더니 브리그선을 향해 소리도 내지 않고 헤엄쳐 가기 시작했다. 배에는 얼마 전부터 불이 몇 개 켜져서 정확한 위치를 가르쳐주고 있었다.

펜크로프는 해안에 움푹 파인 구덩이에 숨어서 에어턴이 돌아오기를 기다렸다.

에어턴은 힘센 팔로 헤엄을 치면서 작은 소리도 내지 않고 수면을 미끄러지듯 나아갔다. 머리를 수면 밖으로 조금 내놓고 눈은 브리그선의 검은 덩어리를 뚫어지게 지켜보고 있었다. 배의 불빛이 바다에 비쳐 있었다. 에어턴은 해내겠다고 약속한 의무 밖에는 생각지 않았다. 배에 올라가도 위험을 무릅쓰게 되고 이 해역에는 상어도 자주 나타나지만, 자신의 안전에는 신경을 쓰지 않았다. 그는 조류를 타고 점점 해안에서 멀어져갔다.

해적들은 수면 바로 밑에서 헤엄치는 그의 모습을 보지도 못했고, 그가 다가가는 소리를 듣지도 못했다. 30분 뒤에 그는 배에 이르러 돛대밧줄을 한 손으로 잡고 매달렸다. 그러고는 숨을 한 번 크게 들이쉬고 몸을 날려 체인으로 옮아가서, 뱃머리 끝으로 기어 올라갔다. 그곳에는 선원 바지 몇 벌이 걸려 있었다. 에어턴은 그 바지 하나를 입고 몸을 안정시킨 다음, 조용히 귀를 기울였다.

선원들은 자고 있지 않았다. 자기는커녕 이야기를 나누거나 노래를 부르거나 웃고 있었다. 떠드는 목소리에 섞여 이런 말이 에어턴의 귀에 들어왔다.

"이 배는 횡재였어!"

"이 '스피디' 호는 정말 빨라. 이름 그대로야!"

"노퍽 섬의 배가 모두 쫓아와도 상관없어! 우리를 잡으려고 애써보라지!"

"선장 만세!"

"보브 하비 만세!"

이 대화 토막을 듣고 에어턴은 크게 놀랐다. 보브 하비는 유형수와 탈옥수 시절의 동료였기 때문이다. 보브 하비도 대담무쌍한 사내로, 에어턴의 뒤를 이어 악행을 거듭하고 있었다. 보브는

그는 숨을 크게 들이쉬고 몸을 날려 체인으로 옮아갔다

노퍽 섬 해역에서 이 브리그선을 탈취했다. 이 배는 원래 무기와 탄약, 온갖 도구와 공구를 싣고 하와이 제도로 가고 있었는데, 도중에 보브 일당이 탈취한 것이다. 유형수에서 해적으로 변신한 이 자들은 말레이의 해적보다 더 잔혹하게 다른 배를 약탈하고 선원을 학살하는 등 태평양에서 못된 짓을 일삼고 있었다.

과거의 유형수들은 큰 소리로 지껄이고 술을 퍼마시면서 무용담에 흥겨워하고 있었다. 그들의 이야기를 듣고 에어턴은 다음과 같은 사실을 알아냈다.

'스피디' 호의 현재 선원들은 모두 노퍽 섬에서 탈주한 영국 죄수들이었다.

그런데 노퍽 섬은 어떤 곳인가?

오스트레일리아 동쪽, 남위 29도 2분 · 동경 165도 42분에 해발 350미터쯤 되는 피트 산이 솟아 있는 섬이 있다. 둘레가 24킬로미터 정도인 이 작은 섬이 바로 노퍽 섬이고, 영국에서도 가장 감당하기 힘든 죄수들을 수용하는 감옥 시설이었다. 그곳에는 500명 정도의 죄수가 엄격한 규율에 얽매인 채 무서운 형벌의 위협에 떨면서, 총독의 부하인 150명의 병사와 150명의 관리에게 감시를 받으며 살고 있었다. 이 죄수들보다 더 흉악한 집단은 상상하기 어려울 정도였다. 죄수들은 삼엄한 감시를 받고 있었지만, 이따금 아주 드물게 탈옥에 성공하는 경우가 있었다. 그들은 배를 습격하여 빼앗고, 일단 배가 손에 들어오면 도망쳐서 폴리네시아의 섬들을 돌아다니며 약탈을 일삼았다.

보브 하비와 그 동료들이 한 짓도 바로 그것이었다. 일찍이 에어턴이 하려고 생각한 것도 그런 짓이었다. 보브 하비는 노퍽 섬 앞에 닻을 내리고 있던 브리그선 '스피디' 호를 탈취했다. 그 배

에어턴은 조용히 귀를 기울였다

의 승무원들은 모두 죽임을 당했다. 1년 전부터 이 배는 해적선이 되어, 하비의 지휘 아래 태평양을 돌아다니고 있었다. 하비는 원래 원양선 선장이었지만, 지금은 완전히 해적으로 변신해 있었다. 에어턴은 하비를 잘 알고 있었다.

해적들은 대부분 선미루 갑판에 모여 있었지만, 몇 명은 에어턴의 눈앞에 있는 갑판에 드러누워 큰 소리로 지껄여댔다.

외침 소리와 술판 속에서 대화가 계속되고 있었다. 에어턴은 '스피디' 호가 링컨 섬 근처까지 온 것은 단순한 우연일 뿐이라는 것을 알았다. 보브 하비는 아직 한 번도 섬에 발을 들여놓은 적이 없었지만, 사이러스가 예감했듯이 자기가 달려온 항로에 어떤 지도에도 실려 있지 않은 낯선 섬이 있는 것을 발견하고 이 섬을 탐색할 계획을 세웠다. 그리고 배의 근거지로 삼을 만하다고 여겨지면 그렇게 해도 좋다고 생각한 것이다.

'스피디' 호 돛대에 내걸린 검은 깃발과 대포의 포격도 별게 아니었다. 전함에서 국기를 내릴 때 예포를 발사하는데, 이를 흉내낸 해적들의 허세에 불과했다. 그것은 무슨 신호도 아니었고, 노픽 섬의 탈옥수와 링컨 섬 사이에는 아무 관계도 없었다.

개척자들의 영지는 엄청난 위험에 빠져 있었다. 물론 이 섬에서는 음료수를 쉽게 찾을 수 있고, 작은 항구도 있고, 개척자들이 키운 온갖 자원이 있고, 밖에서는 보이지 않는 그래닛 하우스라는 거처도 있었다. 이 섬은 해적들에게 더할 나위 없이 좋은 근거지가 될 것이다.

놈들의 손에 들어가면 링컨 섬은 좋은 피난처가 될 터였다. 외부에 알려져 있지 않으니까, 놈들은 오랫동안 벌도 받지 않은 채 안심하고 나쁜 짓을 하게 될 것이다. 당연한 일이지만, 놈들이 개척자들의 목숨을 존중해줄 리도 없다. 보브 하비는 개척자들을 무자비하게 학살할 것이다. 사이러스와 동료들은 달아날 수도 없고 섬에 숨을 수도 없다. 해적들은 이곳에 눌러앉을 작정이고, '스피디' 호가 멀리 나갈 경우에도 몇 명은 남아서 섬을 지킬 것이다. 따라서 싸울 수밖에 없다. 동정할 가치가 없는 그 비열한 자들을 철저히 타도할 수밖에 없다. 놈들에게는 어떤 수단을 사용해도 상관없다.

이것이 에어턴의 생각이었다. 그는 사이러스 스미스도 동의해주리라는 것을 잘 알고 있었다.

하지만 적과 싸워서 승리를 거둘 수 있을까? 그것은 이 배의 무장 상황과 해적들의 수에 달려 있었다.

에어턴은 무슨 일이 있어도 그것을 확인하기로 결심했다. 배에 도착한 지 한 시간쯤 지나 목소리도 가라앉기 시작했고, 꽤 많은 놈들이 술에 취해 곯아떨어졌기 때문에 에어턴은 주저 없이 '스피디' 호 갑판에 올라가기로 했다. 불도 꺼져서 갑판은 깊은 어둠에 싸여 있었다.

에어턴은 다시 뱃머리의 물가름 널판을 타고 올라가 기움돛대를 잡고 앞갑판으로 올라갔다. 그는 고꾸라져 자고 있는 해적들을 타고 넘어 갑판을 한 바퀴 돌면서, '스피디' 호에는 대포가 네 문 장착되어 있다는 것을 확인했다. 5킬로그램 정도의 포탄을 발사할 수 있는 대포였다. 그는 손으로 대포를 만져서 그것이 꽁무니로 포탄을 집어넣는 후장포인 것도 확인했다. 사용법은 간단하지만 무서운 위력을 발휘하는 신형 대포였다.

갑판에서 자고 있는 사내들은 열 명 정도밖에 안 되는 것 같았지만, 다른 놈들은 선실에서 잠들어 있는 것 같았다. 그래도 에어턴은 아까 해적들의 이야기를 듣고, 배에 타고 있는 자들의 수를 쉰 명 정도로 짐작했다. 링컨 섬에 있는 여섯 명의 개척자들에게는 엄청나게 많은 수다. 하지만 에어턴의 헌신적인 행위 덕분에 사이러스는 사전에 방비를 갖출 수 있게 되었다.

이제 에어턴이 할 일은 섬으로 돌아가서 정찰 결과를 알리는 것뿐이었다. 그는 바다로 들어가기 위해 해적선 뱃머리로 돌아가려고 했다.

그런데 그 순간 용감하고 영웅적인 생각이 번득였다. 목숨을 희생해서라도 섬과 개척자들을 구하자는 생각이었다. 당연한 일이지만, 사이러스는 대포까지 갖추고 있는 쉰 명의 악당들을 도저히 당해낼 수 없을 것이다. 놈들은 그래닛 하우스에 강제로 쳐들어가거나 그 거처를 포위하여 개척자들을 굶어죽게 하고 섬을 차지할 게 분명하다.

이때 에어턴은 은인들을 마음에 떠올렸다. 그를 인간으로, 게다가 정직한 인간으로 돌려놓은 사람들, 그에게 모든 것을 베풀어준 사람들이 무참하게 살해될 위기에 놓여 있다! 그들이 지금까지 해온 일이 모두 수포로 돌아가고, 섬도 해적들의 소굴로 바뀌려 하고 있다. 그런 재난의 첫 번째 원인은 결국 자신에게 있다고 에어턴은 생각했다. 보브 하비가 해적이 된 것은 에어턴이 하려던 계획을 실행에 옮긴 것이기 때문이다. 혐오감이 에어턴을 사로잡았다. 그는 이 배를 통째로 폭파하고 싶은 욕망, 배와 함께 악당들을 모두 날려버리고 싶은 욕망에 사로잡혔다. 배를 폭파할 때 그 자신도 함께 죽게 될 것이다. 하지만 그것으로 의무를 다할 수 있다.

에어턴은 망설이지 않았다. 고물에 설치되어 있는 화약고로 가는 것은 아주 간단했다. 나쁜 짓을 일삼고 있는 배에 화약이 없을 리는 없다. 거기에 작은 불씨만 던져주면 배는 순식간에 날아가버릴 것이다.

에어턴은 조심스럽게 중간 갑판으로 내려갔다. 여기저기에 많은 해적이 잠들어 있다기보다 술에 취해서 곯아떨어져 있었다. 큰 돛대 발치의 각등에 불이 켜져 있었기 때문에 돛대 주위에 온갖 종류의 총기가 세워져 있는 것을 알 수 있었다.

에어턴은 그중에서 권총 한 자루를 꺼내, 거기에 총알이 장전되어 있고 뇌관이 달려 있는 것을 확인했다. 폭파 작업을 하는 데에는 권총 한 자루면 충분하다. 그는 고물로 미끄러지듯 나아가, 화약고가 설치되어 있을 터인 선미루 아래에 당도하려고 했다.

캄캄한 중간 갑판을 기어가는 것은 쉽지 않았다. 깊이 잠들지 않은 해적과 부딪칠지도 모른다. 그런 놈들과 부딪치면 큰 소리로 떠들어대고 총을 쏘아댈 게 뻔하다. 에어턴은 몇 번이나 전진을 멈추어야 했다. 그래도 겨우 뒤쪽 선실의 칸막이벽에 이르러, 화약고로 통해 있는 듯한 문을 발견했다.

에어턴은 어떻게든 그 문을 열려고 했다. 소리를 내지 않고 해내기는 어려운 일이었다. 자물쇠를 부수어야 했기 때문이다. 하지만 에어턴의 완력 덕분에 자물쇠는 부서지고, 문이 열렸다.

그때 팔 하나가 에어턴의 어깨를 잡았다.

"여기서 뭐 하는 거야?"

키 큰 사내가 엄격한 목소리로 물었다. 사내는 어둠 속에 버티고 서서 에어턴의 얼굴에 각등 불빛을 들이댔다.

에어턴은 뒤로 펄쩍 뛰어 물러났다. 각등 불빛 속에서 그는 옛날의 공범자인 보브 하비의 얼굴을 보았다. 하지만 보브 하비는

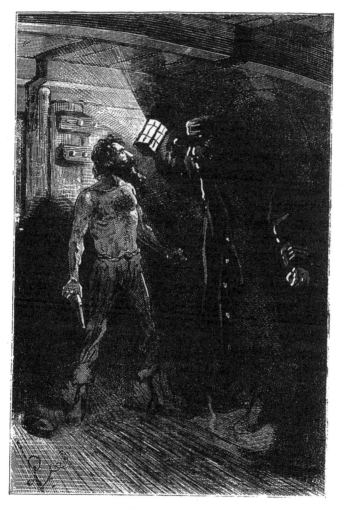

"여기서 뭐 하는 거야?"

에어턴을 알아보지 못했을 것이다. 에어턴이 오래전에 죽었다고 믿고 있을 테니까.

"여기서 뭐 하는 거야?" 보브 하비는 에어턴의 허리춤을 움켜잡고 다시 물었다.

에어턴은 탈옥수 두목을 홱 뿌리치면서 화약고로 뛰어들려고 했다. 화약통 한복판에 총을 쏘면 만사가 끝날 것이다!

"모두 일어나!" 보브 하비가 외치고 있었다.

두세 명의 해적이 두목의 고함 소리에 눈을 뜨고 일어났다. 놈들은 에어턴에게 덤벼들어 그를 때려눕히려 했다. 하지만 힘센 에어턴은 그의 목을 조르고 있는 해적들의 팔을 뿌리쳤다. 그의 권총이 두 번 발사되고 두 놈이 고꾸라졌다. 하지만 놈들이 휘두른 칼을 피하지 못해 에어턴은 어깨에 상처를 입었다.

이제 그는 계획을 실현하기 어렵다는 것을 깨달았다. 보브 하비는 화약고 문을 닫아버렸고, 중간 갑판을 돌아다니며 해적들을 모두 깨우고 있었다. 이렇게 되면 에어턴은 사이러스 곁에서 싸우기 위해서라도 살아남아야 한다. 이제는 달아날 수밖에 없었다.

하지만 과연 도망칠 수 있을까? 그것은 의심스러웠다. 에어턴은 무슨 수를 써서라도 반드시 동료들 곁으로 돌아가겠다고 굳게 결심했지만…….

권총에는 아직 총알이 네 발 남아 있었다. 또다시 총성이 두 번 울려 퍼졌다. 한 발은 보브 하비를 겨냥했지만 가벼운 상처만 입혔을 뿐이다. 그래도 에어턴은 해적들이 뒤로 물러난 틈을 놓치지 않고 윗갑판으로 나가려고 승강구 사다리 쪽으로 돌진했다. 각등 앞을 지날 때 에어턴은 권총 손잡이로 각등을 때려 부쉈다.

그러자 주위가 캄캄해져서 도망치기가 한결 쉬워졌다.

해적 두세 명이 시끄러운 소리에 눈을 뜨고 사다리를 내려왔다. 에어턴이 다섯 발째 총알을 쏘자 한 놈이 아래로 굴러 떨어졌다. 다른 놈들은 무슨 일이 일어났는지 모른 채 모습을 감추었다. 에어턴은 사다리를 단숨에 뛰어올라 윗갑판으로 나갔다. 그때 누군가가 에어턴의 목덜미를 잡았지만, 에어턴은 마지막 총알을 그놈 얼굴에 박아넣었다. 그리고 3초 뒤에는 배의 난간을 뛰어넘어 바다로 뛰어들었다.

에어턴이 10미터도 헤엄쳐 가기 전에 총알이 주위에 우박처럼 쏟아져 내리기 시작했다.

브리그선에서 총성이 울려 퍼지는 것을 들었을 때 작은 섬의 바위 그늘에 숨어 있던 펜크로프는 얼마나 놀랐을까? 침니에 숨어 있던 사이러스와 스필렛, 하버트와 네브는 얼마나 마음을 졸였을까? 그들은 모두 바닷가로 뛰쳐나와 총을 어깨에 대고 적의 어떤 공격도 물리칠 태세를 갖추었다.

의심할 여지가 없었다. 에어턴은 해적들한테 들켜서 살해된 게 분명하다. 그 나쁜 놈들은 야음을 틈타 섬에 상륙할 작정일 것이다.

극도의 불안 속에서 30분이 지나갔다. 총성은 이미 멎었지만, 에어턴도 펜크로프도 보이지 않았다. 작은 섬은 적에게 점령당했을까? 에어턴과 펜크로프를 구하러 가야 하지 않을까? 하지만 어떻게 하면 좋을까? 지금은 밀물이 들어 작은 섬과 링컨 섬 사이에 있는 수로를 건널 수 없다. 사이러스와 동료들은 불안에 사로잡힌 채 몸을 떨었다.

하지만 밤 열두 시 반쯤 마침내 카누가 두 남자를 태우고 돌아

그는 배의 난간을 뛰어넘어 바다로 뛰어들었다

왔다. 어깨에 가벼운 상처를 입은 에어턴과 멀쩡한 펜크로프였다. 모두 두 팔을 벌려 두 사람을 맞이했다.

그들은 곧 침니로 대피했다. 동굴 안에서 에어턴은 지금까지 일어난 일을 모두 이야기했다. 브리그선 폭파 계획을 실행에 옮기려다 실패한 것도 감추지 않았다.

모두 에어턴에게 손을 내밀었다. 에어턴은 사태가 얼마나 중대해졌는지를 숨김없이 알렸다. 해적들은 경계하기 시작했다. 지금은 놈들도 링컨 섬에 사람이 살고 있다는 것을 알고 있다. 상륙할 때는 여럿이 무장하고 올 것이다. 놈들에게 자비심 따위는 전혀 없다. 적에게 잡히는 경우, 놈들의 동정심은 전혀 기대할 수 없다.

"좋아! 우리는 죽을 각오도 되어 있어!" 사이러스가 말했다.

"해안으로 돌아가서 감시를 계속합시다." 스필렛이 받았다.

"선생님, 이 난관을 헤쳐나갈 가능성은 있는 겁니까?" 펜크로프가 물었다.

"물론이지."

"6 대 50……."

"그래. 우리는 여섯 명이지만…… 그밖에도……."

"누가 또 있죠?" 펜크로프가 물었다.

사이러스는 대답하는 대신 손으로 하늘을 가리켰다.

3

밤은 아무 일도 없이 지나갔다. 개척자들은 줄곧 경계의 눈을
번득이며 침니의 진지를 떠나지 않았다. 해적들은 배에서 내릴
기미를 전혀 보이지 않았다. 에어턴에게 총알을 비처럼 쏟아부
은 뒤에는 총성은커녕 아무 소리도 들리지 않았다. 섬 연안에 해
적선이 정박해 있다고는 도저히 생각되지 않을 정도였다. 어쩌
면 해적선은 상대가 만만찮다고 생각하여 이 해역에서 이미 떠
나버렸는지도 모른다.

그런데 사정은 전혀 달랐다. 날이 밝기 시작하자 개척자들은
아침 안개 속에 어렴풋이 떠오른 물체를 볼 수 있었다. 해적선
'스피디' 호였다.

"안개가 걷히기 전에 준비를 갖추어두는 게 좋겠군." 사이러스
가 말했다. "지금은 안개 때문에 해적들 눈에 우리가 보이지 않
으니까, 놈들의 주의를 끌지 않고 행동할 수 있네. 특히 중요한
건 놈들한테 이 섬에 많은 사람이 살고 있다고 생각하게 하는 거

야. 섬 주민들이 놈들을 충분히 당해낼 수 있는 힘이 있다고 생각하게 하는 거지. 그러니까 우리는 세 팀으로 나뉘어 세 곳에 매복하기로 하세.

첫 번째 팀은 이 침니에서, 두 번째 팀은 '은혜 강' 어귀에서, 세 번째 팀은 작은 섬에서 감시하는 게 좋을 것 같네. 적의 상륙을 방해하거나 적어도 지연시키기 위해서지.

우리가 쓸 수 있는 무기는 카빈총 두 자루와 소총 네 자루. 그러니까 각자 한 자루씩 가질 수 있지. 화약과 총알은 충분하니까 얼마든지 쏘아도 상관없네. 적의 소총이나 대포는 두려워할 필요 없어. 이런 바위산에는 아무 효력도 없으니까. 우리가 그래닛 하우스 창문에서 총을 쏘는 건 아니니까 해적들도 거기에다 포탄을 쏘지는 않을 거야. 그래닛 하우스에 포탄이 들어오면, 그때는 돌이킬 수 없는 피해를 입게 돼. 걱정해야 할 건 적과 육탄전이 벌어지는 경우야. 놈들의 수가 우리보다 훨씬 많으니까. 따라서 어떻게든 놈들의 상륙을 저지해야 돼. 다만 우리 모습이 보이지 않도록 조심해야 돼. 지금은 탄약을 아낄 때가 아니야. 아낌없이 총을 쏘되, 정확히 겨냥해서 쏘기로 하세. 한 사람이 여덟 내지 열 명을 상대하게 되지만, 놈들을 모두 쓰러뜨리세!"

사이러스 스미스는 상황을 명쾌하게 정리했다. 그의 차분한 목소리는 작전계획을 수립한다기보다 건축공사를 지휘하고 있는 것 같았다. 동료들은 한마디도 이의를 제기하지 않고 이 작전에 동의했다. 이제 남은 일은 안개가 걷히기 전에 각자 위치로 가는 것뿐이다.

네브와 펜크로프는 곧 그래닛 하우스로 올라가 많은 탄약을 가져왔다. 스필렛과 에어턴은 둘 다 사격의 명수였기 때문에 정밀한 카빈총을 갖게 되었다. 카빈총의 사정거리는 1500미터나 된다. 나머지 소총 네 자루는 사이러스와 네브, 펜크로프, 하버트가 하나씩 들었다.

세 팀은 다음과 같이 나뉘었다.

사이러스와 하버트가 후방을 맡아 침니에 남는다. 두 사람은 그래닛 하우스 밑에 펼쳐져 있는 상당히 광범위한 모래사장을 맡는다.

스필렛과 네브는 '은혜 강' 어귀의 바위틈에 매복한다(강에 걸린 다리와 작은 다리는 올려두었다). 적이 보트를 타고 강에 들어오는 것을 막고, 나아가서는 놈들이 건너편 강둑에 상륙하지 못하게 막는 것이 이들의 임무다.

에어턴과 펜크로프는 카누를 타고 작은 섬에 가서, 그곳에 각자 별도로 두 개의 진지를 차리게 된다. 이렇게 하면 네 지점에서 총을 쏠 수 있고, 해적들은 섬에 많은 사람이 살고 있을 뿐만 아니라 방비도 튼튼하다고 생각할 것이다.

펜크로프와 에어턴이 적을 막지 못해 해적들이 상륙한 경우, 또는 적의 보트가 그들을 앞지르려 하는 경우, 그들은 당장 카누를 타고 링컨 섬으로 돌아와 적에게 가장 위협받고 있는 지점으로 달려가야 한다.

각자 맡은 위치로 가기 전에 개척자들은 마지막 악수를 나누었다. 펜크로프는 아들처럼 여기는 하버트를 끌어안았을 때, 간신히 자신을 억제하고 감정을 가라앉혔다. 이윽고 그들은 헤어졌다.

사이러스와 하버트는 바로 옆의 바위 그늘로, 스필렛과 네브는 조금 떨어진 곳의 바위 그늘로 모습을 감추었다. 5분 뒤, 에어턴과 펜크로프는 수로를 건너 작은 섬에 상륙하여 동쪽 해변의 바위 구멍에 몸을 숨겼다.

적에게는 누구의 모습도 보일 리 없었다. 개척자들 자신에게도 해적선은 안개 속에 어렴풋이 보일 뿐이었기 때문이다.

아침 여섯 시 반이었다.

이윽고 하늘에서 안개가 조금씩 걷히기 시작하여, 해적선 돛대 끝부분이 안개 속에서 모습을 드러냈다. 한동안은 안개의 소용돌이가 해수면 위를 맴돌고 있었지만, 바람이 불기 시작하여 그 많은 안개를 눈 깜짝할 사이에 날려 보냈다.

'스피디' 호가 전모를 드러냈다. 뱃머리를 북쪽으로 향하고 좌현 쪽 고물을 섬으로 돌린 채 닻 두 개를 내리고 있었다. 사이러스가 예측한 대로 해적선은 해안에서 2킬로미터도 떨어져 있지 않았다.

불길한 검은 깃발은 지금도 돛대에서 펄럭이고 있었다.

사이러스는 망원경으로 배에 실린 대포 네 문이 포구를 섬으로 돌리고 있는 것을 보았다. 신호가 떨어지면 언제든지 포탄을 발사할 준비가 되어 있는 게 분명했다.

그래도 '스피디' 호는 침묵을 지키고 있었다. 서른 명 정도의 해적이 갑판을 오락가락하고 있는 것이 보인다. 몇 사람이 선미루 갑판에 올라가 있었다. 두 사내가 윗돛대의 가로대에 걸터앉아 망원경으로 열심히 섬을 관찰하고 있었다.

해적들은 어젯밤 배에서 일어난 일을 잘 이해하지 못한 모양이었다.

어젯밤 우리는 화약고 문을 억지로 연 반벌거숭이 사내와 싸웠는데, 그 사내는 권총을 여섯 발 쏘아서 우리 동료를 하나 죽이고 두 사람한테 상처를 입힌 뒤, 우리가 그렇게 쏟아부은 총탄을 피해 무사히 도망칠 수 있었을까? 그 사내는 헤엄쳐서 해안으로 돌아갔을까? 도대체 어디서 왔을까? 무엇 하러 배에 왔을까? 그 사내의 계획은 보브 하비가 생각하듯 정말로 배를 폭파시키는 것이었을까? 그런저런 생각으로 해적들의 머리는 상당히 혼란스러울 게 분명했다.

하지만 놈들은 '스피디' 호가 닻을 내린 바다 정면의 낯선 섬에 사람이 살고 있다는 것, 그 섬의 주민들이 전력을 다해 섬을 지키려 하고 있다는 것을 이제 의심하지 않을 터였다. 그런데 모래사장에도 절벽 위 고원에도 사람은 하나도 보이지 않았다. 해안은 완전히 텅 비어 있는 것 같다. 어쨌든 사람이 사는 낌새는 전혀 보이지 않는다. 주민들은 섬 깊숙이 도망쳐버렸을까?

해적 두목은 그 점을 이상하게 여기고 있을 것이다. 신중한 그는 부하들을 섬에 보내기 전에 해안지대를 먼저 정찰할 것이다.

한 시간 반 동안 해적선은 공격에 착수할 기미도, 상륙을 시도할 징후도 전혀 보이지 않았다. 보브 하비가 망설이고 있는 것은 분명했다. 성능 좋은 망원경으로도 바위 그늘에 숨어 있는 개척자들을 하나도 발견하지 못한 모양이다. 또한 그래닛 하우스 창문을 가리고 있는 초록빛 나뭇잎과 덩굴에도 두목은 주의를 기울이지 않는 것 같았다. 화강암 절벽에 사람이 거처로 삼고 있는 동굴이 있을 거라고 누가 상상이나 하겠는가? 또한 '발톱 곶'에서 '턱 곶'에 이르는 유니언 만 전체에 걸쳐 사람이 살고 있음을 보여주는 징후는 전혀 보이지 않았고, 사람의 흔적도 없는 것 같았다.

하지만 여덟 시가 되자 개척자들은 '스피디' 호에 무언가 움직임이 있는 것을 알아차렸다. 보트를 끌어올리는 도르래 장치의 밧줄이 풀리면서 보트 한 척이 바다로 내려왔다. 곧 일곱 남자가 보트에 올라탔다. 모두 총을 들고 있었다. 한 사람이 키를 잡고, 네 사람이 노를 잡고, 나머지 두 사람은 언제라도 방아쇠를 당길 태세로 뱃머리에 쪼그리고 앉아 섬을 지켜보고 있었다. 놈들의 목적은 우선 섬을 정찰하는 것이고, 섬에 상륙하지는 않을 것이다. 상륙할 작정이라면 더 많이 몰려올 것이다.

윗돛대의 가로대까지 올라갔다면, 당연히 해적들은 해안 바로 앞에 작은 섬이 있고 그 섬과 해안 사이에는 너비가 800미터쯤 되는 수로가 있는 것을 보았을 것이다. 그런데 사이러스는 보트가 나아가는 방향을 관찰하여, 놈들이 처음에는 이 수로로 들어가려 하지 않고 작은 섬에 보트를 대려 한다는 것을 확인했다. 확실히 그게 더 신중한 방식이라고 말할 수 있다.

펜크로프와 에어턴은 각자 좁은 바위 구멍에 숨어서 보트가 곧장 자기네 쪽으로 다가오는 것을 보았다. 두 사람은 적들이 사정거리 안에 들어서기를 기다렸다.

보트는 아주 조심스럽게 다가왔다. 노를 젓는 동작에도 긴 간격을 두고 있었다. 보트 앞에 앉은 해적이 수심 재는 밧줄을 손에 들고 있는 것도 보였다. 수로를 조사하려는 것이다. 이것으로 미루어보아, 보브 하비는 '스피디' 호를 해안에 되도록 가까이 접근시킬 작정이라는 것을 알 수 있었다. 서른 명 정도의 해적이 돛대 밧줄에 올라가 보트의 움직임을 관찰하면서, 안심하고 상륙할 수 있는 항로를 조사하고 있었다.

보트는 작은 섬에서 400미터쯤 떨어진 곳까지 와서 멈추었다. 키를 잡고 있던 사내가 일어나, 해안에서 보트를 대기가 가장 쉬운 곳을 찾기 시작했다.

바로 그 순간 두 발의 총성이 울려 퍼졌다. 작은 섬 해안의 바위 위로 가느다란 연기가 소용돌이치며 올라갔다. 키를 잡고 있던 사내와 수심을 재고 있던 사내가 보트 안에서 벌렁 나자빠졌다. 에어턴과 펜크로프의 총알이 동시에 두 사내에게 명중한 것이다.

총성이 울리자마자 그보다 훨씬 큰 포성이 들리고, 해적선 옆구리에서 하얀 연기가 피어올랐다. 포탄 한 발이 에어턴과 펜크로프가 숨어 있는 바위 꼭대기에 맞아 그 부분을 산산조각으로 날려 보냈지만, 두 저격수는 털끝 하나 다치지 않았다.

바로 달아나기 시작한 보트에서 무서운 저주의 말이 터져 나왔다. 키잡이가 총에 맞았기 때문에 다른 놈이 대신 키를 잡았고, 노가 격렬하게 수면을 내리쳤다.

하지만 보트는 펜크로프와 에어턴이 생각한 것처럼 배로 돌아가지 않고 작은 섬 해안을 따라 나아갔다. 작은 섬의 남쪽 끝을 돌려는 것이다. 해적들은 총알이 닿지 않는 곳으로 가려고 열심히 노를 젓고 있었다.

놈들은 '표류물 곶'의 뿌리에 해당하는 곳, 해안이 가장 움푹 들어간 곳에서 1킬로미터쯤 떨어진 해상까지 나아갔다. 그리고 여전히 해적선의 포격에 엄호를 받으면서 반원을 그리며 작은 섬의 남쪽 끝을 돌아 '은혜 강' 어귀로 향했다.

놈들은 좁은 수로로 들어와 작은 섬에 매복하고 있는 개척자들의 배후를 공격할 작정인 게 분명했다. 작은 섬에 몇 명이 있든, 이렇게 하면 보트와 해적선에서 총과 대포로 협공하여 상대를 궁지에 빠뜨릴 수 있다.

포탄 한 발이 바위 꼭대기에 맞아……

이렇게 15분이 지났다. 보트는 자기가 노리는 방향으로 나아 갔다. 완전한 침묵이 사방을 지배하여, 하늘도 바다도 쥐죽은 듯 조용했다.

펜크로프와 에어턴은 배후의 적과 싸우게 될지도 모른다는 것을 알았지만, 진지를 떠나려 하지 않았다. 아직 적에게 모습을 보이고 싶지 않았고, '스피디' 호의 대포에 위치를 드러내고 싶지도 않았다. 그리고 두 사람은 '은혜 강' 어귀에서 감시하고 있는 네브와 스필렛, 그리고 침니의 바위산에 숨어 있는 사이러스와 하 버트의 활약에 기대를 걸고 있었다.

첫 총성이 들린 지 20분 뒤, 보트는 '은혜 강' 어귀가 바로 옆으로 보이는 해상에 이르렀다. 해안에서 채 400미터도 떨어지지 않은 곳이었다. 수로가 좁아서 늘 그렇지만, 밀물이 세찬 기세로 들어오기 시작했기 때문에 해적들의 보트는 강어귀 쪽으로 빠르게 떠밀려왔다. 놈들은 필사적으로 노를 저어 수로 한복판에 머무르려고 애썼다. 보트가 강어귀에서 알맞은 사정거리에 들어온 순간, 해적들에게 총알이 두 발 발사되어 또다시 두 놈이 보트 안에서 고꾸라졌다. 네브와 스필렛의 총알이 멋지게 명중한 것이다.

곧 해적선은 화약 연기가 피어오른 곳을 향해 두 번째 포탄을 쏘았지만, 역시 바위를 부수었을 뿐이다.

이제 보트에 탄 해적들 가운데 다치지 않은 사람은 세 명밖에 남지 않았다. 보트는 좁은 수로의 흐름을 타고 사이러스와 하버트가 지켜보고 있는 것도 알아차리지 못한 채 쏜살같이 그 앞을 지나갔다. 두 사람은 총알이 닿지 않을 것으로 판단하고 침묵을 지켰다. 그후 보트는 남은 두 개의 노를 사용하여 작은 섬의 북쪽 끝을 돌아서 겨우 해적선으로 돌아갈 수 있었다.

지금까지 개척자들 쪽에서는 아무 불만도 없었다. 승부의 전조가 나쁜 것은 해적들 쪽이었다. 적은 중상자(아마 벌써 죽었을 것이다)가 벌써 네 명에 이르렀다. 반면에 개척자들은 모두 무사한 데다 총알 한 발 허비하지 않았다. 해적들이 이런 식으로 공격을 계속하고, 계속 보트를 이용하여 상륙을 시도한다면 한 놈씩 총알로 쓰러뜨릴 수 있다.

사이러스가 세운 작전이 참으로 효과적이었다는 것을 알 수 있을 것이다. 해적들은 상대의 수가 많고 무기도 충분하다고 믿고 있을 게 분명하다. 이런 상대를 쳐부수기는 쉽지 않다고 생각할 것이다.

보트가 난바다에서 밀려드는 조류의 흐름과 싸우며 '스피디'호로 돌아갈 때까지는 30분이 걸렸다. 부상자와 함께 보트가 끌어올려졌을 때 무서운 고함 소리가 울려 퍼졌다. 곧바로 서너 발의 포탄이 발사되었지만, 이것도 전혀 효과를 거두지 못했다.

미친 듯이 화가 난 해적들, 아마 전날 밤에 마신 술이 아직 덜 깬 해적들이 열 명쯤 보트에 올라탔다. 그리고 다시 여덟 명의 사내가 탄 두 번째 보트도 바다에 내려졌다. 첫 번째 보트는 작은 섬에 매복해 있는 저격수를 쫓아내기 위해 곧장 그쪽으로 향했고, 두 번째 보트는 '은혜 강' 어귀를 제압할 작정인 듯했다.

펜크로프와 에어턴의 상황은 분명 위험해졌다. 두 사람은 링컨 섬으로 돌아가야 한다고 판단했다.

그래도 두 사람은 첫 번째 보트가 사정거리에 들어오기를 기다렸다. 정확히 조준된 두 발의 총알은 보트에 탄 해적들에게 혼란을 불러일으켰다. 그후 펜크로프와 에어턴은 적의 총알을 열

발쯤 받았지만, 진지를 떠나 서둘러 작은 섬을 가로질러 카누에 올라타고 수로를 건넜다. 마침 적의 두 번째 보트가 작은 섬의 남쪽 끝에 접어들고 있었다. 두 사람은 침니로 달려가 몸을 숨겼다.

펜크로프가 사이러스와 합류하자마자 첫 번째 보트에 탄 해적들은 작은 섬에 상륙하여 사방팔방으로 뛰어다니기 시작했다.

거의 동시에 '은혜 강' 진지에서 새로운 총성이 울려 퍼졌다. 두 번째 보트가 빠른 속도로 다가오고 있었다. 거기에 타고 있던 여덟 명 가운데 두 놈이 스필렛과 네브가 쏜 총에 맞아 치명상을 입었다. 보트 자체도 저항하지 못하고 암초 위로 떠내려가 '은혜 강' 어귀에서 부서져버렸다. 하지만 살아남은 여섯 사내는 무기가 물에 젖지 않도록 머리 위로 받쳐들고 오른쪽 강기슭에 도착했다. 그런데 너무 가까이에서 총알이 날아오자 놈들은 사정거리 밖으로 나가려고 전속력으로 '표류물 곶'을 향해 달아났다.

따라서 현재 상황은 이렇다. 작은 섬에는 해적 열두 명이 있고, 그중 몇 놈은 다쳤지만 아직 보트를 쓸 수 있다. 링컨 섬에는 여섯 명이 상륙했지만 그래닛 하우스까지 갈 수는 없다. 다리를 전부 올려놓아서 강을 건널 수 없기 때문이다.

펜크로프가 침니로 뛰어들자마자 말했다.

"괜찮습니다, 선생님. 어떻게 생각하세요?"

"전투가 새로운 국면을 맞을 것 같네." 사이러스가 대답했다. "저놈들도 이렇게 불리한 조건에서 싸움을 계속할 만큼 바보는 아닐 테니까."

"놈들은 좁은 수로를 건널 수 없어요. 에어턴과 스필렛 씨의 카빈총이 불을 뿜으니까, 놈들은 수로를 건널 수 없어요. 어쨌든 카빈총은 총알이 1500미터가 넘게 날아가니까요!"

"그렇긴 하지만, 카빈총 두 자루로 대포를 당해낼 수는 없잖아요?" 하버트가 말했다.

"아직 해적선이 수로에 들어와 있는 건 아니잖아!" 펜크로프가 대답했다.

"하지만 들어오면 어떡하지?" 사이러스가 물었다.

"그런 일은 있을 수 없어요. 좌초할 위험이 있으니까요."

"아니, 들어올지도 몰라." 에어턴이 말했다. "썰물 때는 좌초하겠지만, 밀물 때를 이용하여 수로 안으로 들어올 수도 있어. 그렇게 되면 그놈의 대포 때문에 진지를 지킬 수 없게 돼."

"빌어먹을 놈들!" 펜크로프가 소리를 질렀다. "저 못된 놈들이 정말로 닻을 올릴 모양이군."

"우리는 그래닛 하우스로 도망칠 수밖에 없나요?" 하버트가 물었다.

"조금만 더 기다려보자." 사이러스가 대답했다.

"하지만 네브와 스필렛 씨는 어떡하죠?" 펜크로프가 물었다.

"그들은 적당할 때 우리와 합류할 수 있어. 에어턴, 준비를 갖추어주게. 자네와 스필렛의 카빈총이 활약할 때가 됐어."

정말로 그랬다. '스피디' 호는 닻을 올릴 준비를 시작했다. 작은 섬으로 다가올 준비에 착수한 모양이다. 앞으로 한 시간 반 동안은 밀물이 계속될 것이다. 조수의 흐름도 이미 멈춰버렸기 때문에 브리그선을 조종하기는 어렵지 않을 것이다. 하지만 펜크로프는 에어턴의 의견과는 반대로 배가 좁은 수로에 들어오지는 않을 거라고 생각했다.

그동안 작은 섬에 상륙한 해적들은 차츰 섬의 서해안 쪽으로 이동해왔기 때문에, 지금 그들과 링컨 섬 사이에는 좁은 수로가 가로놓여 있을 뿐이었다. 하지만 놈들은 소총밖에 갖고 있지 않으니까, 침니와 '은혜 강' 어귀에 숨어 있는 개척자들은 아무것도 두려워할 필요가 없었다. 한편 상대가 사정거리가 긴 카빈총을 갖고 있는 것을 모르는 해적들은, 자신들이 위험에 노출되어 있다고는 생각지도 않았다. 그래서 놈들은 당당하게 작은 섬을 돌아다니거나 해안을 뛰어다니고 있었다.

해적들의 환상은 오래 계속되지 않았다. 에어턴과 스필렛의 카빈총이 불을 뿜자, 해적 두 놈이 벌렁 나자빠졌다.

나머지 여덟 놈은 모래땅에 너부러진 두 동료를 수습하는 시간도 아까워서 그대로 작은 섬 동쪽 해안으로 달아났다. 그리고 거기까지 타고 온 보트에 뛰어올라 열심히 노를 저어 배로 돌아갔다.

"여덟 명 줄었다!" 펜크로프가 외쳤다. "스필렛 씨와 에어턴은 서로 짜고 쏘는 것 같아!"

그때 에어턴이 카빈총에 총알을 재면서 대답했다.

"사태가 더 심각해질 것 같아. 배가 움직이고 있어!"

"벌써 닻을 올렸군." 펜크로프가 소리쳤다

'스피디' 호는 링컨 섬 쪽으로 다가오기 시작했다. 난바다에서 바람이 불어오고 있었다. 배는 커다란 삼각돛과 작은 중간돛을 펴고 조금씩 다가왔다. '은혜 강' 어귀와 침니의 진지에서는 모두 가슴의 동요를 억누르지 못한 채 숨을 죽이고 배를 지켜보았다. 개척자들이 가까운 거리에서 브리그선의 포화를 맞고 거기에 효과적으로 대응하지 못하면 끔찍한 상황이 벌어질 것이다. 그렇게 되면 해적들의 상륙을 어떻게 막을 수 있겠는가?

사이러스는 그런 사태를 절실히 예감하고 대처 방안을 궁리하고 있었다. 이제 곧 결단을 내려야 할 것이다. 하지만 어떤 결단을 내려야 좋을까? 그래닛 하우스에 틀어박혀 적에게 포위된 채 몇 주나 몇 달 동안 버텨볼까? 식량은 충분히 있으니까 그것도 좋은 방법이다. 하지만 그 다음은? 역시 해적들이 섬을 지배하고 제멋대로 분탕질하다가 시간이 지나면 결국 그래닛 하우스에 틀어박혀 있는 개척자들을 쳐부수게 될 것이다.

그래도 아직 기회는 있다. 보브 하비가 좁은 수로로 들어오는 위험을 무릅쓰지 않고, 작은 섬 바깥쪽에 머물러주면 된다. 그러면 배에서 해안까지는 아직 800미터 떨어져 있으니까, 그 거리에서는 포탄도 큰 피해를 주지 못할 것이다.

"보브 하비라는 놈이 제대로 된 선원이라면 절대 수로에 들어오지 않을 겁니다." 펜크로프가 말했다. "조금이라도 바다가 거칠어지면 브리그선이 위험에 빠진다는 걸 잘 알고 있을 테니까요. 배를 잃으면 그놈은 어떻게 되겠습니까?"

그런데 해적선은 작은 섬으로 계속 다가오고 있었다. 배가 작은 섬 남쪽 끝으로 나오려 하고 있는 것이 보인다. 바람은 잔잔했다. 조수의 흐름도 거의 힘을 잃고 있었기 때문에 보브 하비는 마음대로 배를 조종하고 있었다.

전에 보트가 지나간 길이라면 안전한 수로라고 볼 수 있다. 해적 두목은 태연히 그 길로 들어왔다. 그의 계획은 너무나 분명했다. 침니 앞에 닻을 내리고, 지금까지 제 동료를 몇 명이나 죽인 상대에게 대포알로 답례하려는 것이다.

이윽고 '스피디' 호는 작은 섬의 남쪽 끝에 이르러 그곳을 쉽게 돌았다. 그리고 세로돛을 펴자 브리그선은 바람이 불어오는 쪽을 향해 달려서 '은혜 강' 어귀와 나란히 멈추었다.

"나쁜 놈들! 드디어 왔구나!" 펜크로프가 외쳤다.

이때 사이러스와 에어턴, 펜크로프와 하버트가 있는 곳에 네브와 스필렛이 합류했다.

스필렛과 네브는 '은혜 강' 진지를 버리는 편이 좋겠다고 판단한 것이다. 그 진지에 있어도 적선을 공격할 수 없으니, 두 사람의 행동은 현명했다. 결전이 시작될 기미가 보일 때는 개척자들이 뭉쳐 있는 편이 낫다. 스필렛과 네브는 바위 뒤에 몸을 숨기고 도망쳐왔지만, 비 오듯 쏟아지는 적의 총알을 받았다. 물론 두 사람은 무사했다.

"다치지는 않았나?" 사이러스가 외쳤다.

"괜찮습니다!" 기자가 대답했다. "총알이 바위에 맞는 바람에 돌조각에 몇 군데 긁혔을 뿐이에요."

"저 빌어먹을 놈의 배가 드디어 수로에 들어왔어요!" 펜크로프가 말했다. "10분도 지나기 전에 그래닛 하우스 앞에 닻을 내릴 겁니다."

"무슨 계획이라도 있습니까, 사이러스 씨?" 기자가 물었다.

"지금은 해적들이 우리를 볼 수 없으니까, 우선 그래닛 하우스로 대피하기로 하세."

"나도 그렇게 생각했어요." 스필렛이 대답했다. "하지만 일단 거기에 틀어박히면……."

"상황을 보아가면서 판단하세."

"그럼 떠납시다! 빨리!"

"선생님, 에어턴과 저는 여기 남는 게 어떨까요?" 펜크로프가 말했다.

"남아서 뭘 어쩌겠다는 건가? 안 돼. 이런 때일수록 함께 있는 게 좋아."

잠시도 시간을 낭비할 수 없었다. 개척자들은 침니를 떠났다. 암벽 쪽으로 돌아가면 해적선에서 보일 염려는 없다. 하지만 포성이 두세 번 울려 퍼지고 포탄이 바위를 부수는 소리가 나면서, '스피디' 호가 바로 앞까지 다가와 있음을 알려주었다.

엘리베이터를 타고, 토비와 주피가 어제부터 갇혀 있는 그래닛 하우스 문간까지 올라가서 대청으로 뛰어드는 일은 눈 깜짝할 사이에 이루어졌다.

아슬아슬했다. 개척자들이 나뭇가지 너머로 '스피디' 호가 포연에 싸인 채 좁은 수로를 따라 다가오는 것을 보았기 때문이다. 그들은 모두 옆으로 몸을 비켜야 했다. 포격이 끊임없이 계속되어, 대포 네 문이 이제 아무도 없는 '은혜 강' 진지와 침니에도 마구 포탄을 쏘아대고 있었기 때문이다. 포탄에 맞은 바위가 산산이 부서졌다. 폭음이 울릴 때마다 갑판 위의 해적들은 환성을 질렀다.

그래도 사이러스가 주의 깊게 창문을 가려두었기 때문에, 그래닛 하우스만은 공격을 면할 수 있을 거라고 그들은 기대하고 있었다. 하지만 그때 포탄 한 발이 창문을 뚫고 실내 통로로 날아들었다.

"제기랄! 놈들에게 들켰나?" 펜크로프가 외쳤다.

아마 개척자들이 적의 눈에 띄지는 않았을 것이다. 보브 하비는 나뭇잎이 우거진 수상한 나뭇가지가 높은 암벽을 덮고 있는 것을 보고 거기에 포탄을 한 발 쏘는 게 좋겠다고 생각한 게 분명하다. 이윽고 그 공격은 더욱 격렬해졌다. 그리고 마침내 또 한 발의 포탄이 나뭇잎 커튼을 찢고 암벽 내부의 커다란 동굴을 노

잠시도 시간을 낭비할 수 없었다

출시켰다.

개척자들의 상황은 절망적이었다. 은신처가 드러나버렸다. 그들은 포탄에 대항할 수 없었고, 산탄처럼 날아오는 바위 파편을 막을 수도 없었다. 이렇게 되면 그래닛 하우스 위쪽 통로로 대피하고, 이 거처를 적의 파괴적인 손에 내맡길 수밖에 없었다. 바로 이때 쿵 하는 소리가 들리고, 무서운 외침 소리가 이어졌다!

사이러스와 동료들은 창문으로 돌진했다.

용오름 같은 바닷물이 저항할 수 없는 힘으로 브리그선을 들어올려, 선체를 두 동강 낸 참이었다. 10초도 지나기 전에 배는 해적들과 함께 바다 밑으로 가라앉았다!

용오름 같은 바닷물이 브리그선을 들어올려……

4

"배가 폭발했어요!" 하버트가 외쳤다.

"그래! 에어턴이 화약고에 불을 지른 것처럼 폭발했어!" 펜크로프가 대꾸하고는 네브와 소년을 데리고 엘리베이터에 뛰어올랐다.

"도대체 무슨 일이 일어났지?" 스필렛이 이 뜻밖의 결말에 아직도 어안이 벙벙한 채 물었다.

"좋아. 이번에는 분명 알아낼 수 있을 거야!" 사이러스가 힘주어 대답했다.

"알아내다니, 뭘 말입니까?"

"아니, 그건 나중에 이야기하세! 나중에! 빨리 오게, 스필렛. 해적들이 다 죽었는지 확인해야 돼!"

이리하여 사이러스는 신문기자와 에어턴을 데리고 모래밭에 있는 펜크로프와 네브와 하버트에게 내려갔다.

해적선은 어디에도 보이지 않았다. 돛대도 보이지 않았다. 용오름을 타고 높이 올라간 배는 옆으로 쓰러졌고, 커다란 구멍으로 많은 물이 쏟아져 들어와 그대로 침몰한 게 분명했다. 하지만 이 근처의 수로는 깊이가 6~7미터 정도밖에 안 되니까, 가라앉은 배의 선체는 썰물이 지면 다시 모습을 드러낼 것이다.

수면에는 배의 잔해가 많이 떠 있었다. 여분의 돛대와 활대, 닭장(그 안의 닭들은 아직 살아 있었다), 수많은 상자와 통 따위가 떠다니고 있었다. 상자와 통은 승강구를 통해 밖으로 나온 뒤 수면으로 떠오르기 시작한 모양이다. 하지만 갑판이나 선체의 잔해는 전혀 떠 있지 않았다. 이래서는 '스피디' 호가 왜 그렇게 갑자기 침몰했는지, 그 이유를 설명할 수 없다.

그런데 중간이 부러져 있는 돛대 두 개가 밧줄을 떼어내고 수면으로 떠올랐다. 돛대에 달린 돛은 펼쳐진 것도 있고 접힌 것도 있었다. 이렇게 귀중한 재산이 썰물에 휩쓸려가는 것을 가만히 보고만 있을 수는 없기 때문에, 에어턴과 펜크로프는 카누를 타고 그런 표류물을 링컨 섬이나 작은 섬의 해안에 묶어두기로 작정했다.

그런데 두 사람이 카누에 올라타려고 했을 때, 스필렛이 무언가를 생각해내고 그들을 불러 세웠다.

"'은혜 강' 오른쪽 기슭에 상륙한 여섯 놈은 어떻게 됐지?"

그 여섯 명의 해적을 잊어서는 안 된다. 놈들은 보트가 바위에 부딪혀 부서진 뒤 '표류물 곶' 쪽으로 갔을 것이다.

모두 그쪽을 바라보았지만, 달아난 놈들의 모습은 보이지 않았다. 놈들은 '스피디' 호가 좁은 수로에서 침몰하는 것을 보고 섬의 오지로 도망쳐 들어갔을 것이다.

"그놈들 문제는 나중에 처리하세." 사이러스가 말했다. "놈들은 무기를 갖고 있으니까 아직 위험한 존재지만, 결국 6 대 6이니까 대등하게 싸울 수 있어. 그러니까 급한 일부터 먼저 처리하세."

에어턴과 펜크로프는 카누를 타고 표류물 쪽으로 힘차게 노를 저어갔다.

이때 바다는 잔잔했고, 사리에 가까웠다. 이틀 전부터 초승달이 떴기 때문이다. 그렇다면 '스피디' 호의 선체가 수면 위로 나타나기까지 적어도 한 시간은 걸릴 것이다.

에어턴과 펜크로프는 느긋하게 밧줄로 돛대와 활대를 묶을 수 있었다. 밧줄 끝은 그래닛 하우스 앞의 모래밭으로 가져왔다. 모래밭에서 개척자들은 힘을 모아 이런 표류물들을 끌어올렸다. 그후 카누를 이용하여 닭장과 통과 상자 등 바다에 떠 있는 것을 모두 주워 모아 침니로 운반했다.

시체들도 파도 사이를 떠돌고 있었다. 그중에서 에어턴은 보브 하비의 시체를 발견했다. 그는 펜크로프에게 그것을 가르쳐 주고 떨리는 목소리로 말했다.

"나도 이렇게 될 뻔했어!"

"하지만 자네는 이제 이놈과는 다른 인간이야."

수면에 떠 있는 해적들의 시체가 이렇게 적은 것은 이상한 일이었다. 겨우 대여섯 구밖에 안 된다. 썰물이 벌써 해적들의 시체를 난바다 쪽으로 실어가기 시작했다. 배가 갑자기 침몰했기 때문에 해적들은 달아날 여유도 없었을 것이다. 배는 옆으로 기울어져 있으니까 시체들은 대부분 뱃전 난간 밑에서 꼼짝하지 못하고 있었다. 그런데 썰물이 이 시체들을 난바다 쪽으로 실어가고 있으니까, 해적들을 섬에 매장하는 우울한 일은 하지 않아도

"나도 이렇게 될 뻔했어!"

될 것 같았다.

두 시간 동안 개척자들은 돛대와 활대를 모래톱으로 끌어올리고 돛을 활대에서 떼어서 말리는 일에 전념했다. 돛은 말짱했다. 그들은 거의 말을 하지 않았다. 일에 열중했기 때문이지만, 온갖 생각에 사로잡혀 있기 때문이기도 했다. 해적선이 손에 들어온 것, 아니 그 배의 소유물이 모두 손에 들어온 것은 참으로 엄청난 횡재였다. 실제로 한 척의 배가 하나의 세계를 이루고 있는 거나 마찬가지니까, 개척지에는 유익한 자원이 단번에 늘어나게 되었다. 그것은 '표류물 곶'에서 발견된 상자의 내용물을 '대규모'로 확대한 것 같았다.

'침몰한 브리그선을 다시 띄울 수도 있지 않을까? 구멍이 하나만 뚫렸다면, 그 구멍을 막으면 돼. 300톤에서 400톤짜리 배라면 '본어드벤처' 호와는 비교가 안 돼! 그런 배라면 멀리까지 갈 수 있어. 원하는 곳으로 갈 수 있어! 사이러스 씨와 에어턴과 함께 잘 조사해봐야겠군! 그럴 만한 가치는 있어.' 펜크로프는 생각했다.

실제로 브리그선이 아직 항해할 수 있다면, 링컨 섬 주민들이 조국으로 돌아갈 가능성은 훨씬 커질 것이다. 하지만 이 중요한 문제를 결정하려면 조수가 완전히 빠지기를 기다리는 게 좋다. 그러면 선체의 모든 부분을 샅샅이 조사할 수 있을 것이다.

표류물을 모두 바닷가의 안전한 곳으로 끌어올리자, 사이러스와 동료들은 잠깐 쉬면서 식사를 하기로 했다. 그들은 배가 고파 죽을 지경이었다. 다행히 부엌이 멀지 않았기 때문에 네브가 주방장을 맡아서 즉석 요리를 만들었다. 모두 침니 옆에서 식사를 했다. 식사하는 동안, 기적적으로 개척지를 구해준 그 뜻밖의 사건이 화제에 올랐다.

"기적이라는 말이 딱 들어맞아요." 펜크로프가 말했다. "그 악당 놈들을 그렇게 때맞춰 날려 보냈으니 말입니다! 그래닛 하우스가 하마터면 폐허가 될 뻔했어요."

"그런데 펜크로프, 어떻게 그런 일이 일어났는지 생각해봤나? 무엇이 배를 폭발시킬 수 있었을까?" 스필렛이 물었다.

"그건 아주 간단합니다. 해적선은 군함처럼 되어 있지 않아요. 그리고 탈옥수들은 수병과 다릅니다. '스피디' 호의 화약고는 열려 있었을 거예요. 놈들은 쉬지 않고 대포를 쏘아대고 있었으니까요. 부주의하거나 서투른 놈이 있으면 충분히 배를 날려 보낼 수 있죠."

그러자 하버트가 사이러스를 보면서 말했다.

"제가 이상하게 생각하는 건요, 그런 폭발이 일어났는데도 피해가 생각처럼 크지 않다는 거예요. 폭발음도 크지 않았고, 배의 잔해도 없고 떨어져 나간 판자도 없고…… 배는 폭발했다기보다 그냥 침몰한 것 같아요."

"나도 그게 이상하다고 생각한다. 하지만 나중에 선체를 조사해보면 그 문제는 설명할 수 있겠지."

"그러면 선생님은 '스피디' 호가 그냥 암초에 부딪혀 침몰한 것 같다고 말할 작정인가요?" 펜크로프가 말했다.

그러자 네브도 끼어들었다.

"수로에 암초가 있다면……."

"알았어, 네브. 자네는 그때 마침 눈을 감아버린 모양이야. 나는 이 눈으로 똑똑히 보았는데, '스피디' 호는 침몰하기 직전에 어마어마한 파도에 실려 솟구쳤다가 좌현 쪽으로 기울면서 가라앉았어. 암초에 부딪혔을 뿐이라면 제대로 된 배가 다 그렇듯이 천천히 가라앉았을 거야."

"바로 그거예요! 그러니까 그 배는 제대로 된 배가 아니라고 요!" 네브가 대답했다.

"이제 곧 알게 되겠지." 사이러스가 다시 말했다.

"이제 곧 알게 되겠지만……" 선원이 덧붙여 말했다. "저 수로 에 암초가 없다는 데에는 제 목을 걸어도 좋습니다. 하지만 그래 도 선생님은 이 사건에 뭔가 이상한 점이 있다고 말하고 싶은 거 아닙니까?"

사이러스는 대답하지 않았다.

"배가 바위에 부딪쳤든 폭발했든, 그런 일이 때맞춰 일어났다 는 건 자네도 인정하겠지?" 스필렛이 말했다.

"물론 그건 인정합니다!" 선원이 대답했다. "하지만 문제는 그 게 아니에요. 나는 이 모든 사건의 배후에 초자연적인 힘이 숨어 있다고 생각하는지, 사이러스 선생님한테 묻고 싶은 겁니다."

"나는 아무 말도 할 수 없네, 펜크로프." 사이러스가 말했다. "내가 할 수 있는 대답은 그것뿐이야."

이 대답에 펜크로프는 전혀 만족하지 않았다. 그는 '폭발'이 틀림없다고 생각했고, 그 의견을 바꾸려고 하지 않았다. 이 수로 의 바닥은 모래톱과 마찬가지로 고운 모래가 깔려 있었고, 선원 은 썰물 때 몇 번이나 이곳을 건너 다녔기 때문에 아직 자기가 모 르는 암초가 있다는 것은 도저히 인정할 수 없었다. 그리고 '스 피디' 호가 가라앉았을 때는 만조 때였다. 어떤 암초에도 부딪히 지 않고 충분히 넘을 수 있을 만큼 수심이 깊었다. 하물며 썰물 때에도 암초는 보이지 않았다. 따라서 배가 무언가에 충돌했을

리는 없었다. 그렇다면 배는 암초에 부딪힌 것이 아니라 폭발했
다는 이야기가 된다.

선원의 추리에 일리가 있다는 것은 인정할 수밖에 없다.

한 시 반쯤 개척자들은 카누를 타고 침몰 현장으로 갔다. 해적
선의 보트 두 척을 얻지 못한 것은 유감이었다. 한 척은 '은혜
강' 어귀에서 부서져 쓸모가 없어졌고, 또 한 척은 '스피디' 호가
침몰할 때 보이지 않게 되었다. 아마 본선에 깔려 두 번 다시 모
습을 나타내지 않을 것이다.

이때 '스피디' 호 선체가 해상에 모습을 보이기 시작했다. 그
배는 단순히 옆으로 기울어진 것이 아니라, 침몰할 때 이동한 바
닥짐의 무게로 돛대가 부러져 뒤집힌 상태가 되어 있었다. 설명
할 수는 없지만, 바다 속의 무서운 힘이 배를 거꾸로 뒤집어버린
것이다. 이 힘이 바닷물의 거대한 용오름을 일으킨 게 분명했다.

개척자들은 선체를 한 바퀴 돌아보았다. 조수가 빠지자 그 사
고의 끔찍한 결과를 알 수 있었다. 하지만 사고의 원인은 여전히
알 수 없었다.

뱃머리의 용골 끝에서 양쪽으로 2.5미터 떨어진 옆구리가 적
어도 6미터에 걸쳐 파괴되어 있었다. 거기에는 도저히 막을 수
없을 것 같은 커다란 구멍이 두 개 뚫려 있었다. 밑바닥의 구리판
과 두꺼운 바깥 널빤지는 산산조각으로 부서져 날아갔는지 흔적
도 없고, 늑재를 서로 연결하는 볼트와 나무못도 보이지 않았다.
이물에서 고물까지 선체 전체를 보강하는 목재도 구부러져서 쓸
모가 없어졌다. 가용골*은 무언가 설명할 수 없는 힘으로 떼어져

---

* 가용골_ 진짜 용골 밑에 겹쳐져서 암초의 손상을 막아주는 것.

있었고, 용골 자체도 군데군데 내용골*에서 떨어져 있고, 전체적으로 상처를 입고 있었다.

"제기랄!" 펜크로프가 외쳤다. "이래서는 배를 다시 띄우기가 어렵겠는걸!"

"불가능할지도 몰라." 에어턴이 받았다.

"어쨌든 폭발이 일어났다면 그 폭발은 아주 색다른 결과를 낳았군." 스필렛이 펜크로프에게 말했다. "갑판과 흘수선 위쪽 부분을 날려 보내는 대신 아랫부분을 엉망으로 만들어버렸으니 말이야. 이 두 개의 커다란 구멍은 화약고가 폭발하여 생겼다기보다 암초에 부딪혀 생긴 것 같아."

"이 수로에는 암초가 없어요." 선원이 대꾸했다. "바위에 부딪혔다는 것만 빼고 나머지는 전부 인정합니다."

"배 안으로 들어가보세." 사이러스가 말했다. "어쩌면 배가 파괴된 원인이 어딘가에 있을지도 모르니까."

이제 배 안으로 들어가기는 쉬웠다. 바닷물은 순식간에 빠져나가 수심이 얕아졌고, 선체가 뒤집혀서 갑판 아래가 지금은 위를 보고 있었기 때문이다. 바닥짐으로 사용된 무거운 쇳덩이가 갑판에 군데군데 구멍을 뚫어놓았다. 선체의 갈라진 틈으로 바닷물이 흘러나가는 소리가 들렸다.

사이러스와 동료들은 도끼를 손에 들고 반쯤 망가진 갑판을 나아갔다. 여러 종류의 상자가 흩어져 있었다. 짧은 시간만 바닷물에 잠겨 있었으니까 상자 내용물은 아마 그대로일 것이다.

모두 이런 짐을 안전한 곳으로 옮기는 일에 착수했다. 밀물이

---

* 내용골_ 용골을 따라 이물에서 고물까지 뻗어 있는 목재.

들어올 때까지 아직 몇 시간은 남아 있을 테니까 이 시간을 최대한 이용했다. 에어턴과 펜크로프는 선체에 뚫린 구멍에 도르래를 설치하여 통과 상자를 끌어올리기로 했다. 배에 실렸던 짐은 카누에 실려 곧 해안으로 옮겨졌다. 모두 닥치는 대로 실어냈다. 물건을 가려내는 일은 나중에 하면 된다.

어쨌든 개척자들이 가장 기쁘게 생각한 것은 이 배에 참으로 다양한 짐이 실려 있다는 사실이었다. 폴리네시아 해역을 널리 돌아다니는 배가 갖추고 있는 기구와 가공제품, 공구 등 온갖 물품이 실려 있었다. 뭐든지 거의 다 갖추고 있는 모양이니까, 그야말로 링컨 섬 개척지에 꼭 필요한 선물이라고 말해야 할 것이다.

선체는 앞에서도 말했듯이 큰 사고의 원인이 된 어떤 충격으로 심하게 손상되어 있었다. 사이러스는 입을 다물고 놀란 눈으로 그것을 관찰했다. 특히 선창 쪽 장비가 많이 파손되었다. 강력한 폭탄이 배 안에서 폭발한 것처럼 칸막이벽과 선체 기둥이 부서져 있었다. 차례로 상자를 끌어냈기 때문에 개척자들은 이물에서 고물까지 쉽게 오갈 수 있게 되었다. 실어내기 어려운 무거운 짐은 없고 작은 짐이 많았지만, 안에 뭐가 들어 있는지는 알 수 없었다.

개척자들은 고물에 이르렀다. 원래 선미루가 있었던 곳이다. 에어턴의 말에 따르면 거기에 화약고가 있을 터였다. 사이러스는 화약고가 폭발하지는 않았을 거라고 생각했다. 그러면 화약통을 몇 개 실어낼 수 있을 것이다. 화약은 금속 덮개로 싸서 보관하는 게 보통이니까 물을 뒤집어써도 괜찮다.

실제 상황도 그러했다. 많은 포탄 사이에 스무 개 정도의 통이 있었다. 통 안쪽은 구리로 덮여 있었다. 모두 조심스럽게 그 통들

많은 포탄 사이에 스무 개 정도의 통이 있었다

을 끌어냈다. 펜크로프는 '스피디' 호가 화약 폭발로 파괴되지 않았다는 것을 눈으로 확인하고 납득할 수밖에 없었다. 확실히 화약고가 있는 곳이 가장 피해가 적었다.

"이런 일도 다 있군!" 고집 센 선원이 말했다. "그래도 수로에는 암초가 없어."

"그럼 무슨 일이 일어난 거죠?" 하버트가 물었다.

"그건 나도 몰라. 선생님도 모르고, 아무도 몰라. 앞으로도 영원히 모를 거야!"

여러 가지 조사를 하는 동안 몇 시간이 지나 다시 밀물이 들어오기 시작했다. 그래서 짐을 회수하는 작업은 중단해야 했다. 그래도 선체가 조류에 휩쓸려갈 염려는 없었다. 선체는 이미 모래로 가득 차서 닻을 몇 개나 내린 것처럼 단단히 바다 속에 고정되어 있었기 때문이다.

따라서 다음 썰물 때를 기다려 작업을 재개해도 문제될 것은 없었다. 배 자체는 쓸모가 없어졌지만, 그래도 선체 잔해를 회수하는 작업은 서둘러야 한다. 우물쭈물하면 수로의 모래 속으로 사라져버리기 때문이다.

저녁 다섯 시가 되어 있었다. 작업하는 사람들에게 오늘은 힘든 하루였다. 그들은 모두 왕성한 식욕으로 식사를 끝냈다. 몸은 몹시 고단했지만, 식사를 끝낸 뒤에는 모두 '스피디' 호에 실려 있던 상자를 조사해보고 싶은 욕망을 억누르지 못했다.

많은 상자에는 옷가지가 들어 있었고, 이것이 대환영을 받은 것은 여러분도 짐작이 갈 것이다. 개척자들이 모두 몸에 걸칠 만한 옷가지가 갖추어져 있었다. 속옷은 뭐든지 다 있었고, 구두 사이즈도 다양했다.

"우리도 풍족해졌군!" 펜크로프가 외쳤다. "하지만 이 많은 걸 어떻게 다 처리하지?"

럼주가 든 술통과 담배 상자, 총과 칼, 무명천, 농기구, 온갖 연장, 온갖 종자가 들어 있는 상자―이런 내용물을 확인할 때마다 펜크로프는 기뻐서 만세를 불렀다. 내용물은 잠깐 바닷물에 잠겨 있었을 뿐이어서 원래 상태를 그대로 유지하고 있었다. 아아, 2년 전에 그들은 이런 물건을 얼마나 간절히 원했던가! 하지만 솜씨 좋은 개척자들이 혼자 힘으로 많은 도구를 만들어낸 지금도 이 새로운 재산은 어쨌든 큰 도움이 될 것이다.

그래닛 하우스의 창고에는 물건을 넣을 곳이 얼마든지 있었다. 하지만 그날은 시간이 모자라서 물건을 모두 넣을 수 없었다. 그리고 '스피디' 호에서 살아남은 해적들이 섬에 들어와 있다는 것을 잊어서는 안 된다. 놈들은 지독한 악당이니까, 경계를 게을리 하지 말아야 한다. '은혜 강'의 다리나 그밖의 작은 다리도 모두 올려놓았지만, 그놈들은 강이나 개울 따위에는 신경 쓰지 않을 것이다. 그 흉악한 놈들은 절망에 빠져 있으니까, 어떤 끔찍한 짓도 서슴없이 저지를 것이다.

놈들에 대해 어떤 방침을 취해야 할지는 이제 곧 알게 될 것이다. 하지만 당분간은 침니 옆에 쌓아둔 상자나 꾸러미를 감시해야 했기 때문에 개척자들은 밤새 교대로 불침번을 섰다.

이렇게 밤은 지나갔지만 해적들은 공격해오지 않았다. 주피와 토비도 그래닛 하우스 밑에서 파수를 보고 있었으니까, 무슨 일이 있으면 당장 달려와서 알려줄 터였다.

그후 사흘 동안(10월 19일·20일·21일) 그들은 해적선에 실린 짐과 선체에서 가치 있는 것이나 쓸모 있는 것을 회수하는 작업에 열중했다. 썰물 때는 배 안에서 물건을 끌어내고, 밀물 때는 회수한 짐을 창고에 넣었다. 배 밑바닥의 구리판도 대부분 선체에서 떼어낼 수 있었다. 선체는 날마다 모래에 묻혀갔다. 하지만 바다 밑바닥에 가라앉은 무거운 물건을 모래가 완전히 삼켜버리기 전에 에어턴과 펜크로프는 몇 번이나 잠수하여 쇠사슬과 닻, 바닥짐으로 쓰인 쇳덩이, 그리고 대포 네 문까지 찾아냈다. 대포들은 속이 텅 빈 커다란 통 위에 실어서 겨우 땅 위로 끌어낼 수 있었다.

이리하여 개척지의 무기고도 그래닛 하우스의 부엌이나 창고에 못지않을 만큼 충실해졌다. 항상 장래 계획을 세우는 데 열심인 펜크로프는 수로나 하구가 내려다보이는 곳에 포대를 설치할 계획을 세웠다. 대포 네 문이 있으면 '아무리 막강한' 함대도 링컨 섬 해역에 접근하지 못하게 할 수 있다는 것이다!

배에 쓸모 없는 잔해만 남게 되었을 때, 갑자기 폭풍이 몰아쳐서 선체를 완전히 부수어주었다. 사이러스는 배의 잔해를 폭파하여 그 파편을 해안에서 주워 모을 작정이었지만, 강한 북동풍과 큰 파도 덕분에 화약을 절약할 수 있었다.

실제로 23일에서 24일에 걸친 밤에 '스피디' 호의 선체는 완전히 부서졌고, 표류물의 일부는 해변으로 밀려 올라왔다.

사이러스 스미스는 선미루의 선반을 꼼꼼히 뒤져보았지만, 배에 관한 서류는 아무것도 찾지 못했다. '스피디' 호의 선장이나 선주에 관한 서류를 해적들이 모조리 파기해버린 것이다. 고물의 명판에도 모항*의 이름이 씌어 있지 않았기 때문에 이 배의

---

* 모항母港_어떤 배의 근거지가 되는 항구.

국적을 추정할 수도 없었다. 그래도 에어턴과 펜크로프는 뱃머리 모양 등으로 미루어보아 '스피디' 호가 영국에서 건조된 배라고 생각하는 모양이었다.

큰 사고가 일어난 지 일주일이 지났다. 큰 사고라기보다 개척지를 구해준 사건, 개척지에 행운이기는 했지만 설명할 수 없는 사건이라고 말하는 편이 옳을지 모른다. 이제 썰물이 져도 배의 형체는 전혀 보이지 않게 되었다. 배의 잔해는 뿔뿔이 흩어져버렸다. 하지만 그래닛 하우스는 배에 있던 물건을 거의 다 회수하여 풍족해졌다.

그런데 10월 30일, 모래톱을 걷고 있던 네브가 두꺼운 쇠로 만든 원통 파편을 발견했다. 폭발한 흔적이 있는 그 파편을 발견하지 않았다면 그 기묘한 폭발에 숨겨진 수수께끼는 밝혀지지 않았을 것이다. 그 원통은 가장자리가 구부러지고 깨져 있었다. 폭발물의 힘을 받아 그렇게 된 것 같았다.

네브는 동료들과 함께 침니의 작업장에서 일하고 있는 주인에게 이 파편을 가져왔다.

사이러스는 이 원통을 주의 깊게 살펴본 뒤, 펜크로프를 돌아보며 말했다.

"자네는 지금도 '스피디' 호가 암초에 부딪혀 침몰한 게 아니라고 생각하나?"

"그렇습니다, 선생님. 그 좁은 수로에 암초가 없다는 건 선생님도 잘 알고 계실 텐데요."

"하지만 배가 이 쇳조각에 부딪혔다면?" 사이러스는 원통 파편을 펜크로프에게 보여주었다.

"뭐라고요? 그 작은 파이프 토막예요?" 펜크로프는 전혀 믿을 수 없다는 어조로 외쳤다.

"이보게. '스피디' 호가 침몰하기 전에 마치 용오름 위에 올라 탄 것처럼 공중으로 치솟은 것을 기억하고 있겠지?"

"그럼요."

"그럼 왜 그런 현상이 일어났는지 알고 싶겠지? 그 원인이 바로 이거라네." 사이러스가 원통 파편을 내밀었다.

"이게요?" 펜크로프가 물었다.

"그래. 이 원통은 기뢰의 잔해라네."

"기뢰라고요?" 동료들이 모두 소리쳤다.

"누가 수로에 그걸 설치했죠?" 펜크로프가 물었다. 그는 아직도 납득하고 싶지 않았다.

"내가 말할 수 있는 건 내가 기뢰를 설치하지는 않았다는 것뿐일세! 하지만 기뢰는 설치됐네. 그 강력한 파괴력은 자네들도 눈으로 보았겠지?"

"이게요?" 펜크로프가 물었다

5

기뢰가 바다 속에서 폭발했다면 모든 것이 설명된다. 사이러스 스미스는 남북전쟁 때 이 무서운 파괴 무기를 실험할 기회가 있었기 때문에, 그가 잘못 판단했을 리는 없었다. 니트로글리세린이나 피크르산 같은 폭발물을 채워넣은 이 원통의 힘으로 수로의 바닷물이 용오름처럼 솟구쳤고, '스피디' 호는 바다에 치명상을 입고 순식간에 침몰한 것이다. 따라서 배는 다시 물 위에 뜰수 없었다. 그만큼 선체는 큰 피해를 입었다. 기뢰는 장갑판을 씌운 프리깃함도 간단한 낚싯배처럼 침몰시키는 파괴력이 있기 때문에 '스피디' 호가 이 기뢰에 저항할 수는 없었다.

모든 것은 분명해졌다. 어떻게 수로 바닥에 이 기뢰가 있었는가 하는 점을 제외하면!

"수수께끼의 인물이 존재한다는 것은 이제 의심할 수 없네." 사이러스가 다시 말하기 시작했다. "그 인물도 아마 우리처럼 조난자일 테고, 이 섬에 버려져 있을 걸세. 우리는 지난 2년 동안 설명할 수 없는 기묘한 사건들을 보았고, 이제는 에어턴도 그 사건들을 모두 알아야 할 때가 됐네.

여러 장면에 등장하여 우리에게 행운을 가져다준 그 친절한 인물은 도대체 누구일까? 나는 상상도 할 수 없네. 무슨 속셈으로 이런 행동을 하고, 우리를 도와준 뒤에도 모습을 감추고 있을까? 나는 도무지 이해할 수가 없네. 하지만 그의 호의는 실제로 존재해. 게다가 놀라운 힘을 가진 인간만이 할 수 있는 방식으로 우리에게 호의를 베풀고 있네. 에어턴도 우리와 마찬가지로 그 사람의 은혜를 입었어. 기구에서 떨어진 나를 구해준 것도 그 수수께끼의 인물이고, 유리병 속에 편지를 넣어 에어턴의 상황을 우리에게 알려준 것도 그 사람이니까.

덧붙여 말하면 우리한테 부족한 물건이 든 상자를 '표류물 곶'까지 가져와서 거기에 올라앉게 한 것도, '전망대'에 불을 피워 자네들을 인도한 것도, 페커리의 몸에서 발견된 총알을 쏜 것도 그 사람일세. 기뢰를 수로에 부설하여 해적선을 침몰시킨 것도 그 사람일세. 요컨대 우리가 이해하지 못했던 이상한 사건들은 모두 그 수수께끼의 인물과 관계가 있네. 그러니까 그 사람이 조난자든 이 섬에 추방된 사람이든 간에 우리가 그 사람한테 고마워하지 않는다면 배은망덕한 짓이지. 그 사람한테 은혜를 입었으니 언젠가는 그 은혜를 갚고 싶네."

"옳으신 말씀입니다." 기디언 스필렛이 받았다. "거의 전능하다고 말할 수 있는 누군가가 이 섬 어딘가에 숨어 있어요. 그 사람의 호의는 특히 우리 개척지에 유익했지요. 그리고 그 미지의 인물은 초자연적인 능력을 갖추고 있는 모양입니다. 실생활 속에 초자연적이라는 개념을 받아들일 수 있다면 말입니다.

그 인물은 그래닛 하우스의 우물을 이용하여 우리 이야기를 엿듣고 있는 게 아닐까요? 그렇게 해서 우리 계획을 모두 알고 있는 게 아닐까요? '본어드벤처' 호가 첫 항해를 나갔을 때 우리에게 그 병을 갖다준 것도 그 사람이 아닐까요? 호수에서 듀공을 죽이고 토비를 구해준 것도 그 사람이 아닐까요? 사이러스 씨를 구해준 것도 그 사람이죠? 아무리 생각해도 다른 사람은 도저히 불가능한 상황에서 당신을 구출했어요. 그게 그 사람이라면, 역시 그 인물은 자연계까지도 지배할 수 있는 힘을 갖고 있는 게 분명합니다."

신문기자의 관찰은 옳았다. 모두 그렇게 느끼고 있었다.

"그래." 사이러스가 대답했다. "누군가가 우리를 도와주고 있다는 것은 이제 의심할 여지가 없네. 하지만 그 사람은 인간이 갖고 있는 힘을 뛰어넘는 능력을 발휘할 수 있는 것 같아. 그것도 수수께끼지만, 우리가 그 사람을 찾아내면 그 수수께끼도 밝혀지겠지. 그래서 문제는, 정체를 숨기고 싶어하는 그 사람의 뜻을 존중할 것이냐, 아니면 어떻게든 그 사람을 찾아내기 위해 전력을 다할 것이냐일세. 자네들 의견은 어떤가?"

"제 의견은……" 펜크로프가 대답했다. "그 사람이 누구든 간에 좋은 사람인 건 분명합니다. 저는 그를 존경합니다."

"좋아. 하지만 그건 대답이 안 돼." 사이러스가 말했다.

그러자 네브가 끼어들었다.

"나리, 문제의 인물을 모두 찾고 싶어한다면 찾아도 좋다고 생각합니다. 하지만 그 사람이 나올 생각을 하지 않는다면 찾을 수 없지 않을까요?"

"그 말이 맞아." 펜크로프가 말했다.

"나도 네브의 의견에 동의합니다." 스필렛이 말했다. "그렇다고 해서 수색하지 않아도 좋은 건 아니에요. 그 미지의 인물을 찾아내든 못 찾아내든, 우리는 적어도 그 사람에 대한 의무를 다해야 한다고 생각합니다."

"그럼 하버트의 의견을 들어볼까?" 사이러스가 소년을 돌아보며 말했다.

"저는……" 하버트는 눈을 빛내면서 큰 소리로 대답했다. "그분께 고맙다는 인사를 하고 싶어요! 처음에 선생님을 구해주고, 그후에도 줄곧 우리를 도와주었으니까요."

"그래 맞아." 펜크로프가 받았다. "나를 포함해서 우리는 모두 그렇게 생각해. 나는 별로 호기심이 강한 편은 아니지만, 그 사람과 얼굴을 맞댈 수 있다면 눈 하나쯤은 주어도 좋아! 그 사람은 미남에 키가 크고 옹골찬 몸에 멋진 수염과 후광 같은 머리털을 기르고 있을 거야. 왠지 그럴 것 같은 기분이 들어. 구름 위에서 자고, 손에는 커다란 공을 갖고 있을 거야!"

"펜크로프, 자네가 생각하고 있는 건 하느님 아버지의 얼굴이잖아." 스필렛이 말했다.

"그럴지도 모르죠. 하지만 내 머리에는 그런 모습밖에 떠오르지 않아요."

"자네는 어떤가, 에어턴?" 사이러스가 물었다.

"사이러스 씨, 이런 상황일 때는 의견을 잘 말할 수 없습니다. 당신 생각대로 해도 좋을 것 같군요. 함께 수색하자면 나는 언제든지 따를 각오가 되어 있습니다."

"고맙네, 에어턴." 사이러스가 말을 이었다. "하지만 내 질문에 대해 좀더 분명한 대답을 듣고 싶네. 자네는 우리 동료야. 벌써 몇 번이나 우리를 위해 헌신해주었어. 그러니까 뭔가 중요한 결정을 할 때는 다른 사람과 마찬가지로 자네도 의견을 말해야 돼. 자, 말해보게."

"사이러스 씨, 우리는 그 미지의 은인을 찾아내기 위해 전력을 다해야 한다고 생각합니다. 어쩌면 그 사람은 혼자가 아닐까요? 병들었을지도 모르고, 생활을 바꾸려 하고 있을지도 모릅니다. 당신 말대로 나도 그 사람한테 은혜를 갚아야 합니다. 타보르 섬에 온 것은 그 사람이고, 여러분이 알고 계시는 그 비참한 사내를 발견하여 그 섬에 구조해야 할 가련한 사내가 있다는 것을 여러분에게 알려준 것도 그 사람이니까요! 그렇게밖에는 생각할 수 없습니다! 그 사람 덕분에 나는 인간으로 돌아올 수 있었어요. 그래요. 나는 그것을 절대로 잊을 수 없습니다!"

"그러면 결정됐네." 사이러스가 말했다. "되도록 빨리 수색을 시작하세. 섬 안을 구석구석 뒤지는 거야. 아무리 후미진 곳이라도 샅샅이 뒤져서 비밀 은신처를 찾아내도록 하세. 그 미지의 친구가 우리 마음을 알아주고 이 수색을 용서해주면 좋으련만."

며칠 동안 개척자들은 건초를 만들고 밀을 수확하는 작업에 힘을 쏟았다. 섬 안에서 아직 조사하지 않은 곳에 대한 수색 계획을 실행에 옮기기 전에 필요한 일을 모두 처리해버릴 작정이었다. 그리고 타보르 섬에서 모종으로 가져온 여러 가지 채소를 수확할 시기이기도 했다. 모든 수확물을 창고에 넣어두어야 했지만, 다행히 그래닛 하우스에는 공간이 얼마든지 있었다. 섬의 귀중품을 모두 넣어둘 수 있을 정도였다. 개척지의 생산물은 안전한 곳에 말끔히 정리되었다. 여기라면 다른 동물이나 인간이 노리지 못할 것이다. 이 두꺼운 암벽 속에 놓아두면 습기가 찰 염려도 전혀 없었다. 그들은 위쪽 통로에 있는 천연 벽감을 곡괭이로 깨거나 화약으로 폭파하여 공간을 더욱 넓혔다. 이리하여 그래닛 하우스는 식량과 탄약, 예비 도구와 기구 등 개척지의 모든 자재를 수용하는 종합창고가 되었다.

'스피디' 호에서 가져온 대포는 주강*으로 만든 훌륭한 것이었다. 펜크로프의 간절한 부탁에 따라 그들은 도르래와 기중기를 이용하여 대포를 그래닛 하우스 문턱까지 끌어올렸다. 창문과 창문 사이에 포안이 만들어지고, 이윽고 암벽에서 번쩍번쩍 빛나는 포구가 튀어나왔다. 이 높이에서 포격하면 대포는 유니언 만 전역을 지배할 수 있었다. 어떤 선박이든, 사전에 양해를 구하지 않고 입항할 수 없게 될 것이다.

어느 날(11월 8일) 펜크로프가 사이러스에게 말했다.

"대포를 설치하는 작업이 끝났으니, 사정거리를 시험해봐야 하지 않을까요?"

"그게 좋겠나?"

"좋은 정도가 아니라 꼭 필요합니다. 그러지 않으면 모처럼 손에 넣은 멋진 포탄을 얼마나 날려 보낼 수 있는지도 모르잖습니까?"

"그럼 시험해보세. 하지만 보통 화약은 손대지 않은 채 놓아두고 싶으니까, 솜화약으로 실험해야 할 거야. 솜화약은 부족하지 않으니까."

"그 대포가 솜화약의 폭발에 견딜 수 있을까요?" 기자가 옆에

---

* 주강鑄鋼_ 탄소강이나 합금강을 특정한 모양의 거푸집에 넣어 주조한 다음, 열처리를 하여 재질을 개량한 강철.

서 물었다. 스필렛도 펜크로프 못지않게 그래닛 하우스의 대포를 시험해보고 싶어서 좀이 쑤셨다.

"괜찮을 거야. 하지만 주의해서 실험하기로 하세." 사이러스가 덧붙여 말했다.

네 문의 대포가 모두 훌륭한 제품이라고 생각한 것도 당연한 일이었다. 사이러스는 대포에 관해 훤히 알았다. 튼튼한 주강으로 만들고 꽁무니로 포탄을 장전하게 되어 있는 이 대포는 많은 양의 화약을 견딜 수 있을 것이고, 따라서 사정거리도 아주 길 터였다. 실제로 유효한 거리를 날아가기 위해서는 포탄이 그리는 탄도가 되도록 직선에 가까워야 한다. 그리고 포탄이 처음 발사되는 초속도가 빠르지 않으면 직선 탄도를 유지할 수 없다.

"그런데 이 초속도는 사용되는 화약의 양으로 결정돼." 사이러스가 동료들에게 말했다. "대포를 제조할 때 중요한 문제는 되도록 내구력이 강한 금속을 사용하는 걸세. 강철이 금속 중에서 가장 내구력이 강하다는 것은 의심할 여지가 없네. 그래서 나는 당연히 이 대포가 솜화약의 가스 팽창을 쉽게 견디고 멋진 결과를 낳아줄 거라고 생각하네."

"그건 시험해보면 좀더 확실해지겠죠." 펜크로프가 대답했다.

대포 네 문의 상태가 완전했다는 것은 말할 나위도 없다. 바다에서 건져 올린 뒤 펜크로프는 대포를 정성껏 닦는 일을 도맡고 있었다. 그는 몇 시간 동안이나 대포를 헝겊으로 문질렀다. 거기에 기름을 발라서 다시 문지르고, 꽁무니의 마개와 볼트와 고정 나사까지도 깨끗하게 청소했다. 이제 네 문의 대포는 미국 해군의 프리깃함에 설치된 것처럼 번쩍번쩍 빛나고 있었다.

그날 주피와 토비까지 포함한 개척지 식구들이 모두 입회한

그는 몇 시간 동안이나 대포를 헝겊으로 문질렀다

가운데 네 문의 대포가 차례로 시험 발사되었다. 대포에는 솜화약을 채워넣었지만, 그 폭발력은 충분히 고려되었다. 앞에서도 말했듯이 솜화약의 폭발력은 보통 화약의 네 배에 이른다. 사용된 포탄은 끝이 둥근 원뿔형 포탄이었다.

펜크로프는 화약에 불을 붙이기 위한 노끈을 움켜잡고 언제라도 발사할 수 있는 태세를 갖추었다.

사이러스의 신호에 따라 첫 번째 시험 발사가 이루어졌다. 바다 쪽으로 발사된 포탄은 작은 섬 상공을 지나 난바다로 모습을 감추었다. 그 거리를 정확히 측정할 수는 없었다.

두 번째 대포는 '표류물 곶' 끝에 있는 바위를 겨냥했다. 포탄은 그래닛 하우스에서 5킬로미터쯤 떨어진 뾰족한 바위에 명중하여 바위를 산산조각으로 날려 보냈다.

이 포탄을 조준하여 발사한 것은 하버트였다. 소년은 이 시험 발사를 자랑스러워했다. 하지만 하버트 본인보다 그를 아들처럼 여기는 펜크로프가 더욱 자랑스럽게 생각했다.

세 번째 대포는 '유니언 만' 북쪽 해안에 솟아 있는 모래언덕을 겨냥했다. 이 포탄은 적어도 6.5킬로미터 떨어진 모래언덕을 도려내고 되튄 뒤, 물보라를 일으키며 바다 속으로 사라졌다.

네 번째 대포를 쏠 때는 사정거리를 되도록 길게 늘여보려고 솜화약의 양을 조금 늘렸다. 대포가 폭발할 경우에 대비하여 모두 대피한 뒤, 긴 도화선을 이용하여 심지에 불을 붙였다.

굉장한 폭발음이 났지만 대포는 멀쩡했다. 개척자들이 창가로 달려가보니 포탄이 그래닛 하우스에서 8킬로미터 떨어진 '턱 곶'의 바위를 스치고 '상어 만'으로 사라지는 것이 보였다.

"이 포대를 어떻게 생각하세요?" 펜크로프가 외쳤다. 포성이 울릴 때마다 그가 지르는 만세 소리는 그 폭음과 맞먹을 만큼 우렁찼다. "태평양의 해적들이 모두 나타나도 상관없어요! 우리가 허락하지 않으면 한 놈도 상륙할 수 없을 겁니다!"

"내 의견을 알고 싶다면 말하겠지만……" 사이러스가 대꾸했다. "그런 실험은 하고 싶지 않군."

"그런데 이 섬에서 얼쩡거리고 있는 여섯 놈은 어떻게 하죠?" 선원이 물었다. "우리 숲이며 밭이며 목초지를 놈들이 멋대로 돌아다니는 걸 가만히 내버려둘 겁니까? 놈들은 그야말로 재규어 같은 녀석들이에요. 놈들을 야수로 다루기를 망설일 필요는 없을 것 같은데, 에어턴, 자네 생각은 어때?" 펜크로프가 에어턴을 돌아보며 물었다.

에어턴은 처음에는 대답을 망설였다. 사이러스는 펜크로프가 그런 경솔한 질문을 한 것을 유감스럽게 생각했다. 그래서 에어턴이 조심스러운 태도로 이렇게 대답했을 때 사이러스는 무척 감동했다.

"나도 그 재규어 같은 놈들 가운데 하나였네, 펜크로프. 나는 의견을 말할 자격이 없어."

그는 느린 걸음으로 멀어져갔다.

펜크로프도 알아차렸다.

"나는 정말 바보야!" 그가 큰 소리로 말했다. "불쌍한 에어턴! 여기서는 에어턴도 우리와 똑같이 의견을 말할 자격이 있는데!"

"그래." 스필렛이 말했다. "하지만 그 겸손함이 에어턴의 장점일세. 에어턴이 자신의 불행한 과거에 대해 어떤 기분을 느끼고 있는지 헤아려주는 게 좋아."

"알았어요." 선원이 대답했다. "이제 두 번 다시 그런 말은 하지 않겠습니다. 에어턴을 슬프게 할 바에는 차라리 내 혀를 깨무는 게 나아요! 그러면 아까 그 문제로 돌아가서, 그 악당들은 동정받을 권리가 전혀 없으니까 되도록 빨리 섬에서 쫓아내는 게 좋을 것 같은데요."

"그게 자네 생각인가?" 사이러스가 물었다.

"그렇습니다."

"놈들을 무자비하게 추적하기 전에 놈들이 또다시 우리한테 적대행위를 저지르는지 어떤지 두고 보아도 좋지 않을까?"

"놈들이 지금까지 해온 짓으로는 부족하단 말입니까?" 펜크로프가 되물었다. 그는 사이러스가 왜 망설이고 있는지 전혀 이해할 수가 없었다.

"놈들도 지금까지와는 다른 감정에 사로잡힐 때가 있을지 모르잖아. 어쩌면 지금까지 한 짓을 후회하고……."

"후회한다고요? 그놈들이?" 선원은 어깨를 으쓱하며 외쳤다.

"아저씨, 에어턴을 생각해보세요." 하버트가 펜크로프의 손을 잡으면서 말했다. "에어턴은 다시 성실한 사람으로 돌아왔어요."

펜크로프는 동료들의 얼굴을 차례로 둘러보았다. 동료들이 자신의 제안을 선뜻 받아들이지 않고 망설일 줄은 꿈에도 몰랐다. 성격이 거친 선원은 섬에 상륙한 해적들과 화해한다는 것을 용납할 수 없었다. 그는 놈들을 야수로 생각하고 있었다. 야수는 주저하지 말고 가차 없이 죽여버려야 한다.

"아니, 모두 내 의견에 반대하는 겁니까! 그 못된 놈들한테 관용을 보이자는 거로군요. 좋습니다. 후회하지 않도록 기도합시다."

"조심해서 경계하면 별로 위험하지는 않을 거예요." 하버트가 말했다.

"글쎄. 그건 어떨까." 말수가 적은 스필렛이 말했다. "놈들은 여섯 명이고 모두 무기를 갖고 있네. 적들이 그늘에 숨어서 우리를 한 사람씩 쏘아 죽이면, 개척지는 결국 놈들 차지가 돼."

"그럼 왜 지금까지 그렇게 하지 않았을까요?" 하버트가 물었다. "그런 짓을 할 마음이 없었던 게 아닐까요? 그리고 우리도 여섯 명이에요."

"좋아! 알았어!" 펜크로프는 그렇게 대답했지만, 어떤 논리를 늘어놓아도 그를 설득할 수는 없을 것 같았다. "그 선량한 놈들이 멋대로 하게 내버려둡시다. 지금부터는 잠시도 놈들을 생각지 맙시다!"

"펜크로프 씨." 네브가 말을 걸었다. "그렇게 화내지 마세요. 그 불쌍한 사람들 가운데 하나가 눈앞에 있어도 펜크로프 씨는 총으로 쏘거나 하진 않을 거예요."

"천만에. 미친개를 쏘듯 방아쇠를 당길 거야." 펜크로프는 차갑게 대꾸했다.

"펜크로프." 이번에는 사이러스가 말했다. "자네는 지금까지 내 의견을 존중해주었네. 이번에도 내 결정에 맡겨줄 수 없겠나?"

"그러죠." 선원이 대답했다. 그러나 얼굴은 전혀 납득하지 않은 표정이었다.

"그럼 기다리기로 하세. 그리고 공격당하면 대항하기로 하세."

펜크로프는 좋은 결과를 기대하지 않았지만, 이렇게 해적에 대한 방침이 결정되었다. 놈들을 먼저 공격하지 않고 경계만 하자는 것이다. 이 섬은 크고 자연이 풍요로우니까, 그 불쌍한 사내들의 마음속에 조금이라도 진정성이 남아 있다면 마음을 고쳐먹을지 모른다. 꿋꿋이 살아나가야 한다면, 그들도 당연히 생활방식을 새롭게 바꾸려 하지 않을까? 어쨌든 인도적으로 생각해도 개척자들은 기다릴 수밖에 없었다. 전처럼 안심하고 섬 안을 돌아다닐 수는 없을 것이다. 지금까지는 들짐승만 조심하면 되었지만, 이제는 가장 악질적인 여섯 명의 탈옥수가 섬에서 얼쩡거리고 있었다. 이것은 분명 중대한 사태였다. 용기가 없는 사람이라면 안심하고 나돌아다닐 수도 없는 상황이니까.

어쨌든 지금은 펜크로프의 주장보다 다른 사람들의 주장이 우세했다. 하지만 앞으로도 그럴까? 그것은 나중에 알게 될 것이다.

6

이리하여 섬을 구석구석 탐색하는 일이 개척자들의 큰 관심사가 되었다. 그들이 결행하기로 한 이 탐색은 이제 두 가지 목적을 갖고 있다고 말할 수 있다. 첫째는 어딘가에 존재하는 수수께끼의 인물을 찾아내는 것이고, 둘째는 해적들이 어떻게 되었는지 확인하는 것이다. 해적들은 어떤 은신처에 숨어서 어떤 생활을 하고 있을까? 개척자들은 무엇을 경계해야 할 것인가?

사이러스 스미스는 우물쭈물하지 않고 당장 출발하고 싶었다. 하지만 원정에는 며칠이 걸릴 테니까, 야영에 필요한 여러 가지 용품과 여행에 필요한 기구를 수레에 실어서 가져가는 게 좋을 것이다. 그런데 하필이면 이때 얼룩말 한 마리가 다리를 다쳐서 수레를 끌 수가 없었다. 얼룩말을 며칠 쉬게 하고 출발을 11월 20일로 미루면 지장이 없을 것이다. 남반구의 11월은 북반구의 5월에 해당한다. 즉 기후가 좋은 계절이다. 태양은 남회귀선 위에 있어서, 1년 열두 달 가운데 낮 시간이 가장 길다. 따라서 원정을 떠나기에는 아주 좋은 절기였다. 이번 원정에서는 주요 목적을 달성하지 못하더라도 여러 가지를 많이 발견하게 될 것이다. 특히 새로운 자연의 산물을 많이 발견할 수 있을 것이다. 그것은 사이러스 스미스가 '뱀 반도' 끝까지 펼쳐져 있는 울창한 '서쪽 숲'을 탐험할 계획을 세웠기 때문이다.

원정을 떠나기에 앞서 그들은 9일 동안 '전망대'에서 마지막 작업을 해치우기로 했다.

하지만 에어턴은 우리로 돌아갈 필요가 있었다. 가축을 돌보아야 하기 때문이다. 그래서 에어턴은 이틀 동안 가축에게 먹이를 충분히 보급한 뒤 그래닛 하우스로 돌아오기로 했다.

그가 떠날 때 사이러스는 누군가와 함께 가겠느냐고 에어턴에게 물었다. 섬이 전만큼 안전하지 않은 탓에 걱정이 되었기 때문이다.

하지만 에어턴은 그럴 필요 없다고 대답했다. 혼자서도 충분히 해낼 수 있고, 두려워할 건 아무것도 없다고 말했다. 우리 근처에서 무슨 일이 일어나면 전보로 당장 그래닛 하우스에 알리면 된다.

이리하여 에어턴은 9일 새벽에 얼룩말 한 마리가 끄는 수레와 함께 출발했다. 두 시간 뒤에 그는 우리에 아무 이상도 없다고 전보로 알려왔다.

이틀 동안 사이러스는 그래닛 하우스를 어떤 공격에도 안전하게 지켜줄 계획을 실행에 옮기기로 했다. 그것은 호수의 원래 배수구를 완전히 감추어버리는 것이었다. 그랜트 호 남쪽 끝에 있는 이 배수구는 이미 돌로 막혀 있고 풀과 나무로 덮여 있어서 거의 보이지 않았다. 배수구가 물에 완전히 잠기게 하려면 호수의 수위를 50센티미터쯤 올리면 되니까 작업은 아주 간단했다.

호수의 수위를 올리려면 호수의 물이 빠져나가는 '글리세린 내'와 '폭포 내'를 막으면 된다. 개척자들은 작업에 착수했다. 바윗덩어리와 시멘트로 당장 봇둑 두 개가 만들어졌다. 물론 이 봇둑은 너비 2.5미터, 높이 1미터를 넘지 않는 작은 것이었다.

봇둑이 완성되고 보니, 일찍이 호수의 물이 흘러들었던 지하 배수로가 호수 남쪽 끝에 존재했다고는 도저히 생각할 수 없었다.

물론 그래닛 하우스의 저수조에 물을 보내 엘리베이터를 운전하는 데 필요한 작은 수로는 그대로 남겨두었다. 어떤 경우에도 물이 끊기지는 않는다. 이제 엘리베이터를 위로 올려버리면, 이 안전하고 쾌적한 대피소는 어떤 공격도 두려워할 필요가 없다.

이 일이 일찍 끝났기 때문에 펜크로프와 스필렛과 하버트는 '기구 항'까지 가보기로 했다. 선원은 '기구 항'의 작은 후미(가장 안쪽에 '본어드벤처'호가 닻을 내리고 있다)에 해적들이 찾아왔는지 알고 싶어서 견딜 수가 없었다.

"놈들은 남쪽 해안에 상륙했을 겁니다. 놈들이 해안을 따라 곧장 나아갔다면 그 작은 포구를 발견했을 가능성이 많아요. 하지만 그랬다 해도 '본어드벤처'호에는 손가락 하나 못 대게 하겠습니다."

펜크로프의 걱정은 터무니없는 것이 아니었기 때문에 '기구 항'에 가보는 것도 좋을 것으로 생각되었다.

선원과 두 동료는 11월 10일 점심을 먹고 나서 출발했다. 모두 무기를 몸에 지녔다. 펜크로프는 2연발 총신 두 개에 보란 듯이 두 발의 총알을 재면서 혼자 고개를 끄덕이고 있었다. 그것은 누

개척자들은 작업에 착수했다

구든 그에게 가까이 다가가면 불행한 운명을 맞게 되리라는 것을 말해주고 있었다. '짐승이든 사람이든' 가리지 않겠다고 선원은 말했다. 스필렛과 하버트도 각자 총을 들고 세 시쯤 그래닛 하우스를 떠났다.

네브가 '은혜 강'이 굽이진 지점까지 세 사람을 바래다주고, 그들이 다리를 건너자 다리를 들어올렸다. 세 사람이 돌아오면 총을 한 발 쏘고, 그것을 신호로 네브가 다시 와서 다리를 내려주기로 했다.

세 사람은 남해안의 '기구 항'을 향해 곧장 나아갔다. 거리는 5.5킬로미터밖에 안 되었지만, 스필렛과 두 동료가 그 거리를 가는 데 두 시간이 걸렸다. 길 오른쪽의 울창한 숲과 왼쪽의 '혹부리오리 늪'을 꼼꼼히 조사하면서 걸었기 때문이다. 해적들의 발자취는 전혀 보이지 않았다. 놈들은 개척자들의 수나 방위 능력을 아직 알아내지 못해서, 섬 안에서도 가장 접근하기 어려운 곳으로 도망친 게 분명했다.

펜크로프는 '기구 항'에 이르자 '본어드벤처' 호가 좁은 후미에 조용히 정박해 있는 것을 보고 만족했다. 어쨌든 '기구 항'은 높은 바위산에 둘러싸여 잘 감추어져 있기 때문에, 바위산 위로 올라가거나 안쪽으로 들어가지 않으면 바다 쪽에서도 육지 쪽에서도 발견할 수 없었다.

"그렇다면 놈들은 아직 이곳에는 오지 않은 겁니다." 펜크로프가 말했다 "그 뱀 같은 놈들한테는 풀숲이 더 어울리니까, 놈들과 마주칠 가능성이 높은 곳은 '서쪽 숲'이에요."

"정말 다행이에요." 하버트가 말했다. "그들이 '본어드벤처' 호를 발견했다면 배를 훔쳐 타고 도망쳤을 거예요. 그러면 우리도 당분간은 타보르 섬에 가지 못할 뻔했어요."

"그래." 스필렛이 대답했다. "스코틀랜드 배가 에어턴을 데려가려고 돌아올 경우에 대비하여 링컨 섬의 위치와 에어턴의 새 주소를 알리는 편지를 타보르 섬에 놓아두고 올 필요가 있으니까."

"그 때문에 '본어드벤처' 호를 여기 놓아둔 겁니다." 선원이 말했다. "선원들도 배도 명령만 떨어지면 언제라도 출발할 수 있어요!"

"이번 탐험이 끝나는 대로 타보르 섬에 가게 될 거야. 어쨌든 그 수수께끼의 인물을 찾아내면, 그 사람은 링컨 섬과 타보르 섬을 자세히 알고 있을 가능성이 커. 병에 든 편지를 쓴 건 틀림없이 그 사람이니까 말이야. 어쩌면 스코틀랜드 배가 언제 돌아올지도 알고 있을지 몰라."

"제기랄!" 펜크로프가 외쳤다. "도대체 어떤 사람일까요? 그 사람은 우리를 알고 있는데 우리는 그 사람을 모르다니! 단순한 조난자라면 왜 몸을 숨기고 있죠? 우리는 모두 선량한 사람들이고, 이런 사람들의 사회는 누구한테도 불쾌할 리가 없는데 말예요. 그 사람은 자진해서 이 섬에 왔을까요? 이 섬을 떠나고 싶으면 언제든지 떠날 수 있을까요? 지금도 섬에 있을까요? 아니면 벌써 떠나고 없을까요?"

이런 이야기를 하면서 펜크로프와 하버트와 스필렛은 '본어드벤처' 호에 올라타고 갑판을 걸어 다녔다. 닻줄이 감겨 있는 말뚝을 조사하고 있던 펜크로프가 갑자기 외쳤다.

"설마! 이건 믿을 수 없어!"

"왜 그러나?" 기자가 물었다.

"이런 식으로 묶은 건 내가 아니에요!"

펜크로프는 말뚝에 감긴 닻줄이 풀리지 않도록 고정하고 있는 밧줄을 가리켰다.

"무슨 소리야? 자네가 아니라니?" 스필렛이 물었다.

"내가 아니라는 건 맹세해도 좋아요! 이건 맞매듭인데, 나는 반매듭을 두 번 되풀이하는 버릇이 있거든요."

"그렇다면 자네가 실수한 거야!"

"나는 절대로 실수하지 않았어요. 손이 저절로 매듭을 지어버리는데, 손은 실수할 리가 없어요."

"그럼 해적들이 배에 올라탔을까요?" 하버트가 물었다.

"그건 모르지만……" 펜크로프가 대답했다. "확실한 건 누군가가 '본어드벤처' 호의 닻을 올렸다가 다시 내렸다는 거야. 이것 봐! 여기 또 다른 증거가 있어. 누군가가 닻줄을 풀었기 때문에 보강헝겊*이 닻줄 구멍과 마찰하는 위치에 와 있지 않아. 거듭 말하지만, 누군가가 이 배에 탔어!"

"하지만 해적들이 이 배에 탔다면, 배를 훔쳤거나 도망쳤을 거예요."

"도망친다고? 어디로? 타보르 섬으로?" 펜크로프가 대꾸했다. "너는 놈들이 이렇게 작은 배로 위험한 항해에 나설 거라고 생각하니?"

"그놈들이라면 타보르 섬을 알고 있다고 생각해야 하니까." 기자가 대답했다.

---

* 보강헝겊_ 닻줄 구멍과 마찰하는 부분의 닻줄이 닳아서 끊어지지 않도록 닻줄을 감싸고 있는 낡은 헝겊.

"어쨌든 누군가가 '본어드벤처' 호를 몰았다는 것은 내가 비니어드 출신의 본어드벤처 펜크로프인 것과 마찬가지로 확실해요!"

선원이 이렇게 단언했기 때문에 스필렛과 하버트도 이의를 제기할 수 없었다. 펜크로프가 '기구 항'에 배를 매놓은 뒤, 어떤 형태로든 배가 이동한 것은 분명했다. 선원은 닻이 한 번 올려졌다가 다시 내려진 것을 의심하지 않았다. 그런데 배를 어딘가로 몰고 간 게 아니라면 닻을 올렸다 내릴 필요가 어디 있단 말인가?

"하지만 왜 우리한테는 앞바다를 지나가는 '본어드벤처' 호가 보이지 않았을까?" 기자가 의문을 제기했다. 어떤 반론이라도 입 밖에 내보고 싶었다.

"밤에 떠나면 돼요. 순풍이 불면 두 시간 만에 섬에서 보이지 않는 곳까지 나갈 수 있어요."

"그러면 다시 묻겠는데, 해적들은 무슨 목적으로 '본어드벤처' 호를 타고 돌아다녔을까? 그리고 배를 타고 돌아다닌 뒤에 왜 다시 포구에 돌려놓았을까?"

"그런 건 설명할 수 없는 사건들 가운데 하나로 치고, 더는 생각지 말기로 합시다. 중요한 건 '본어드벤처' 호가 여기에 떠 있었다는 거였지만, 실제로 배는 이렇게 떠 있으니까 그걸로 됐습니다. 하지만 불행히도 놈들이 또다시 배를 훔치면 다시는 이곳에 돌려놓지 않을지도 몰라요."

"그럼 '본어드벤처' 호를 그래닛 하우스 앞으로 옮겨두는 게 안전하지 않을까요?" 하버트가 말했다.

"안전하기도 하고, 안전하지 않다고도 말할 수 있지." 펜크로프가 대답했다. "아니, 역시 안전하지 않아. '은혜 강' 어귀는 배에는 좋은 곳이 아니야. 그곳은 파도가 심해."

"하지만 모래톱에 끌어올려두면 어때요? 침니 아래쪽에……."

"그러면 좋을지도 모르지. 하지만 탐험 때문에 상당히 오랫동안 그래닛 하우스를 비워야 하니까, 역시 거기보다는 이곳에 놓아두는 편이 안전할 거야. 그 악당놈들을 섬에서 쫓아낼 때까지 배를 여기 놓아두는 게 무난해."

"나도 그렇게 생각하네." 기자가 말했다. "적어도 이곳은 악천후일 때도 '은혜 강' 어귀처럼 바람과 파도에 시달리지는 않을 테니까."

"하지만 해적들이 또 오면 어떡하죠?" 하버트가 물었다.

"이봐, 하버트." 펜크로프가 대답했다. "이곳에 배가 없으면 놈들은 당장이라도 그래닛 하우스 쪽을 뒤질 거야. 그리고 우리가 그래닛 하우스를 비웠을 때 놈들이 배를 훔치면 우리는 손을 쓸수가 없어. 그래서 나도 스필렛 씨와 마찬가지로 '기구 항'에 배를 그대로 두어야 한다고 생각해. 하지만 원정을 끝내고 돌아오면 배를 그래닛 하우스로 가져가서, 놈들을 섬에서 쫓아낼 때까지 거기에 놓아두는 편이 안전하겠지."

"나도 같은 생각일세. 자, 그럼 출발하세." 스필렛이 말했다.

펜크로프와 하버트와 스필렛은 그래닛 하우스로 돌아오자 '본어드벤처' 호에 대해 사이러스에게 보고했다. 사이러스도 '본어드벤처' 호를 어디에 두느냐에 대해서는 세 사람의 의견에 찬성했다. 그리고 작은 섬과 해안 사이의 수로 어딘가에 제방을 쌓아 인공항을 만들 수 있을지 연구해보겠다고 약속했다. 인공항이 생기면 '본어드벤처' 호를 언제나 눈앞에 둘 수 있고, 필요하면 선실에 자물쇠를 채워둘 수도 있을 것이다.

그날 밤, 염소 한 쌍을 데리고 와달라는 전보가 에어턴에게 보내졌다. 네브가 고원의 목초지에서 염소를 키우고 싶다고 말했기 때문이다. 그런데 이상하게도 에어턴은 전보를 받았다고 알려오지 않았다. 평소에는 어김없이 알려오는데 이상하다고 사이러스는 의아하게 생각했다. 하지만 에어턴은 이때 마침 우리를 비웠을지도 모르고, 그래닛 하우스로 돌아오는 길인지도 모른다. 실제로 그가 그래닛 하우스를 떠난 지 벌써 이틀이 지났다. 10일 밤이나 늦어도 11일 아침에는 그래닛 하우스에 돌아오기로 되어 있었다.

그래서 개척자들은 에어턴이 '전망대'에 나타나기를 기다렸다. 네브와 하버트는 에어턴이 나타나면 당장이라도 다리를 내려주려고 그 근처에서 지키고 있었다.

그런데 밤 열 시가 되어도 에어턴한테서는 소식이 없었다. 그래서 당장 응답하라는 전보를 에어턴에게 다시 보냈다.

하지만 그래닛 하우스의 수신기 벨은 여전히 침묵을 지키고 있었다.

개척자들은 더욱 불안해졌다. 무슨 일이 일어난 게 아닐까? 그러면 에어턴은 우리에 없는 게 아닐까? 아직 그곳에 있다면 행동의 자유를 빼앗기고 있는 것은 아닐까? 이 어둠을 뚫고 우리까지 가야 하지 않을까?

그들은 의논했다. 우리에 가보자는 사람도 있고, 여기서 기다리자는 사람도 있었다.

"혹시 전신기가 고장난 게 아닐까요?" 하버트가 말했다.

"그럴지도 몰라." 스필렛이 말했다.

"그럼 내일까지 기다리세." 사이러스가 받았다. "우리가 보낸 전보를 에어턴이 받지 못했을지도 모르고, 에어턴이 친 전보가 이쪽에 전달되지 않는지도 몰라."

모두 기다렸지만, 물론 불안은 사라지지 않았다.

11월 11일, 날이 밝자마자 사이러스는 다시 전보를 쳤지만 아무 응답도 돌아오지 않았다. 사이러스는 다시 한 번 시도해보았지만 결과는 마찬가지였다.

"우리로 가세!" 사이러스가 말했다.

"무기를 들고!" 펜크로프가 덧붙여 말했다.

그래닛 하우스에는 네브가 남기로 했다. 네브는 '글리세린 내' 까지 동료들을 배웅한 뒤, 다리를 올리고 나무 그늘에 숨어서 동료들이 돌아오기를 기다리기로 했다.

해적들이 나타나 강을 건너려고 하면 네브는 총을 쏘아 놈들의 침입을 막는다. 최종적으로는 그래닛 하우스로 피신하면 된다. 엘리베이터를 올려버리면 안전하다.

사이러스와 스필렛, 하버트와 펜크로프는 곧장 우리로 갔다. 에어턴이 보이지 않으면 주변 숲을 찾아다닐 작정이었다.

아침 여섯 시, 사이러스와 세 동료는 '글리세린 내'를 건넜다. 네브는 개울 왼쪽의 작은 언덕 뒤에 몸을 숨겼다. 언덕 위에 커다란 용혈수가 몇 그루 자라고 있었다.

개척자들은 '전망대'를 떠나자마자 우리로 가는 길을 나아갔다. 모두 총을 들고 있었다. 적이 조금이라도 공격해오면 언제든지 반격할 작정이었다. 카빈총 두 자루와 소총 두 자루에는 이미 총알이 재어져 있었다.

길 양쪽에는 덤불이 무성하게 우거져 있어서 악당들은 쉽게 몸을 숨길 수 있다. 놈들도 무기를 갖고 있으니까 무서운 존재라고 말할 수밖에 없다.

개척자들은 말없이 빠르게 걸었다. 토비가 앞장서서 길을 달리거나 덤불 속으로 뛰어들었지만, 짖지도 않고 무언가 이상한 낌새를 느끼고 있는 기색도 없었다. 이 충직한 개는 신뢰할 수 있다. 토비는 적에게 허를 찔리지 않을 것이고, 조금이라도 위험한 징후가 있으면 짖는 소리로 경보를 보낼 것이다.

사이러스와 동료들은 길을 따라 나아갔지만, 그것은 가축우리와 그래닛 하우스를 잇는 전선을 따라 나아가는 것이기도 했다. 3킬로미터를 걸어갈 때까지 전선이 끊긴 곳은 어디에도 없었다. 전신주는 단단히 서 있고, 절연체도 무사하고, 전선은 팽팽하게 당겨져 있었다.

그런데 3킬로미터가 지났을 때부터 사이러스의 눈에는 전선이 전보다 느슨하게 늘어진 것처럼 보였다. 그리고 74번째 전신주에 이르자 앞장서서 걷고 있던 하버트가 멈춰 서서 외쳤다.

"전선이 끊어져 있어요!"

동료들은 소년이 멈춰 선 곳으로 달려갔다.

전신주가 쓰러져서 길을 막고 있었다. 전선이 끊어진 것도 확인되었다. 그래닛 하우스에서 보낸 전보가 가축우리에 전달되지 않은 이유도, 우리에서 친 전보가 그래닛 하우스에 전달되지 않은 이유도 이것으로 분명해졌다.

"이 전신주를 쓰러뜨린 건 바람이 아니에요." 펜크로프가 말했다.

"그래." 스필렛이 받았다. "전신주가 묻혀 있던 땅을 누군가가 파냈군. 인간의 손이 전신주를 잡아 뽑았어."

"이 전신주를 쓰러뜨린 건 바람이 아니에요."

"그리고 전선도 잘랐어요." 하버트가 거칠게 잘린 철사의 양끝을 가리키면서 말했다.

"최근에 잘렸나?" 사이러스가 물었다.

"예. 그렇게 오래되지 않은 것 같아요." 하버트가 대답했다.

"우리로 갑시다. 우리로!" 펜크로프가 외쳤다.

이때 개척자들은 그래닛 하우스와 가축우리의 중간 지점에 있었다. 아직도 4킬로미터 정도의 거리가 남아 있었다. 모두 우리를 향해 달리기 시작했다.

정말로 가축우리에서 무언가 중대한 사태가 벌어졌는지도 모른다.

에어턴도 전보를 쳤겠지만, 그것은 그래닛 하우스에 전달되지 않았다. 하지만 그들을 걱정시킨 것은 그것만이 아니었다. 그보다 훨씬 이해할 수 없는 일이지만, 전날 밤에 돌아오겠다고 약속한 에어턴이 아직도 모습을 나타내지 않은 것이었다. 전선이 완전히 절단된 데에는 무언가 특별한 목적이 있는 게 분명했다. 가축우리와 그래닛 하우스 사이의 통신을 차단할 이유가 있는 사람은 그 해적들밖에 없었다.

개척자들은 걱정과 불안으로 가슴을 졸이면서 달려갔다. 새 동료인 에어턴에게 다들 진심으로 우정을 느끼고 있었다. 에어턴은 한때 그를 두목으로 여겼던 자들의 손에 학살당한 게 아닐까?

이윽고 그들은 '은혜 강' 지류인 작은 개울을 따라 뻗어 있는 길에 이르렀다. 싸움을 피할 수 없는 경우에 대비하여 숨이 차지 않도록 걷는 속도를 늦추었다. 총도 안전장치를 풀어서 언제라도 쏠 수 있는 태세를 갖추었다. 모두 숲 쪽을 지켜보고 있었다.

토비가 낮게 으르렁거리는 소리를 내기 시작했지만, 이것은 좋은 징조라고 말할 수 없었다.

드디어 나무들 사이로 울타리를 둘러친 가축우리가 보였다. 피해를 입은 것 같지는 않았다. 출입문은 여느 때처럼 닫혀 있고, 우리는 깊은 적막에 싸여 있었다. 언제나 들리는 산양의 울음소리도, 에어턴의 목소리도 들리지 않았다.

"들어가보세!" 사이러스가 말했다.

사이러스는 걸음을 내디뎠다. 동료들은 스무 걸음 떨어진 곳에서 지켜보며 언제라도 총을 쏠 준비를 하고 있었다.

사이러스는 출입문 안쪽 빗장을 풀고 문 하나를 밀어서 열려고 했다. 그때 토비가 격렬하게 짖기 시작했다. 울타리 너머에서 총성이 울려 퍼지고, 뒤이어 고통스러운 비명 소리가 들렸다.

하버트가 총을 맞고 땅바닥에 쓰러져 있었다.

총성이 울려 퍼지고, 뒤이어 비명 소리가 들렸다

7

하버트의 비명 소리를 듣고 펜크로프는 무기를 내던진 채 소년 쪽으로 달려갔다.

"놈들이 죽였어! 내 아이를! 놈들이 죽였어!" 선원이 울부짖었다.

사이러스 스미스와 기디언 스필렛도 하버트에게 달려갔다. 스필렛은 소년의 심장이 아직 뛰고 있는지 확인하려고 가슴에 귀를 댔다.

"살아 있어. 하지만 옮기지 않으면……."

"그래닛 하우스로? 그건 무리야." 사이러스가 대답했다.

"그럼 우리 안으로!" 펜크로프가 외쳤다.

"잠깐만 기다려." 사이러스가 말했다.

그는 우리를 한 바퀴 돌아보려고 왼쪽으로 달려갔다. 그러자 곧 해적 한 놈과 마주쳤다. 해적은 사이러스를 겨누고 총을 쏘았지만 모자를 날려 보냈을 뿐이다. 몇 초 뒤, 적이 두 번째로 방아쇠를 당기기 전에 사이러스는 단검으로 적의 심장을 찔러 죽였다. 총보다 칼이 더 확실하다.

그동안 스필렛과 펜크로프는 울타리를 타고 넘어 우리 안으로 뛰어내렸다. 그러고는 안쪽에서 문을 떠받치고 있는 버팀목을 치웠다. 두 사람은 곧 오두막 안으로 뛰어들었지만, 오두막은 텅 비어 있었다. 이윽고 가엾은 하버트는 에어턴의 침대 위에 눕혀졌다.

곧 사이러스가 소년 곁으로 달려왔다.

펜크로프는 축 늘어진 하버트를 바라보며 심한 고통을 맛보고 있었다. 그는 눈물을 흘리며 흐느끼고 있었다. 머리를 벽에 찧어서 박살내고 싶은 심정이었다. 사이러스와 스필렛도 펜크로프를 진정시킬 수 없었다. 둘 다 걱정으로 숨이 막혀서 아무 말도 할 수가 없었다.

그래도 두 사람은 눈앞에서 죽어가고 있는 소년을 죽음으로부터 지키기 위해 최선을 다했다. 스필렛은 지금까지 온갖 사건을 겪어왔기 때문에, 실제로 아픈 사람을 치료해본 경험도 있었다. 칼에 찔린 상처나 총에 맞은 상처를 치료해야 하는 상황에 부닥친 적도 있었다. 그래서 스필렛은 사이러스의 도움을 받아 하버트에게 꼭 필요한 치료를 하기로 했다.

우선 그는 하버트의 온몸이 마비된 것을 보고 놀랐다. 이 증상은 출혈 때문이거나 충격 때문이었다. 총알이 강한 힘으로 뼈에 닿으면 심한 마비를 일으키는 경우가 있다.

하버트의 얼굴은 창백해져 있었다. 맥박도 약했다. 금방이라도 멎어버릴 것만 같았다. 소년의 감각이나 지각도 거의 사라져 있었다. 아주 위중한 상태였다.

하버트의 옷을 벗겨 가슴을 드러냈다. 손수건으로 지혈한 뒤 찬물로 상처를 씻어냈다.

단순한 타박상이 아니다. 총알에 맞은 상처가 나타났다. 세 번째와 네 번째 갈비뼈 사이에 구멍이 뚫려 있었다. 여기에 총알을 맞은 것이다.

사이러스와 스필렛은 하버트의 몸을 들어 방향을 바꾸었다. 하버트는 힘없는 신음 소리를 냈다. 그것은 마지막 숨소리처럼 여겨졌다.

또 하나의 상처가 하버트의 등을 피로 물들이고 있었다. 가슴에 맞은 총알이 등을 뚫고 나간 것이다.

"다행이군!" 기자가 말했다. "몸속에 총알이 남아 있지 않으니까, 총알을 꺼내려고 수술할 필요는 없어요."

"하지만 심장은?" 사이러스가 물었다.

"다행히 심장은 벗어났어요. 심장에 맞았다면 벌써 죽었어요."

"죽었다고!" 펜크로프가 울부짖는 듯한 소리로 외쳤다. 기자의 마지막 말밖에 듣지 못한 것이다.

"아니야." 사이러스가 말했다. "그게 아니야! 하버트는 죽지 않았어. 맥박이 뛰고 있고, 신음 소리도 내고 있어. 하지만 자네 아들을 위해서라도 진정하게. 지금 필요한 건 냉정해지는 거야. 우리 마음까지 어지럽히지 않도록 해주지 않겠나?"

선원은 입을 다물었지만, 그 반동으로 커다란 눈물이 뚝뚝 떨어져 그의 얼굴을 적셨다.

한편 스필렛은 기억을 더듬어 하버트를 치료할 생각이었다. 지금까지 관찰한 결과, 총알이 몸 앞쪽으로 들어가서 뒤쪽으로 빠져나온 것은 의심할 여지가 없었다. 하지만 총알이 몸속을 통과할 때 어떤 손상을 입혔을까? 중요한 기관이 손상되지는 않았을까? 그것은 외과 전문의도 단언할 수 없는 일이니까, 하물며 기자가 알 수는 없었다.

그래도 스필렛이 알 수 있는 것이 하나 있었다. 그것은 손상 부위가 염증을 일으키는 것을 막은 다음, 이 상처(어쩌면 치명상인지도 모른다!) 때문에 일어나는 염증이나 발열과 싸워야 한다는 것이다. 그런데 어떤 약이나 소염제를 사용하는 게 좋을까? 어떤 방법을 사용해야 염증이 생기는 것을 막을 수 있을까?

어쨌든 지금 중요한 것은 꾸물거리지 말고 빨리 가슴과 등의 상처를 치료하는 것이었다. 상처를 미지근한 물로 씻어내고 상처를 눌러서 죽은피를 빼내는 처치는 필요없을 것 같았다. 하버트는 이미 많은 피를 흘려 쇠약해져 있었기 때문이다.

그래서 스필렛은 두 군데 상처를 찬물로만 씻어두기로 했다.

하버트는 왼쪽을 향하고 옆으로 누워서 줄곧 그 자세를 유지하고 있었다.

"몸을 움직이면 안 돼." 스필렛이 말했다. "등과 가슴의 상처가 곪지 않게 하려면 이 자세가 제일 좋아. 그리고 절대 안정하지 않으면 안 돼."

"그럼 하버트를 그래닛 하우스로 옮길 수 없나요?" 펜크로프가 물었다.

"아직은 그래."

"제기랄!" 선원은 소리를 지르며 주먹을 하늘로 치켜올렸다.

"펜크로프!" 사이러스가 타일렀다.

스필렛은 다친 소년을 주의 깊게 조사하기 시작했다. 하버트의 얼굴이 여전히 창백했기 때문에 기자는 당황했다.

"사이러스 씨, 나는 의사가 아니어서…… 사실은 어떻게 해야 좋을지 모르겠어요. 당신의 경험으로 충고나 조언을 해주세요."

"진정하게." 사이러스는 기자의 손을 움켜잡았다. "냉정하게 판단하세. 하버트의 목숨을 구하는 것만 생각하면 돼."

이 말에 스필렛은 자신감을 되찾았다. 순간적으로 맥이 탁 풀리고 무거운 책임감만 덮쳐왔기 때문에 자신감을 잃어버렸던 것이다. 그는 침대 옆에 앉았다. 사이러스는 계속 서 있었다. 펜크로프는 무의식중에 셔츠를 찢어서 붕대를 만들고 있었다.

스필렛은 사이러스에게 "무엇보다 먼저 출혈을 멈추게 해야 한다"고 설명했다. 하지만 상처를 닫아버려도 안 되고, 상처가 금방 아물게 내버려두어도 안 된다. 몸속 내장에 총알구멍이 뚫린 것은 분명한데, 그런 상처가 곪아서 생긴 고름이 밖으로 배출되지 못하고 가슴 속에 고이면 안 되기 때문이다.

사이러스도 기자의 말에 전적으로 동의했다. 그들은 상처를 접합하여 닫아버리지 않고 그대로 둔 채 치료하기로 했다. 다행히 상처를 절개할 필요는 없을 것 같았다.

그런데 개척자들은 염증을 막는 데 효과적인 약을 갖고 있을까?

그렇다. 그들은 그런 약을 갖고 있었다. 자연이 그 약을 인심좋게 내주고 있었다. 그것은 바로 찬물이었다. 냉수는 상처의 염증을 막아주는 가장 강력한 예방약이자 가장 효과적인 치료제이기 때문에, 지금은 전 세계 의사들이 널리 사용하고 있다. 찬물은 여러 가지 이점을 갖고 있지만, 특히 상처를 더 악화시키지 않고 붕대를 감지 않아도 상처를 보호해주는 이점이 있다. 이것은 아주 중요한 이점이다. 처음 며칠 동안은 상처가 공기에 닿으면 해롭다는 것이 실험으로 증명되었기 때문이다.

스필렛과 사이러스는 자신들의 상식만으로 그렇게 생각했지만, 결국 그것은 최고의 외과의사와 같은 처치였다. 그들은 하버트의 상처에 습포를 대고, 습포를 계속 찬물로 적셨다.

펜크로프는 우선 오두막 난로에 불을 피웠다. 오두막에는 생활에 필요한 것이 모두 갖추어져 있었다. 단풍당과 약초가 있었기 때문에 맛이 상쾌한 탕약을 달일 수 있었다. 그들은 하버트에게 이 탕약을 먹였지만 소년은 그것을 알아차린 것 같지 않았다. 열이 높고, 낮과 밤이 지나도 소년의 의식은 돌아오지 않았다. 하버트의 목숨은 실오라기 하나에 연결되어 있었고, 그 실이 언제 툭 끊어질지는 알 수 없었다.

이튿날인 11월 12일, 사이러스와 동료들은 희망을 조금 되찾았다. 하버트가 긴 혼수상태에서 깨어났기 때문이다. 소년은 눈을 뜨고 사이러스와 스필렛과 펜크로프의 얼굴을 쳐다보았다. 그리고 두세 마디 말을 했지만, 자기한테 무슨 일이 일어났는지는 기억하지 못했다. 동료들은 그것을 가르쳐주었다. 스필렛은 절대 안정하라고 말하면서, 목숨은 위태롭지 않고 상처도 며칠만 지나면 나을 거라고 덧붙였다.

하버트도 거의 통증을 느끼지 못했다. 계속 찬물을 상처에 대고 있었기 때문에 염증을 막을 수 있었다. 고름도 잘 나오고 있었고, 열이 더 높아질 기미는 없었다. 이대로 가면 그 끔찍한 상처가 파국을 초래하지는 않으리라고 기대해도 좋을 듯싶었다. 펜크로프도 긴장했던 마음이 차츰 가라앉는 것을 느꼈다. 그는 자

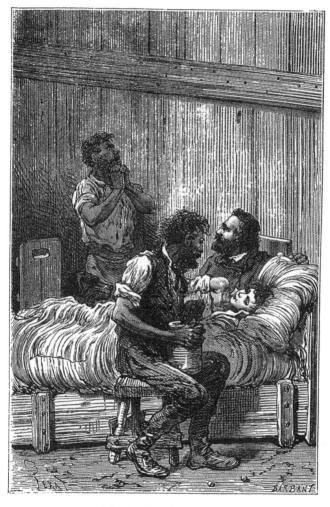

하버트가 긴 혼수상태에서 깨어났다

선단체의 간호사처럼, 또는 아들의 병상을 지키는 어머니처럼 소년 곁에서 수발을 들었다.

하버트는 다시 잠들었다. 그 잠은 전보다 한결 편안해 보였다.

"기대해도 좋다고 몇 번이라도 말해주세요, 스필렛 씨!" 펜크로프가 말했다. "하버트를 구해주겠다고 몇 번이라도 말해주세요!"

"걱정 말게. 구해줄 수 있어!" 기자가 대답했다. "물론 상처는 중상이야. 총알은 아마 허파를 뚫고 지나갔을 거야. 하지만 허파에 구멍이 나도 치명적인 경우는 거의 없네."

"오오! 하느님이 당신 말을 들었기를!" 펜크로프는 몇 번이나 그 말을 되풀이했다.

개척자들은 우리에 도착한 뒤 24시간 동안 하버트를 치료하는 것밖에 생각지 않았다. 해적들이 돌아오면 모두 위험에 빠진다는 것도, 앞으로 경비를 강화하는 문제를 생각해야 한다는 것도 염두에 없었다.

그날 펜크로프가 소년의 침상 곁에 붙어 있는 동안, 사이러스와 스필렛은 이제 무엇을 해야 할 것인지에 대해 이야기를 나누었다.

우선 두 사람은 가축우리를 둘러보았다. 에어턴의 흔적은 어디에도 보이지 않았다. 그는 지금 어디 있을까? 과거의 공범자들에게 끌려갔을까? 우리에 있다가 놈들에게 습격당한 것일까? 놈들과 싸우다가 죽은 것은 아닐까? 이 마지막 가설이 실제로 일어났는지도 모른다. 스필렛은 울타리를 타고 넘을 때, 해적들 가운데 하나가 프랭클린 산의 남쪽 지맥을 따라 달아나는 것을 분명히 보았다. 토비가 그 사내를 쫓아갔다. 그 사내는 '은혜 강' 어귀에서 바위에 부딪혀 부서진 보트에 타고 있던 해적들 가운데 하나가 분명했다. 그리고 사이러스한테 죽은 사내의 시체는 아직도 우리 밖에 있었지만, 이 사내 역시 보브 하비의 일당이 분명했다.

그런데 가축우리 자체는 아직 침범당하지 않았다. 출입문은 닫혀 있었고, 가축들도 숲으로 달아나지 않았다. 싸운 흔적도 없었고, 오두막이나 울타리도 전혀 망가지지 않았다. 다만 에어턴이 가져간 탄약은 보이지 않았다.

"에어턴은 가엾게도 허를 찔렸을 거야." 사이러스가 말했다. "제 몸은 스스로 지킬 수 있는 사내니까 싸우다가 죽었는지도 몰라."

"그래요. 그럴 가능성은 있습니다." 기자가 대답했다. "그리고 아마 해적들은 가축우리를 근거지로 삼았을 거예요. 이곳에는 뭐든지 갖추어져 있으니까요. 그런데 우리가 오는 것을 보고 달아났겠지요. 에어턴이 살았든 죽었든, 그때 여기 없었던 것도 분명합니다."

"놈들을 어떻게든 끌어내야 돼." 사이러스가 말했다. "그 비열한 놈들을 섬에서 쫓아내지 않으면 안 돼. 펜크로프가 해적들을 짐승처럼 추적하고 싶다고 말했을 때 그 예감은 들어맞았어. 그렇게 했다면 우리도 이런 불행을 당하지는 않았을 텐데 말이야."

"그래요. 하지만 이젠 놈들한테 동정심을 품지 않아도 돼요."

"어쨌든…… 하버트를 무사히 그래닛 하우스로 데려갈 수 있을 때까지 당분간 이대로 우리에 머물 수밖에 없네."

"하지만 네브는 어떡하고요?"

"네브는 안전해."

"하지만 우리가 없으니까 불안해져서 이리로 올 마음이라도 나면 어떡합니까?"

"여기 오게 하면 안 돼!" 사이러스는 강한 어투로 대답했다. "도중에 살해되고 말 거야!"

"우리와 합류하려고 하지 않을까요?"

"전신기가 아직 작동한다면 네브에게 알려줄 수 있을 텐데! 하지만 지금은 불가능해! 펜크로프와 하버트를 단둘이 여기에 놔둘 수도 없고! 좋아, 나 혼자 그래닛 하우스에 다녀오겠네."

"그건 안 됩니다. 절대 안 돼요. 함부로 나서면 안 됩니다. 용기가 있어도 소용 없어요. 그 못된 놈들은 이곳을 감시하고 있을 게 분명합니다. 주위의 울창한 숲 속에 숨어 있을 테니까요. 당신이 여기서 나가면 불행을 두 가지나 슬퍼하게 될 겁니다!"

"하지만 네브는 어떡하지? 벌써 24시간이나 우리와 연락을 취하지 못하고 있네. 네브는 여기 오려고 할 게 분명해!"

"우리는 적을 경계하고 있지만, 네브는 그렇게 조심하지 않을 테니까 틀림없이 습격당할 겁니다." 기자가 대답했다.

"네브한테 알릴 방법이 없을까?"

방법을 궁리하던 사이러스는 우연히 토비한테 눈길을 돌렸다. 토비는 '나도 여기 있어요' 라고 말하고 싶은 것처럼 오락가락하고 있었다.

"토비!" 사이러스가 큰 소리로 불렀다.

토비는 주인이 부르는 소리를 듣고 달려왔다.

"그래요. 토비라면 괜찮을 겁니다!" 기자가 사이러스의 생각을 알아차리고 말했다. "토비라면 우리가 지나갈 수 없는 곳도 지나갈 수 있어요! 이곳의 정보를 그래닛 하우스로 가져갈 수 있고, 그래닛 하우스의 정보를 여기로 가져올 수도 있어요."

"서두르세! 서둘러야 돼!"

스필렛은 재빨리 수첩을 한 장 찢어서 이런 글을 썼다.

하버트 부상. 우리는 모두 우리에 있다. 너도 경계할 것. 그래닛 하우스를 떠나면 안 된다. 해적들은 그 근처에 나 타나지 않았는가? 토비 편에 답장을 보낼 것.

이 간결한 편지에는 네브가 알아야 할 정보가 모두 적혀 있는 동시에 우리에 있는 개척자들이 알고 싶어하는 것도 질문으로 적혀 있었다. 그는 편지를 접어서 눈에 잘 띄도록 토비의 목줄에 묶었다.

"자, 토비!" 사이러스가 애견을 쓰다듬으면서 말했다. "네브한 테 가거라! 네브한테! 자, 어서 가!"

토비는 이 말을 듣고 달려 나갔다. 개는 주인의 요구를 이해하고, 자기가 해야 할 일을 알아차렸다. 가축우리에서 그래닛 하우스로 가는 길은 토비한테는 익숙한 길이었다. 30분도 지나기 전에 토비는 그래닛 하우스에 도착할 것이다. 그리고 사이러스와 스필렛이라면 위험을 무릅쓰고 지나가야 할 곳에서도 토비는 풀숲으로 숨어들거나 숲 가장자리를 달려서 아무한테도 들키지 않고 지나갈 수 있을 것이다.

사이러스는 출입문까지 가서 문을 열었다.

"네브한테 가는 거야! 토비, 네브한테 가!" 사이러스는 다시 한 번 되풀이하고 그래닛 하우스 쪽을 손으로 가리켰다.

밖으로 뛰쳐나간 토비는 곧 시야에서 사라졌다.

"자, 토비! 네브한테 가거라! 네브한테!"

"잘 해낼 겁니다." 기자가 말했다.

"그리고 잘 돌아오겠지. 토비는 정말 충직한 개야."

"지금이 몇 시죠?" 스필렛이 물었다.

"열 시."

"한 시간 뒤에는 돌아올 겁니다. 토비가 돌아오기를 기다립시다."

출입문은 다시 닫혔다. 사이러스와 스필렛은 오두막으로 돌아갔다. 하버트는 곤히 잠들어 있고, 펜크로프는 습포를 계속 갈아주고 있었다. 스필렛은 당분간 할 일이 없었기 때문에 식사 준비를 시작했다. 산맥을 등진 울타리 쪽에서 적이 공격해올지도 모르기 때문에, 그쪽을 조심스럽게 감시하면서 식사를 준비했다.

모두 걱정스럽게 토비가 돌아오기를 기다렸다. 열한 시 조금 전에 사이러스와 스필렛은 카빈총을 들고, 개가 짖으면 당장이라도 문을 열어주려고 출입문 뒤에 섰다. 두 사람은 토비가 무사히 그래닛 하우스에 도착했다면 네브가 당장 개를 돌려보낼 거라고 믿어 의심치 않았다.

두 사람이 문 뒤에서 기다린 지 10분쯤 지났을 때 한 발의 총성이 울려 퍼지고 뒤이어 개 짖는 소리가 들렸다.

사이러스는 문을 열고, 숲 속으로 수십 미터 들어간 곳에서 아직 연기가 피어오르고 있는 것을 보고 그쪽을 향해 총을 쏘았다.

거의 동시에 토비가 우리 안으로 뛰어들었기 때문에 문은 다시 닫혔다.

"토비, 토비!" 사이러스는 애견의 커다란 머리를 두 팔로 끌어안으면서 외쳤다.

토비의 목줄에는 편지가 묶여 있었다. 사이러스는 네브가 큼

직한 글씨로 쓴 편지를 읽었다.

그래닛 하우스 부근엔 해적이 나타나지 않았습니다. 저는
움직이지 않겠습니다. 하버트는 참 안됐군요!

8

우리 안의 오두막—하버트의 치료를 계속하다—
펜크로프의 기쁨—과거를 돌아보다—앞으로 무슨 일이 일어날까—
거기에 대한 사이러스 스미스의 견해

역시 해적들은 가축우리를 줄곧 지켜보면서 개척자들을 하나씩 죽일 작정이었던 것이다! 이제 놈들을 야수로 취급할 수밖에 없었다. 다만 충분히 경계하면서 상대해야 한다. 지금은 놈들이 더 유리한 상황에 있기 때문이다. 놈들은 개척자들 눈에 띄지 않게 몸을 숨긴 채 이쪽의 행동을 지켜보고 있으니까, 허를 찔리지 않고 오히려 개척자들을 기습할 수 있었다.

사이러스 스미스는 가축우리에서 생활할 수 있도록 준비를 갖추었다. 식량은 상당히 오랫동안 먹을 수 있을 것이다. 에어턴의 오두막에는 생필품이 모두 갖추어져 있었다. 해적들은 개척자들이 오자 당황한 나머지 집안의 물건을 가져갈 틈이 없었다. 스필렛이 지적했듯이, 일은 다음과 같은 과정을 밟았을 것으로 짐작된다.

섬에 상륙한 해적 여섯 놈은 남쪽 해안을 따라 내려갔다. 그들은 '서쪽 숲'으로 들어가지 않고 해안을 따라 '뱀 반도'를 돌아서 '폭포 내' 어귀에 이르렀다. 여기서부터는 오른쪽 기슭을 따라 상류로 올라가 프랭클린 산의 지맥에 이르렀다. 그 근처에서 숨을 곳을 찾다가 우리 안에 있는 오두막(그때는 비어 있었다)을 발견했다. 놈들은 이곳에 자리를 잡고 때를 기다렸을 것이다. 흉계를 실행에 옮길 때를. 에어턴이 우리에 나타나자 놈들은 놀랐지만, 그래도 결국에는 에어턴을 제압할 수 있었다. 그후 무슨 일이 일어났는지는 쉽게 상상할 수 있다!

이제 해적들(다섯 명으로 줄어든 것은 사실이지만, 모두 무장하고 있을 것이다)이 숲 속을 돌아다니고 있으니까, 숲에 들어가는 것은 놈들의 공격에 몸을 내주는 거나 마찬가지다. 그 공격은 피할 수도 없고 막을 수도 없을 것 같다.

"기다릴 수밖에! 다른 방법이 없네!" 사이러스가 되풀이 말했다. "하버트의 상처가 나으면, 그땐 섬 전체를 샅샅이 뒤져서라도 놈들을 찾아내어 타도할 수 있을 거야. 이 원정의 목적은 그것과 동시에……."

"그 수수께끼의 수호신을 찾아내는 거죠." 스필렛이 사이러스의 말을 이어받았다. "하지만 이번에는 보호의 손길을 뻗지 않았어요. 지금이야말로 그 손길이 가장 절실히 필요할 때라고 말할 수 있는데!"

"그건 아직 알 수 없네." 사이러스가 받았다.

"무슨 뜻입니까?"

"우리 고생이 끝나려면 아직도 멀었다는 뜻일세. 그러니까 그 사람은 앞으로도 우리를 많이 도와줄 거야. 하지만 지금은 그런 것보다 하버트의 목숨을 먼저 생각해야지."

그것이 개척자들의 가장 큰 걱정이었다. 며칠이 지났지만, 다행히 하버트의 용태는 나빠지지 않았다. 간병하는 시간도 많이 단축되었다. 냉수 습포가 열이 올라가는 것을 줄곧 막아주었기 때문에 염증은 전혀 생기지 않았다. 화산이 바로 옆에 있어서 이곳의 물은 약간의 유황 성분을 함유하고 있었는데, 그 물이 상처에도 효과가 있는 모양이라고 기자는 생각했다. 화농 상태도 훨씬 좋아지고 있었다. 끊임없이 극진하게 보살펴준 덕분에 하버트는 생기를 되찾아가고 있었고, 열도 차츰 내려갔다. 하지만 무엇보다도 탕약을 거르지 않고 마시면서 절대 안정을 취하고 있는 것이 소년에게는 가장 효과적인 치료법이었다.

사이러스와 스필렛과 펜크로프는 다친 소년을 치료하는 솜씨가 아주 능숙해졌다. 오두막에 있는 모든 무명천이 습포로 사용되었다. 그들은 하버트의 상처에 습포나 붕대를 너무 빡빡하거나 헐렁하지 않게 대어서, 염증이 생기지 않고 상처가 아물게 했다. 스필렛은 이 습포요법에 세심한 주의를 기울이고 있었다. 그는 이 치료가 얼마나 중요한지를 알고 있었기 때문에, 많은 의사가 즐겨 하는 말을 동료들에게 되풀이했다. 수술이 성공하는 경우는 드물지 않지만, 치료가 성공하는 경우는 드물다고.

열흘쯤 지난 11월 22일, 하버트의 상태는 눈에 띄게 좋아졌다. 다른 사람들과 같은 음식도 먹기 시작했다. 볼에도 혈색이 돌아왔고, 간병하는 사람에게 미소를 지어 보이기도 했다. 소년은 펜크로프가 말리는 것도 듣지 않고 조금씩 말을 하게 되었다. 선원은 하버트가 입을 열지 못하게 하려고 계속 지껄이면서, 도저히 있을 법하지 않은 이야기를 늘어놓았다. 하버트는 우리에 있는 줄 알았던 에어턴의 모습이 보이지 않는 것을 의아하게 생각하고 선원에게 캐물었다. 그런데 펜크로프는 하버트를 슬프게 하고 싶지 않아서, 에어턴은 그래닛 하우스를 지키려고 네브한테 갔다고만 대답해두었다.

"그 해적 놈들!" 선원이 말했다. "이젠 놈들을 조금도 배려해줄 필요 없어! 사이러스 씨는 놈들한테 친절을 베풀려고 했어. 나도 놈들한테 베풀어줄 거야! 친절이 아니라 총알을!"

"그후 해적들은 나타나지 않았나요?"

"그래, 하버트. 하지만 이제 곧 찾아낼 거야. 네가 나으면, 사람을 뒤에서 쏘는 비겁한 놈들이 얼굴을 맞대고도 싸울 용기가 있는지 두고 봐야지."

"저는 아직 너무 쇠약해요, 아저씨."

"조금씩이라도 기력이 돌아올 거야. 가슴에 총알 한 방 맞은 것쯤은 아무것도 아니잖아? 별거 아니야! 나는 그런 사람을 많이 봤어. 우리는 그런 일로 상황이 더 나빠지진 않아!"

요컨대 소년의 상태는 아주 순조롭게 나아지고 있는 듯이 보였다. 합병증만 생기지 않으면 하버트는 확실히 회복될 거라고 생각해도 좋았다. 하지만 소년의 용태가 더 위중했다면, 가령 총알이 몸속에 남아 있었거나 팔다리를 절단해야 했다면 개척자들의 상황은 어떻게 되었을까?

"생각만 해도 소름이 끼쳐." 스필렛은 몇 번이나 그렇게 말했다.

"하지만 수술하기로 결단을 내려야 했다면 자네는 망설였을까?" 하루는 사이러스가 그렇게 물었다.

"물론 망설이진 않았을 겁니다. 하지만 하느님은 고맙게도 그런 심각한 경우를 면하게 해주셨어요."

그밖의 많은 상황에서도 개척자들은 지금까지 해온 방식에 따

"저는 아직 너무 쇠약해요, 아저씨."

랐고, 대부분의 경우 그것으로 좋은 결과를 얻었다. 그들은 몇 번이나 지혜를 모아 성공을 거두었다. 하지만 아무리 지혜를 모아도 실패할 때가 오지 않을까? 이 섬에는 개척자들밖에 없다. 인간은 사회를 만들어야만 번영을 누릴 수 있으니까, 아무래도 타인들과 어울려 살면서 서로 도울 필요가 있다. 사이러스 스미스는 그것을 잘 알고 있었기 때문에, 자기네 힘만으로는 극복할 수 없는 사태가 일어나지 않을까 하고 이따금 걱정하고 있었다.

지금까지 아주 순조롭게 지내온 개척자들에게 불길한 시기가 찾아온 것 같다고 사이러스는 생각했다. 리치먼드를 탈출한 지 2년 반 동안, 만사가 그들의 뜻대로 진행되었다 해도 과언이 아니다. 이 섬은 광물이나 식물이나 동물을 풍부하게 제공해주었다. 자연은 그들의 필요를 반드시 충족시켜주었고, 그들은 지식을 활용하여 자연의 선물을 이용했다. 이 섬에서 그들의 물질생활은 만족스러웠다. 게다가 몇 가지 상황에서는 수수께끼의 인물에게 도움을 받기도 했다. 그런데 그런 생활이 영원히 지속되기를 기대할 수는 없는 것일까?

요컨대 사이러스는 운이 행운에서 불운으로 바뀌기 시작했다고 확신했다.

탈옥수들의 해적선이 섬 해역에 나타났고, 해적들은 기적적으로 파멸의 길을 걸었지만 그들 가운데 적어도 여섯 명은 죽음을 면했다. 놈들은 섬에 상륙했고, 살아남은 다섯 명은 지금 어디 있는지 알 수가 없다. 에어턴은 그놈들한테 살해된 것이 분명하다. 놈들은 총을 갖고 있다. 놈들이 쏜 첫 번째 총알에 하버트가 맞아서 치명상에 가까운 상처를 입었다. 이것이 개척자들을 덮친 불운의 첫 조짐이 아닐까?

사이러스는 그렇게 생각하고, 자주 기자에게 그 말을 되풀이했다. 지금까지 그들을 도와준 수수께끼의 인물도 이번에는 구원의 손길을 뻗어오지 않았다. 누군지는 모르지만 실제로 존재하는 것이 분명한 그 인물은 섬을 떠나버린 것일까? 아니면 죽어버린 것일까?

이 의문에는 아무도 대답할 수가 없다. 하지만 사이러스와 스필렛이 그 인물을 화제로 삼았다 해도 두 사람이 절망에 빠져 있다고는 생각지 말라! 절망하기는커녕 두 사람은 상황을 직시하고 가능성을 분석하여 어떤 사태에도 대비하면서 미래에 맞서 있었다. 불운이 덮쳐온다 해도 두 사람은 불운과 맞서 싸울 각오가 되어 있었다.

9

하버트는 순조롭게 회복되고 있었다. 지금 바라는 것은 하나 밖에 없었다. 소년이 그래닛 하우스로 돌아갈 수 있도록 상태가 호전되는 것이다. 가축우리의 오두막이 아무리 설비가 좋고 필요한 것이 다 갖추어져 있다 해도, 그 '화강암 궁전' 만큼 쾌적하게 살 수 있는 것은 아니었다. 그리고 이곳은 그래닛 하우스만큼 안전하지도 않았다. 이곳에 살고 있는 한, 아무리 경계해도 해적들의 총격을 받을 위험에 항상 노출되어 있었다. 하지만 난공불락에다 접근하기도 어려운 화강암 동굴로 옮기면 아무것도 두려워할 필요가 없다. 그래서 그들은 하버트의 상처를 악화시키지 않고 이동할 수 있는 날이 빨리 오기를 애타게 기다리고 있었다. '벌잡이새 숲' 을 빠져나가는 것은 쉽지 않겠지만, 그들은 소년을 데려갈 결심이었다.

네브한테서는 연락이 없었지만, 네브에 대해서는 별로 걱정할 게 없었다. 그래닛 하우스 안에 틀어박혀 있으면, 그 다기진 흑인을 적이 덮칠 수는 없을 것이다. 토비를 다시 그래닛 하우스로 보내지 않은 것은 그렇게까지 위험을 무릅쓸 필요는 없다고 판단되었기 때문이다. 토비가 총에라도 맞으면 가장 쓸모있는 조수를 잃게 된다.

개척자들은 기다릴 수밖에 없었지만, 그래닛 하우스로 빨리 돌아가고 싶어서 조바심을 냈다. 사이러스는 그들의 힘이 분산되어 있는 것이 괴로웠다. 그러면 해적들이 유리해진다. 에어턴이 행방불명된 이후 양쪽 세력은 4 대 5가 되어버렸다. 하버트를 전력에 넣을 수는 없기 때문이다. 소년은 그것을 몹시 염려하고 있었다. 자기 때문에 동료들이 곤경에 빠져 있다는 것을 잘 알고 있었다.

현재 상황에서 해적들에게 어떻게 대처하면 좋을까. 11월 29일 낮에 사이러스와 스필렛과 펜크로프는 이 문제를 차분히 검토했다. 하버트는 자고 있어서 이야기를 듣지 못했다.

네브와 연락이 되지 않는 것이 화제에 오른 뒤, 기자가 말했다.

"우리 밖으로 뛰쳐나가면 적의 총격을 받게 되고, 그렇게 되면 반격도 제대로 못한 채 당할 우려가 있어요. 그러니까 우리가 지금 해야 할 일은 선제공격으로 놈들을 쫓아내는 겁니다."

"저도 그렇게 생각합니다." 펜크로프가 받았다. "우리는 총알을 두려워하는 인간이 아니에요. 선생님만 동의해준다면 저는 숲으로 뛰어들 각오도 되어 있습니다. 1 대 1이라면 얼마든지 싸울 수 있어요!"

"하지만 1 대 5라면?" 사이러스가 물었다.

"내가 펜크로프와 함께 가겠습니다." 기자가 대답했다. "둘 다 무기를 갖고 있고, 토비를 데려가면……"

"이보게들, 냉정하게 생각하기로 하세. 놈들이 섬 어딘가에 모여 있고, 그 장소를 우리가 알고 있다면, 그리고 그 진지에서 적을 쫓아내는 것뿐이라면 우리가 선제공격을 하는 것도 이해할 수 있네. 하지만 반대로 놈들이 먼저 사격을 해올 거라고 생각해야 하지 않을까?"

"하지만 선생님." 펜크로프가 반론을 제기했다. "총알이 반드시 표적에 명중하는 건 아닙니다."

"하버트를 노린 총알은 빗나가지 않았네. 그리고 자네들 두 사람이 떠나면 나 혼자 이곳을 지키게 돼. 놈들은 자네들이 여기서 나가는 모습을 보게 될지도 몰라. 그렇더라도 놈들은 자네들이 숲으로 가는 것을 내버려둘 거야. 그리고 이곳엔 다친 소년과 나밖에 남지 않았다는 것을 알고, 자네들이 없는 동안 이곳을 공격해올지 몰라."

"그렇군요." 펜크로프가 받았다. 해적들에 대한 분노가 그의 가슴속에 부글부글 끓어오르고 있었다. "선생님 말씀이 옳습니다. 놈들은 이 우리를 빼앗기 위해서라면 무슨 짓이든 할 겁니다! 이곳엔 필요한 물건이 모두 갖추어져 있다는 것을 알고 있으니까요. 혼자서는 놈들한테 저항할 수 없습니다! 아아, 우리가 그래닛 하우스에 있다면 얼마나 좋을까!"

"우리가 그래닛 하우스에 있다면 상황은 크게 달라지지. 거기서는 한 사람만 하버트 옆에 붙어 있으면 되니까, 나머지 세 사람이 숲으로 수색을 하러 갈 수 있어. 하지만 여기는 우리야. 모두 함께 여기서 나갈 수 있게 될 때까지 꾹 참고 기다리는 게 좋아!"

사이러스의 주장에 반대할 이유는 전혀 없었다. 기자와 선원도 그것을 잘 알고 있었다.

"에어턴이라도 함께 있어주면 좋으련만!" 스필렛이 말했다. "불쌍한 에어턴! 모처럼 인간 사회로 돌아왔는데, 그것도 오래가지 않았던 모양입니다."

"에어턴이 죽었나요?" 펜크로프가 얼빠진 소리를 질렀다.

"그러면 자네는 그 못된 놈들이 에어턴을 살려줄 거라고 생각하나?" 스필렛이 되물었다.

"살려주는 게 놈들한테 이득이 된다면!"

"뭐라고? 자네는 에어턴이 과거의 나쁜 친구들을 만나서, 우리한테 입은 은혜를 깨끗이 잊어버렸을 거라고 생각하나?"

"그럴지도 모르죠." 선원은 그 꺼림칙한 억측을 마지못해 입 밖에 냈다.

"펜크로프." 사이러스가 선원의 팔을 잡으면서 말했다. "그 생각은 틀렸네. 자네가 그렇게 주장한다면 나는 정말 슬퍼져. 에어턴의 성실함은 내가 보증하겠네!"

"나도!" 기자도 강한 어조로 말했다.

"그래요, 맞아요…… 제가 틀렸어요. 그런 생각을 한 건 정말로 좋지 않아요. 아무리 봐도 잘못된 생각이에요. 하지만 어쩔 수 없어요. 저는 머리가 이상해졌어요. 이 우리에 틀어박혀 있으니까 짓눌려서 짜부라질 것 같아요. 이렇게 신경이 곤두서고 초조했던 적은 없어요."

"참게, 펜크로프." 사이러스가 말했다. "스필렛, 언제쯤이면 하버트를 그래닛 하우스로 옮길 수 있겠나?"

"그건 판단하기 어렵습니다. 섣불리 나섰다가는 불행한 결과를 초래할 수도 있으니까요. 하지만 순조롭게 회복되고 있으니까, 일주일만 지나면 기력을 되찾을 수 있을 겁니다. 경과를 좀더 두고 봅시다!"

앞으로 일주일! 그래닛 하우스로 돌아가는 것은 12월 초순까지 미루어졌다.

이제 봄이 된 지 벌써 두 달이 지났다. 날씨는 화창하고, 더워지기 시작했다. 숲의 나무들은 잎으로 완전히 뒤덮이고, 수확기가 다가오고 있었다. '전망대'로 돌아가면 여러 가지 농사일을 해야 할 것이다. 예정대로 섬을 탐험할 때만은 농사일을 중단해야겠지만…….

따라서 개척자들이 이렇게 우리에 갇혀 있는 것을 얼마나 괴로워했을지 이해할 수 있을 것이다. 그들은 어쩔 수 없는 현실에 굴복할 수밖에 없었지만, 그렇다고 마음이 초조하지 않은 것은 아니었다.

기자는 오두막 밖에 나가서 울타리 주위를 한 바퀴 돌아보았다. 토비가 따라왔다. 스필렛은 카빈총을 들고 어떤 사태에도 대처할 준비가 되어 있었다.

해적들과는 만나지 않았고, 수상한 흔적도 보이지 않았다. 위험이 있으면 개가 경고해줄 것이다. 토비가 짖지 않으니까, 적어도 지금은 두려워할 필요가 없을 것 같다. 놈들은 다른 곳으로 이동한 모양이다.

그런데 두 번째로 울타리 밖에 나간 11월 27일, 기디언 스필렛이 산 남쪽 숲으로 500미터쯤 들어갔을 때였다. 그는 토비가 냄새를 맡아서 무언가를 찾아내려 하고 있다는 것을 알아차렸다. 그때까지 토비는 내키는 대로 걷고 있었지만, 이제는 풀숲이나 덤불 속을 오락가락하면서 킁킁 냄새를 맡고 있었다. 개의 후각으로 수상한 것을 발견한 모양이었다.

스필렛은 카빈총을 들고……

스필렛도 개를 따라갔다. 조심스럽게 주위를 둘러보면서 사격 자세를 취하고, 되도록 나무 뒤에 몸을 숨기면서 토비를 격려하고 부추겼다. 토비가 인기척을 느낀 것은 아닌 모양이다. 인기척이 났다면 조금 짓눌린 듯한 소리로 짖고, 분노 같은 감정을 드러내어 기자에게 알려주었을 것이다. 그런데 토비가 전혀 짖지 않는 것은 위험이 절박한 것도 아니고 가까이 있지도 않다는 것을 말해주었다.

그렇게 5분이 지났다. 토비는 계속 냄새를 맡으며 돌아다녔고, 기자는 조심스럽게 토비 뒤를 따라갔다. 그때 갑자기 개가 무성한 덤불 속으로 돌진하더니 헝겊조각을 입에 물고 나왔다.

그것은 얼룩지고 찢어진 옷의 일부였다. 스필렛은 당장 그것을 가지고 오두막으로 돌아갔다.

오두막에서 개척자들은 그 헝겊을 조사했다. 에어턴의 윗옷이 틀림없었다. 그래닛 하우스의 공장에서만 만들고 있는 펠트천 조각이었다.

"이것 보게, 펜크로프." 사이러스가 말했다. "에어턴은 놈들한테 저항했어. 하지만 놈들은 억지로 에어턴을 끌고 갔어. 그래도 자네는 에어턴의 진정성을 의심하나?"

"의심하지 않습니다, 선생님." 선원이 대답했다. "잠시 그런 생각이 들었지만, 이제는 의심하지 않습니다. 그런데 이 헝겊조각이 나왔다는 것에서 한 가지 결론을 끌어낼 수 있을 것 같은데요."

"어떤 결론?" 기자가 물었다.

"에어턴은 살해되지 않았다는 겁니다. 에어턴은 산 채로 끌려갔어요. 저항했으니까요. 그렇다면 지금도 살아 있을지 몰라요."

"그래, 살아 있을지도 모르지." 사이러스가 말하고 생각에 잠긴 표정을 지었다.

확실히 희망은 있다. 그들은 다시 희망을 품기 시작했다. 실제로 우리 안에서 습격을 받았다면, 에어턴도 하버트와 마찬가지로 총에 맞아 쓰러졌을 것이다. 그런데 놈들이 에어턴을 쏘아 죽이지 않고 산 채로 끌고 갔다면, 에어턴은 지금도 놈들에게 포로로 잡혀 있다고 생각해도 좋지 않을까? 어쩌면 놈들은 에어턴이 유형수 시절의 동료라는 것, 탈옥수들의 두목이었던 벤 조이스와 동일인물이라는 것을 알아차렸을지도 모른다. 그리고 에어턴을 한패로 끌어들이고 싶다는 소망을 품었을지도 모른다. 에어턴을 다시 배신자로 돌려놓을 수만 있다면, 놈들한테는 더없이 큰 도움이 될 테니까…….

우리에서는 이번 사건을 긍정적으로 해석했다. 에어턴을 찾아낼 가능성이 되살아난 것 같았다. 에어턴도 그냥 잡혀 있을 뿐이라면 어떻게든 해적들 손에서 벗어나려 할 것이다. 에어턴이 도망칠 수만 있다면 개척자들에게 든든한 원군이 될 것이다!

"어쨌든 에어턴이 다행히 도망칠 수 있다면 곧장 그래닛 하우스로 갈 겁니다. 하버트가 총에 맞은 것은 모를 것이고, 따라서 우리가 오두막에 틀어박혀 있으리라고는 생각지도 않을 테니까요." 스필렛이 말했다.

"에어턴이 그래닛 하우스로 돌아가주면 얼마나 좋을까!" 펜크로프가 외쳤다. "그리고 우리도 빨리 돌아갈 수 있으면 좋으련만! 그 못된 놈들도 그래닛 하우스 자체는 어떻게 해볼 도리가 없겠지만, 적어도 농장이나 사육장을 분탕질할 수는 있으니까요."

펜크로프는 농작물이 걱정스러워서 견딜 수 없는 농부처럼 되어 있었다. 하지만 누구보다도 그래닛 하우스로 돌아가고 싶어서 조바심을 내고 있는 것은 하버트였다. 그래닛 하우스로 돌아가는 게 개척자들에게 얼마나 중요하고 절실한 일인지 잘 알고 있었기 때문이다. 그들이 우리에 붙잡혀 있는 것은 하버트 때문이었다. 그래서 소년의 마음속에는 어떻게든 빨리 우리를 떠나고 싶다는 생각밖에 없었다. 그래닛 하우스까지 실려 가는 것도 얼마든지 견딜 수 있다고 믿었다. 자기 방에 돌아가 바다를 바라보고 그곳의 공기를 가슴 가득 들이마시면 금방이라도 기력을 되찾을 수 있다고 소년은 말했다.

하버트는 몇 번이나 졸랐지만, 스필렛은 소년의 상처가 아물지 않아서 도중에 상처가 덧날 우려가 있기 때문에(그것은 옳은 판단이었다) 출발 명령을 내리지 않았다.

그런데 어떤 사건이 일어나 사이러스와 두 동료는 소년의 소원을 들어주기로 했다. 이 결정이 모두에게 얼마나 큰 고통과 후회를 불러일으키게 될지는 아무도 몰랐다.

11월 29일 아침 일곱 시였다. 세 사람이 하버트의 방에서 이야기를 나누고 있을 때, 토비가 맹렬히 짖는 소리가 들려왔다.

사이러스와 펜크로프와 스필렛은 총을 움켜잡고 언제라도 쏠 수 있는 자세를 취하면서 오두막 밖으로 뛰쳐나갔다.

토비는 울타리 밑을 냄새 맡으며 펄쩍 뛰어오르거나 짖고 있었지만, 그 행동은 분노를 나타내는 것이 아니라 기쁨의 표현 같았다.

"누군가가 오고 있어."

"그래요!"

"적은 아니야!"

"네브일까요?"

"에어턴일지도 몰라."

이런 대화가 사이러스와 두 동료 사이에 오가고 있을 때, '무언가'가 울타리 위로 뛰어올랐다가 우리 안쪽으로 뛰어내렸다.

그것은 주피였다. 주피가 나타난 것이다. 토비는 이 친구를 진심으로 환영하고 있는 것 같았다.

"주피다!" 펜크로프가 외쳤다.

"네브가 보냈군." 기자가 말했다.

"그렇다면 편지를 갖고 있을 텐데." 사이러스가 받았다.

펜크로프가 주피에게 달려갔다. 네브가 주인에게 꼭 알려야 할 중대한 사태가 일어난 것이다. 주피만큼 확실하고 발이 빠른 심부름꾼은 없을 터였다. 주피라면 개척자는 물론 토비조차 지나갈 수 없는 곳도 빠져나갈 수 있기 때문이다.

사이러스의 말은 옳았다. 주피의 목에 작은 주머니가 매달려 있고, 그 주머니 속에 네브가 쓴 쪽지가 들어 있었다.

금요일 아침 6시. 고원에 해적 침입! 네브

모두 말없이 얼굴을 마주보고 오두막으로 돌아갔다. 어떤 행동을 취해야 할까? 해적들이 그래닛 하우스의 '전망대'에 들어갔다면 재난과 황폐와 파멸이 남을 뿐이다!

하버트는 사이러스와 스필렛과 펜크로프가 돌아오는 모습을 보고, 심각한 사태가 일어났다는 것을 알았다. 그리고 주피를 보았을 때 그래닛 하우스에 불행이 닥쳤다고 확신했다.

"아저씨, 이곳을 떠나고 싶어요. 저는 충분히 견딜 수 있어요. 떠나고 싶어요!"

스필렛이 하버트에게 다가갔다. 그리고 소년의 얼굴을 가만히 바라본 뒤에 이렇게 말했다.

"좋다. 그럼 떠나자!"

하버트를 들것에 싣고 갈 것인가, 에어턴이 우리로 가져온 수레에 태우고 갈 것인가 하는 문제는 곧 해결되었다. 들것에 실으면 부상자는 몸이 덜 흔들려서 편하지만, 아무래도 두 사람이 들것을 들어야 한다. 도중에 적의 공격을 받을 경우 반격에 나설 수 있는 요원이 두 명 줄어들게 된다.

반대로 수레에 실으면 모두 자유롭게 총을 쏠 수 있지 않을까? 수레에 짚으로 만든 매트리스를 깔고 거기에 하버트를 눕혀서, 가능한 한 충격을 주지 않도록 조심해서 전진할 수는 없을까? 그것은 가능할 것이다.

수레가 끌려나오고, 펜크로프가 거기에 얼룩말을 맸다. 사이러스와 스필렛은 하버트의 매트리스를 가져와서 수레의 짐칸에 깔았다.

날씨는 좋았다. 나무들 사이로 강한 햇살이 비쳐들고 있었다.

"총은 준비됐나?" 사이러스가 물었다.

총은 준비되어 있었다. 사이러스와 펜크로프는 각자 연발총을 들었고, 스필렛은 카빈총을 갖고 있었다. 이제 출발하기만 하면 된다.

"하버트, 괜찮니?" 사이러스가 물었다.

"그럼요. 걱정 마세요. 도중에 죽거나 하진 않을 테니까요."

이렇게 말하는 것만으로도 소년은 안간힘을 다해야 했다. 강

펜크로프가 수레에 얼룩말을 맸다

한 의지력을 발휘해야만 약해져가는 기력을 불러일으킬 수 있었다.

사이러스는 가슴이 옥죄이는 듯한 아픔을 느꼈다. 그는 아직도 출발 신호를 망설이고 있었다. 하지만 출발하지 않으면 하버트는 절망한 나머지 죽어버릴지도 모른다.

"출발하세!" 사이러스가 말했다.

우리의 출입문이 열렸다. 때에 따라 침묵할 줄 아는 주피와 토비가 맨 먼저 뛰쳐나갔다. 수레가 빠져나오자 문이 닫혔다. 얼룩말은 펜크로프에게 이끌려 느린 걸음으로 나아갔다.

물론 우리에서 그래닛 하우스까지 곧게 뚫려 있는 길보다는 다른 길을 택하는 편이 안전하지만, 수레로 숲 속을 이동하기란 여간 어렵지 않을 것이다. 그래서 해적들도 알고 있을 그 길을 지나갈 수밖에 없었다.

사이러스와 스필렛은 수레 양쪽에서 적의 어떠한 공격에도 대응할 수 있는 태세를 갖추고 있었다. 하지만 해적들은 아직 '전망대'를 떠나지 않았을 것이다. 네브는 해적들이 나타나자마자 편지를 써서 보냈을 게 분명하다. 그런데 쪽지에는 아침 여섯 시라고 씌어 있었으니까, 몇 번이나 우리에 와본 적이 있는 민첩한 주피는 그래닛 하우스에서 우리까지 8킬로미터 정도의 거리를 겨우 45분 만에 달려온 셈이다. 따라서 지금 단계에서는 길이 안전할 것이다. 총격을 받는다면 그것은 아마 그래닛 하우스에 가까이 다가간 뒤일 것이다.

그래도 개척자들은 엄중하게 주위를 경계하고 있었다. 토비와 막대기를 든 주피가 앞장서서 걷거나 길 양쪽 숲을 정찰하기도 했지만, 위험을 알리지는 않았다.

수레는 펜크로프가 끄는 얼룩말의 보조에 맞추어 천천히 나아 갔다. 우리를 출발한 것은 일곱 시 반이었다. 한 시간 뒤, 8킬로 미터 가운데 7킬로미터를 걸었지만 아무 일도 일어나지 않았다.

길에는 아무도 없었고, '은혜 강'과 호수 사이에 펼쳐져 있는 '벌잡이새 숲'에도 사람의 모습은 보이지 않았다. 토비와 주피도 경계경보를 울리지 않았다. 주위의 덤불도 그들이 이 섬에 처음 도착한 날처럼 조용했다.

'전망대'가 가까워졌다. 이제 1킬로미터만 더 가면 '글리세린 내'에 걸린 작은 다리가 보일 것이다. 그 다리는 그대로 걸려 있 을 거라고 사이러스는 믿고 있었다. 해적들이 그 지점에서 '전망 대' 안으로 들어갔든, '전망대'를 둘러싸고 있는 수로의 어딘가 를 건넜든 간에, 자신들이 안전하게 돌아갈 수 있도록 그 작은 다 리를 내려놓았을 것이기 때문이다.

드디어 숲 가장자리의 나무들 사이로 수평선이 보이기 시작했 다. 하지만 수레는 그대로 계속 나아갔다. 수레를 지키고 있는 개 척자들도 그 주위를 떠날 생각은 하지 않았다.

그때 펜크로프가 얼룩말을 세우고 무서운 소리로 외쳤다.

"아아! 저 나쁜 놈들!"

그는 손을 내밀어 뭉게뭉게 피어오르는 연기를 가리켰다. 연 기는 풍차와 축사와 사육장 위에서 소용돌이치고 있었다.

한 사내가 그 자욱한 연기 속을 돌아다니고 있었다.

네브였다.

동료들이 소리를 질렀다. 네브가 그 소리를 듣고 달려왔다.

해적들은 '전망대'를 실컷 분탕질한 뒤, 30분쯤 전에 물러났 다!

"하버트는요?" 네브가 큰 소리로 물었다.

스필렛은 얼른 수레로 돌아갔다.

하버트는 의식을 잃고 있었다!

10

그래닛 하우스로 옮겨진 하버트—네브, '전망대'에서 일어난
사건을 이야기하다—말라리아—버드나무 껍질—
치명적인 고열 발작—또다시 짖는 토비

해적들도, 그래닛 하우스에 바짝 닥쳐온 위험도, '전망대'를
덮친 파멸 상태도 지금은 문제가 아니었다. 하버트의 용태가 무
엇보다 중요했다. 여기까지 수레에 싣고 온 것이 합병증을 일으
켜서 더 나쁜 결과를 낳은 게 아닐까? 스필렛도 확실한 것은 말
할 수 없었지만, 동료들도 기자 자신도 무척 안타깝게 생각했다.

강이 굽이진 지점에서 나뭇가지를 엮어 들것을 만들고, 그 위
에 매트리스를 깐 다음, 의식을 잃은 하버트를 눕혔다. 10분 뒤,
사이러스와 스필렛과 펜크로프는 들것을 들고—수레를 '전망
대'로 끌고 가는 일은 네브에게 맡겼다—암벽 아래로 내려갔다.

엘리베이터가 올라가기 시작했다. 이윽고 하버트는 그래닛 하
우스의 간이침대에 눕혀졌다.

극진한 간병 덕분에 소년은 의식을 되찾았다. 하버트는 그래
닛 하우스의 자기 방에 누워 있다는 것을 알아차리고 미소를 지
었지만, 말을 하지는 못했다. 그만큼 몸이 쇠약해져 있었다.

엘리베이터가 올라가기 시작했다

스필렛은 소년의 상처를 조사했다. 아직 아물지 않아서 상처가 다시 덧난 게 아닐까 걱정했지만, 상처는 아무렇지도 않았다. 그렇다면 이렇게 쇠약해진 원인은 무엇일까? 하버트의 용태는 왜 나빠졌을까?

소년은 고열 때문에 의식이 흐려져서 졸고 있었다. 기자와 펜크로프는 침대 곁을 떠나지 않았다.

그동안 사이러스는 우리에서 일어난 일을 네브에게 들려주고, 네브는 방금 '전망대'에서 겪은 사건을 주인에게 이야기했다.

해적들이 '글리세린 내'와 가까운 숲 가장자리에 모습을 나타낸 것은 어젯밤이었다. 가끔 사육장 근처에서 망을 보고 있던 네브는 주저 없이 해적 한 놈에게 총을 쏘았다. 그 사내는 개울을 건너려 하고 있었다. 하지만 상당히 어두운 밤이어서 총알이 맞았는지는 알 수 없었다. 어쨌든 그것만으로 악당 패거리를 쫓아낼 수는 없었다. 네브는 일단 그래닛 하우스로 돌아갈 수밖에 없었다. 적어도 여기라면 안전했다.

하지만 어떻게 해야 좋을까? 어떻게 하면 해적들이 '전망대'를 분탕질하는 것을 막을 수 있을까? 나리한테 알릴 수단은 없을까? 우리에 가 있는 동료들은 지금 어떤 상황에 놓여 있을까?

사이러스와 동료들은 11월 11일에 출발했지만, 지금은 벌써 29일이다. 지난 18일 동안 네브는 토비가 가져온 편지밖에 받지 못했다. 그것은 에어턴이 행방불명되고 하버트가 중상을 입은 재난을 알리는 편지였다. 사이러스와 기자와 선원은 우리에 꼼짝없이 갇혀 있었다.

어떻게 하지? 네브는 고민했다. 그 자신에 대해서는 아무것도 걱정할 필요가 없었다. 해적들이 그래닛 하우스까지 올라올 수는 없기 때문이다. 하지만 축사나 농장 같은 설비는 해적들 손에 망가져버린다! 어떻게 할지는 나리의 판단에 맡기기로 하고, 위험이 코앞에 닥쳐와 있다는 것을 알리는 게 중요했다.

그래서 네브는 주피에게 편지를 주어 보내기로 마음먹었다. 그는 주피가 아주 영리하다는 것을 알고 있었고, 그 지능은 지금까지 몇 번이나 입증되었다. 주피는 자기 앞에서 자주 쓰인 '우리'라는 낱말을 알고 있었다. 그리고 이 오랑우탄은 펜크로프와 함께 몇 번이나 수레를 우리로 끌고 간 적도 있었다. 아침 해는 아직 얼굴을 내밀지 않았다. 몸이 날랜 주피라면 들키지 않고 숲속을 빠져나갈 수 있을 것이다. 그리고 해적들이 주피를 보았다 해도 그냥 숲에 사는 동물이려니 생각할 것이다.

네브는 망설이지 않았다. 그는 쪽지를 써서 주피의 목에 묶은 뒤, 오랑우탄을 그래닛 하우스 출입구로 데려갔다. 그리고 거기서 땅바닥까지 긴 밧줄을 늘어뜨리고 몇 번이나 이런 말을 되풀이했다.

"주피! 우리로 가! 우리!"

주피는 그 말을 알아듣고는 밧줄을 잡고 순식간에 모래톱까지 내려가 어둠 속으로 사라졌다. 해적들은 전혀 눈치채지 못한 모양이었다.

네브가 이야기를 끝내자 사이러스가 말했다.

"잘했다, 네브. 하지만 알리지 않은 편이 어쩌면 나았을지도 몰라."

이렇게 말한 것은 하버트의 병세가 염려되었기 때문이다. 상처 입은 소년을 이곳으로 데려오느라 오히려 합병증을 일으킨 것이 못내 속상하고 안타까웠던 것이다.

해적들은 모래톱에 모습을 나타내지 않았다. 섬에 몇 사람이 사는지 모르기 때문에, 그래닛 하우스는 많은 사람이 지키고 있다고 생각했는지도 모른다. 놈들은 '스피디' 호에서 공격했을 때 아래쪽 바위밭에서도 위쪽 바위밭에서도 많은 총이 불을 뿜었던 것을 생각해냈을 것이다. 그래서 모래톱에 모습을 드러내고 싶지 않았던 것이다. 그런데 '전망대' 라면 자유롭게 들어갈 수 있고, 그래닛 하우스에서 총을 쏠 수도 없다. 놈들은 약탈본능에 몸을 맡겨 마음대로 파괴하고 불을 질렀다. 악행을 하는 것 자체가 목적이었다. 그리고 개척자들이 도착하기 30분 전에 겨우 물러났다. 놈들은 개척자들이 아직 우리에 있다고 생각할 터였다.

네브는 곧 그래닛 하우스에서 뛰쳐나갔다. 그리고 적의 총알도 겁내지 않고 '전망대' 로 올라가, 가금 사육장의 축사를 다 집어삼키려는 불을 끄려고 했다. 그는 수레가 숲 가장자리에 나타날 때까지 불과 싸웠지만, 불을 막을 수는 없었다.

이 중대한 사태의 경위는 위와 같았다. 지금까지 행복하게 살아온 링컨 섬 개척자들에게 해적들의 존재는 끊임없는 위협이 되었다. 섬 주민들은 최악의 사태까지도 각오해야 했다!

스필렛과 펜크로프가 그래닛 하우스에서 하버트를 돌보고 있는 동안, 사이러스는 네브와 함께 피해 상황을 눈으로 확인하러 갔다.

해적들이 그래닛 하우스 아래 모래톱까지 오지 않은 것은 다행이었다. 그곳까지 왔다면 침니의 작업장도 피해를 면하지 못했을 것이다.

사이러스와 네브는 '은혜 강' 으로 가서 왼쪽 기슭을 따라 올라갔지만, 해적들이 지나간 흔적은 보이지 않았다. 강 너머 울창한 숲 속에도 수상한 낌새는 없었다.

물론 해적들에 대해서는 다음 두 가지 경우를 생각할 수 있었다. 첫째, 개척자들이 그래닛 하우스로 돌아온 것을 놈들이 알고 있을 경우. 개척자들이 가축우리에서 그래닛 하우스 쪽으로 걸어가고 있는 것을 놈들이 목격했을지도 모른다. 둘째, 해적들이 '전망대'를 분탕질한 뒤 '은혜 강'을 따라 '벌잡이새 숲'으로 깊숙이 들어간 경우. 그렇다면 놈들은 개척자들이 그래닛 하우스로 돌아온 사실을 모를 것이다.

첫 번째 경우, 놈들은 이제 지키는 사람이 없는 우리로 돌아갔을 것이다. 그곳에는 놈들에게 귀중한 물건이 여러 가지로 갖추어져 있기 때문이다.

두 번째 경우, 해적들은 자기네 야영지로 돌아갔을 것이다. 그곳에서 다시 공격할 기회를 노리고 있을 것이다.

그래서 놈들보다 먼저 행동을 취할 필요가 있었다. 하지만 지금은 해적들을 섬에서 쫓아낼 계획보다도 하버트의 용태가 더 중요했다. 실제로 사이러스는 힘껏 싸울 수 있는 상태가 아니었고, 지금은 아무도 그래닛 하우스를 떠날 수 없었다.

사이러스와 네브는 '전망대'에 도착했다. 황량한 광경이 눈앞에 펼쳐졌다. 밀밭은 마구 짓밟혀 있었다. 수확을 앞두고 있던 밀이 쓰러져 있었다. 다른 곳도 마찬가지로 피해를 입었다. 채마밭도 엉망이 되어 있었다. 하지만 다행히 그래닛 하우스에 씨앗이 저장되어 있으니까 이 피해는 벌충할 수 있었다.

풍차와 가금 사육장, 마구간은 불타버렸다. 불길에 겁을 먹고 아직도 고원을 헤매고 있는 동물들도 있었다. 물새들은 불이 났을 때 호수로 달아났지만, 지금은 벌써 여느 때 놀던 물가로 돌아와 있었다. 여기도 모든 것을 새로 만들지 않으면 안 될 것이다.

사이러스의 얼굴은 여느 때보다 창백해져서 쉽게 억누를 수 없는 분노를 나타내고 있었지만, 말은 한마디도 하지 않았다. 황폐해진 밀밭과 불탄 자리에서 피어오르는 연기를 마지막으로 다시 한 번 바라본 뒤, 사이러스는 그래닛 하우스로 돌아왔다.

그후 며칠은 개척자들이 섬에 온 뒤 가장 힘들고 괴로운 나날이었다. 하버트는 눈에 띄게 쇠약해져갔다. 몸 어딘가에 심각한 장애라도 생겼는지, 지금까지보다 위중한 증세에 빠져들 기미를 보였다. 스필렛은 자기가 도저히 손을 쓸 수 없을 만큼 상태가 나빠질 것 같은 예감이 들었다.

실제로 하버트는 거의 온종일 깜빡깜빡 졸면서 헛소리까지 하기 시작했다. 탕약이 개척자들이 줄 수 있는 유일한 약이었다. 열은 아직 별로 높지 않았지만, 곧 정기적으로 고열 발작이 덮칠 것 같은 징후였다.

스필렛은 12월 6일에 그 징후를 발견했다. 가엾게도 소년은 손가락도 코도 귀도 완전히 핏기를 잃고, 오한이 나서 몸을 떨고 소름이 돋아 있었다. 맥박은 약하고 불규칙했다. 피부는 까슬까슬해지고 갈증을 호소했다. 이 상태가 지나자 이윽고 열이 오르기 시작했다. 얼굴이 화끈 달아오르고 피부도 불그레해지고 맥박이 빨라졌다. 그후 땀이 많이 났기 때문에 열은 내려간 것처럼 보였다. 이 상태가 다섯 시간쯤 계속되었다.

스필렛은 하버트의 곁을 떠나지 않았다. 이제 소년은 간헐적인 고열에 시달리고 있었다. 그것은 의심할 여지가 없었다. 이 열이 더욱 심해지기 전에 어떻게든 가라앉혀야 한다.

"열을 가라앉히려면 해열제가 필요합니다." 스필렛이 말했다.

"해열제?" 사이러스가 받았다. "이곳엔 기나나무*도 없고, 황산키니네도 없어!"

"그래요. 하지만 호숫가에 버드나무가 자라고 있습니다. 버드나무 껍질은 키니네 대용으로 쓰이는 경우도 있어요."

"그러면 당장 버드나무 껍질을 써보세!"

버드나무 껍질은 실제로 마로니에나 감탕나무 잎, 범꼬리 따위와 마찬가지로 기나나무 껍질의 대용품으로 여겨져왔다. 기나나무만큼 강한 효력은 없지만, 버드나무 껍질을 써볼 수밖에 없었다. 버드나무 껍질 속에 포함된 배당체인 알칼로이드, 즉 치료제가 되는 살리신을 추출할 방법이 없기 때문에 나무껍질을 그대로 사용할 수밖에 없지만 말이다.

사이러스는 직접 버드나무 껍질을 벗기러 갔다. 그리고 나무껍질을 그래닛 하우스로 갖고 돌아오자, 그것을 가루로 빻아서 그날 밤 당장 하버트에게 먹였다.

그날 밤은 아무 일도 일어나지 않고 지나갔다. 하버트는 조금 헛소리를 했지만, 열이 다시 오르지는 않았고 이튿날도 심한 고열에 시달리지는 않았다.

펜크로프는 조금 희망을 되찾았다. 스필렛은 아무 말도 하지 않았다. 간헐적인 발열 증세는 날마다 일어나는 것은 아니고 하루 걸러 일어나는 경우도 있기 때문에, 이튿날 다시 열이 오를 수도 있었다. 그래서 모두 불안한 마음으로 이튿날을 기다렸다.

그들은 열이 나지 않을 때도 하버트가 축 늘어져 있는 것을 알아차렸다. 머리를 무거운 듯이 늘어뜨리고, 걸핏하면 현기증이

* 기나나무_ 나무껍질에서 말라리아 특효약인 키니네를 얻을 수 있다.

나는 것 같았다. 다른 증세도 기자를 걱정시켰다. 하버트의 간이 딱딱해지기 시작한 것이다. 곧 소년은 자주 헛소리를 하게 되었다. 머리까지 이상해진 게 아닐까?

스필렛은 이 새로운 합병증을 보고 낙담했다. 그는 사이러스를 구석으로 데려가서 이렇게 말했다.

"말라리아예요."

"말라리아?" 사이러스가 소리쳤다. "그럴 리가 없어. 말라리아는 저절로 발생하는 병이 아니니까. 병원충이 기생하지 않으면 일어나지 않아."

"틀림없어요." 기자가 대답했다. "하버트는 분명 늪에서 그 병원충에 감염됐어요. 그러면 설명이 됩니다. 하버트는 벌써 첫 번째 발열을 겪었어요. 이제 두 번째 발열이 일어나고, 다시 세 번째 발열을 막지 못하면…… 끝장입니다."

"하지만 버드나무 껍질은?"

"효과가 충분치 않아요. 말라리아의 세 번째 발열을 키니네로 예방하지 않으면 죽게 됩니다!"

다행히 펜크로프는 이 대화를 듣지 못했다. 들었다면 미쳐버렸을 것이다.

12월 7일 낮부터 밤까지 사이러스와 스필렛이 얼마나 심한 불안에 사로잡혀 있었는지는 짐작이 갈 것이다.

그날 낮, 두 번째 발열이 일어났다. 무서운 발작이었다. 하버트도 자신이 끝장이라고 생각하는 것 같았다. 소년은 사이러스와 스필렛과 펜크로프에게 팔을 뻗었다. 죽고 싶지 않은 것이다! 가슴이 찢어지는 광경이었다. 그들은 펜크로프를 멀리 떼어놓아야 했다.

발작은 다섯 시간 동안 지속되었다. 하버트가 세 번째 발열을 견딜 수 없는 것은 분명했다.

무서운 밤이었다. 하버트는 헛소리로 동료들의 가슴을 찢어놓았다. 헛소리를 하면서 해적과 싸우고, 에어턴의 이름을 불렀기 때문이다! 그리고 그 수수께끼의 인물, 지금은 모습을 감추어버린 그 수호신에게 무언가를 간청하고 있었다. 그 모습이 소년의 머리에서 떠나지 않는 모양이었다. 그후 소년은 다시 깊은 혼수상태에 빠져서, 축 늘어진 채 꼼짝도 하지 않았다. 스필렛은 몇 번이나 소년이 죽은 줄 알았다!

이튿날인 12월 8일 낮에는 그렇게 쇠약한 상태가 계속되었다. 하버트의 여윈 손이 경련을 일으킨 것처럼 시트를 움켜잡고 있었다. 다시 버드나무 껍질을 빻은 가루약을 먹였지만, 기자는 이제 그 약의 효과를 기대하지 않았다.

"내일 아침까지 좀더 강력한 해열제를 먹이지 못하면 하버트는 죽게 될 겁니다!" 스필렛이 말했다.

밤이 왔다. 용감하고 착하고 영리한 소년의 마지막 밤, 나이에 비해 뛰어나고 모든 동료들에게 아들처럼 사랑받고 있는 소년의 마지막 밤이었다! 그 무서운 말라리아에 저항할 수 있는 유일한 약, 말라리아를 이길 수 있는 단 하나의 특효약 키니네를 이 링컨 섬에서는 구할 수 없기 때문이다.

12월 8일부터 9일에 걸친 밤, 하버트는 심한 착란상태에 빠졌다. 간은 딱딱해지고 머리가 몽롱해져서 이제는 누가 누구인지 얼굴도 분간하지 못하게 되었다.

내일까지 살 수 있을까? 어김없이 목숨을 빼앗아간다는 세 번째 발열까지 견뎌낼 수 있을까? 그것도 의심스러웠다. 소년은 기력을 다 써버려서, 발작이 일어나지 않을 때는 죽은 듯이 늘어져 있었다.

밤 세 시쯤, 하버트가 오싹 소름이 끼치는 비명을 질렀다. 마지막 경련을 일으켜 몸을 뒤틀고 있는 것 같았다. 곁에 앉아 있던 네브가 깜짝 놀라, 동료들이 대기하고 있는 옆방으로 달려갔다!

이때 토비가 묘한 소리로 짖었다.

모두 하버트의 방으로 뛰어들어, 빈사상태에 빠진 소년의 몸을 떠받쳤다. 하버트는 침대 밖으로 나가려는 듯한 자세를 취하고 있었다. 스필렛이 손목을 잡아보니 맥박이 조금씩 빨라지고 있었다.

아침 다섯 시였다. 아침 햇살이 그래닛 하우스로 비쳐들기 시작했다. 화창한 날씨가 될 것 같았지만, 오늘은 하버트의 마지막 날이 될 터였다.

한 줄기 빛이 침대 옆에 놓인 탁자까지 비쳐들었다.

갑자기 펜크로프가 소리를 지르며 그 탁자 위에 놓인 물건을 가리켰다.

그것은 작은 네모꼴 상자였고, 뚜껑에는 이렇게 적혀 있었다.

'황산키니네'

펜크로프가 탁자 위에 놓인 물건을 가리켰다

11

기디언 스필렛이 상자를 집어들고 뚜껑을 열었다. 거기에는 200그레인* 정도의 하얀 가루가 들어 있었다. 그는 그것을 손가락으로 조금 집어서 혀로 핥아보았다. 몹시 쓴 맛이 났다. 따라서 그 가루는 틀림없이 기나나무의 귀중한 알칼로이드인 말라리아 특효약 키니네였다.

주저하지 말고 이 가루를 하버트에게 먹여야 한다. 이 약이 어떻게 여기 놓여 있었는지는 나중에 생각하면 된다.

"커피." 스필렛이 주문했다.

곧 네브가 미지근한 음료 한 잔을 가져왔다. 스필렛은 거기에 20그레인 정도의 키니네를 타서, 그 약을 하버트에게 먹일 수 있었다.

아직 늦지 않았다. 말라리아의 세 번째 발열이 아직 닥쳐오지

---

* 그레인_ 야드파운드법에 의한 무게 단위. 1그레인은 약 0.065그램.

않았기 때문이다.

그 발열은 일어나지 않을 것이다.

모두 희망을 되찾기 시작했다. 신비로운 힘이 다시 발휘된 것이다. 그것도 모두 절망에 빠져 있던 최후의 순간에!

몇 시간 뒤에 하버트는 전보다 한결 편안하게 자고 있었다. 드디어 개척자들은 이 사건에 대해 이야기를 나눌 수 있었다. 미지의 인물이 이렇게까지 확실한 형태로 개입한 적은 없었다. 하지만 어젯밤에 그 인물은 도대체 어떻게 그래닛 하우스까지 들어올 수 있었을까? 이것은 도저히 설명이 되지 않았다. 실로 '섬의 수호신'이 쓰는 방법은 땅의 정령과 마찬가지로 이상하기 이를 데 없었다.

이날은 대개 세 시간 간격으로 키니네를 하버트에게 먹였다.

이튿날이 되자 하버트의 용태는 호전되고 있는 듯이 보였다. 물론 다 나은 것은 아니고, 간헐적인 고열 증세가 재발하여 위험한 상태에 빠지는 경우는 흔하기 때문에 간병을 게을리 할 수는 없었다. 하지만 지금은 특효약이 있었다. 뿐만 아니라 약을 갖다준 인물도 어딘가 가까이에 있다! 그들 모두의 마음에 커다란 희망이 되살아났다.

이 희망은 배신당하지 않았다. 열흘 뒤인 12월 20일, 하버트는 회복기에 접어들었다. 몸은 아직 쇠약했고 식사를 엄격하게 제한해야 했지만 열이 재발하지는 않았다. 그리고 소년은 동료들이 내리는 어떤 지시에도 기꺼이 따랐다. 반드시 낫고 싶었던 것이다.

펜크로프는 지옥 밑바닥에서 끌어올려진 사람 같았다. 기쁜 나머지 헛소리 같은 말을 늘어놓았다. 세 번째 발열을 피한 뒤에

회복기에 접어든 소년

는 스필렛을 숨이 막힐 만큼 힘껏 끌어안았다. 그후 선원은 기자를 '닥터 스필렛' 이라고 부르게 되었다.

하지만 진짜 의사를 찾아낼 필요가 있었다.

"무슨 수를 써서라도 찾아내고야 말겠어." 선원은 되풀이 말하고 있었다.

그 인물이 어떤 사람이든 선량한 펜크로프의 거친 포옹만은 각오해야 할 것이다.

12월이 막을 내리고, 그와 함께 1867년도 끝났다. 한 해 동안 링컨 섬 개척자들은 참으로 호된 시련을 겪었다. 하지만 모두 화창한 날씨와 상쾌한 더위와 열대성 기온과 함께 1868년을 맞이했다. 그 더위도 바다에서 불어오는 산들바람이 기분 좋게 누그러뜨려주었다. 하버트는 되살아났다. 그래닛 하우스의 창가에 놓인 침대에서 소년은 소금 냄새를 머금은 바다 공기를 가슴 가득 들이마시고 있었다. 네브가 얼마나 맛있는 요리를 만들어주었는지는 신만이 알고 있다. 소화가 잘되고 영양이 풍부한 요리였다.

"그런 요리를 먹을 수 있다면 죽음의 문턱까지 갔다 오고 싶군!" 펜크로프가 말했다.

이 시기에 해적들은 한 번도 그래닛 하우스 주변에 모습을 보이지 않았다. 에어턴의 소식도 전혀 알 수 없었다. 그래도 사이러스와 하버트는 에어턴을 만날 희망을 버리지 않았지만, 다른 동료들은 이제 불행한 에어턴의 죽음을 의심하지 않았다. 하지만 언제까지나 이렇게 어정쩡한 상태로 있을 수는 없었다. 하버트가 기력을 되찾으면 당장이라도 탐험을 실행에 옮겨야 한다. 이 탐험 결과는 매우 중요하다. 그러나 앞으로 한 달은 더 기다려야 할 것이다. 해적들을 이기기 위해서는 개척자들도 총력을 기울여야 하기 때문이다.

어쨌든 하버트는 서서히 회복되었다. 간의 딱딱한 응어리도 사라졌고, 상처는 완전히 아물었다고 해도 좋았다.

1월에 '전망대'에서는 많은 작업이 이루어졌지만, 그것은 오로지 해적들이 망쳐놓은 밀밭과 채마밭에서 살릴 수 있는 작물을 살리는 작업이었다. 다음 계절에 또 작물을 심어서 수확할 수 있도록 씨와 눈을 모았다. 사이러스는 가끔 사육장 오두막과 풍차, 마구간 따위를 다시 짓는 일은 나중으로 미루기로 했다. 모두 힘을 모아 해적을 추적하지 않는 한, 놈들은 또 '전망대'를 분탕질하러 올지 모른다. 놈들이 약탈하고 불지를 거리가 될 건물을 일부러 지어줄 필요는 없다. 건물을 다시 짓는 것은 그 못된 놈들을 섬에서 쫓아낸 뒤에 해도 된다.

회복기에 접어든 소년은 1월 하순에는 병석에서 일어날 수 있게 되었다. 처음에는 하루에 한 시간, 이튿날에는 두 시간, 그 이튿날에는 세 시간 동안 일어나 있었다. 체력이 눈에 띄게 좋아졌다. 그만큼 건강한 몸을 타고난 것이다. 하버트는 벌써 열여덟 살이 되어 있었다. 키는 훌쩍 자랐고, 동료들은 하버트가 기품있는 훌륭한 어른이 될 거라고 생각했다. 이 무렵부터 소년은 착실히 회복되어갔다.

1월 말경에 하버트는 이미 '전망대'와 모래사장을 돌아다니게 되었다. 펜크로프나 네브와 함께 해수욕을 하는 것은 아주 좋은 결과를 가져왔다. 사이러스는 이제 슬슬 탐험을 떠나도 좋다고 생각하고, 2월 15일 출발하기로 날짜를 정했다. 이 계절이 되면 밤도 밝아지고 섬 전체를 조사하는 데 편리했다.

이리하여 이 탐험에 필요한 준비가 시작되었다. 이번에는 대규모 탐험이 될 터였다. 개척자들은 두 가지 목적을 달성할 때까지는 그래닛 하우스로 돌아오지 않겠다고 결심했기 때문이다. 한 가지 목적은 해적들을 무찌르고, 에어턴이 아직 살아 있다면 구출하는 것이다. 또 하나는 개척지의 운명을 언제나 호의적으로 이끌어주는 수수께끼의 인물을 찾아내는 것이다.

링컨 섬에서 개척자들은 '발톱 곶'에서 '턱 곶'에 이르는 동해안 전역, 넓은 '혹부리오리 늪', 그랜트 호 주변, 우리로 가는 길과 '은혜 강' 사이에 펼쳐져 있는 '벌잡이새 숲', '은혜 강'과 '붉은 내' 기슭, 그리고 우리가 만들어져 있는 프랭클린 산 중턱에 대해서는 자세히 알고 있었다.

'발톱 곶'에서 '도마뱀 곶'에 이르는 워싱턴 만의 긴 해안선, 서해안의 숲이나 늪의 경계선, 그리고 '상어 만'의 반쯤 벌어진 입에 이르는 그 끝없는 모래언덕도 이미 탐험했지만, 그것은 불완전한 탐험일 뿐이었다.

그런데 개척자들은 '뱀 반도'의 넓은 관목지대와 '은혜 강'의 오른쪽 기슭과 '폭포 내'의 왼쪽 기슭, 그리고 프랭클린 산의 서쪽과 북쪽과 동쪽으로 뻗어 있는 산맥과 골짜기가 복잡하게 얽힌 산지에 대해서는 전혀 알지 못하고 있었다. 이 산지로 깊숙이 들어가면 은신처가 될 만한 후미진 곳이 많이 있을 게 분명하다. 따라서 이 섬에는 아직 수천 에이커의 땅이 미답의 상태로 남아 있었다.

그래서 개척자들은 '은혜 강' 오른쪽 지역을 수색하면서 '서쪽 숲'을 가로지르기로 했다.

어쩌면 가축우리로 먼저 가는 게 좋을지도 모른다. 해적들이 약탈을 위해서든 눌러앉기 위해서든 다시 우리에 몸을 숨겼을 가능성도 있었기 때문이다. 하지만 이미 가축우리가 약탈당했다면 약탈을 막기에는 너무 늦었고, 놈들이 우리에 틀어박혀 있는 것이 상책이라고 생각한다면 언제라도 그 은신처에 가서 놈들을 쫓아내면 된다.

개척자들은 이렇게 의논한 끝에 첫 번째 계획을 채택하고, '서쪽 숲'을 가로질러 '도마뱀 곶'까지 가기로 했다. 그래닛 하우스에서 '뱀 반도' 끝까지 30킬로미터 가까운 거리는 도끼로 길을 내면서 나아가게 될 것이다.

짐수레 준비는 모두 갖추어져 있었다. 얼룩말은 충분히 휴식을 취했으니까 긴 여행에도 견딜 수 있을 것이다. 식량과 야영용품, 휴대용 취사도구, 그밖에 다양한 기구가 수레에 실렸다. 그리고 이제 완비되었다고 말할 수 있는 그래닛 하우스의 무기고에서 무기와 탄약을 꼼꼼히 골라냈다. 해적들이 숲을 돌아다니고 있을지 모르고, 어디서 갑자기 총격을 받을지도 모른다는 것을 잊어서는 안 된다. 따라서 개척자들은 언제나 함께 행동해야 하고, 어떤 이유로도 뿔뿔이 흩어지면 안 된다.

그래닛 하우스에는 아무도 남지 않기로 했다. 토비와 주피도 이번에는 원정에 가담하게 되었다. 이 거처는 접근하기 어렵기 때문에 비워놓아도 걱정할 필요는 없을 것이다.

출발 전날인 2월 14일은 일요일이었다. 이날 하루는 휴식을 취하고 신에게 감사 기도를 드리면서 지냈다. 하버트는 완전히 나았지만, 아직 체력이 충분치 않은 느낌이어서 수레에 자리를 마련해두었다.

이튿날 날이 밝자 사이러스 스미스는 어떤 침략에서도 그래닛 하우스를 지키기 위해 필요한 대책을 강구했다. 일찍이 그래닛 하우스를 오르내리기 위해 사용한 줄사다리는 침니로 가져가서, 나중에 돌아왔을 때 다시 사용할 수 있도록 모래 속에 깊이 파묻었다. 엘리베이터는 원통 부분을 떼어내어 이제는 이 장치도 사용할 수 없게 되었다. 펜크로프는 맨 마지막까지 그래닛 하우스에 남아서 이 일을 끝낸 뒤, 바위에 감은 긴 밧줄을 타고 아래로 내려왔다. 이 밧줄을 땅으로 끌어내리자, 위쪽의 바위밭과 아래쪽의 모래밭을 연결하는 것은 이제 아무것도 없었다.

날씨는 더없이 좋았다.

"날이 더워질 것 같군!" 스필렛이 쾌활하게 말했다.

"상관없습니다, 닥터 스필렛." 펜크로프가 대답했다. "나무 그늘로 가면 돼요. 그러면 해가 떴는지 어떤지도 모를 겁니다."

"출발!" 사이러스가 말했다.

수레는 침니 앞 바닷가에서 기다리고 있었다. 스필렛은 적어도 처음 몇 시간 동안은 수레를 타고 가라고 하버트에게 지시했다. 소년은 '의사'의 지시에 따를 수밖에 없었다.

네브가 얼룩말의 고삐를 잡고, 사이러스와 스필렛과 펜크로프가 그 뒤를 따랐다. 토비가 기쁜 듯이 뛰어다니고 있었다. 수레에 탄 하버트가 주피를 위해 자리를 조금 비워주자, 주피는 거리낌없이 옆에 앉았다. 출발할 때가 오자 일행은 걷기 시작했다.

수레는 우선 강어귀를 돌아 '은혜 강' 왼쪽 기슭을 따라 1.5킬로미터쯤 올라간 뒤, '기구 항'으로 이어지는 길이 시작되는 다리를 건넜다. 탐험가들은 곧장 뻗은 이 길에서 오른쪽으로 구부러져 '서쪽 숲'을 이루고 있는 드넓은 삼림지대에 발을 들여놓았다.

펜크로프는 밧줄을 타고 아래로 내려왔다

처음 3킬로미터 정도는 나무 사이의 간격이 넓어서 수레도 자유롭게 나아갈 수 있었다. 이따금 덩굴이나 덤불을 잘라서 길을 내야 했지만, 보행을 방해할 만한 장애물은 없었다. 나뭇가지와 무성한 나뭇잎이 땅바닥에 서늘한 그늘을 만들고 있었다. 히말라야삼나무 · 더글러스전나무 · 마황나무 · 뱅크셔 · 고무나무, 그밖에 이미 알려져 있는 나무들이 시야 끝까지 이어져 있었다. 섬에서 늘 보던 새들도 이곳에 전부 모여 있었다. 뇌조 · 벌잡이새 · 꿩 · 진홍잉꼬, 말하기 좋아하는 앵무새나 잉꼬들. 아구티 · 캥거루 · 카피바라 따위가 풀숲을 뛰어다니고 있었다. 이런 광경을 보고 개척자들은 섬에 도착한 직후에 감행했던 첫 번째 원정을 생각지 않을 수 없었다.

사이러스가 말했다.

"저 짐승이나 새들은 전보다 겁쟁이가 되어버린 느낌이 드는군. 최근에 해적들이 이 숲에 발을 들여놓은 모양이야. 틀림없이 놈들의 발자국이 발견될 거야."

실제로 최근에 여러 사람이 지나간 흔적을 여기저기서 발견할 수 있었다. 길을 표시할 목적으로 사용한 듯한 나뭇가지가 여기에 떨어져 있는가 하면, 저곳에는 모닥불을 피운 흔적과 재가 남아 있었다. 땅바닥에는 발자국이 남아 있었다. 하지만 이곳이 고정된 야영지임을 알려주는 증거는 전혀 없었다.

사이러스는 동료들에게 사냥을 삼가라고 일러두었다. 총성이 들리면, 숲을 돌아다니고 있을지도 모르는 해적들이 경계심을 품을 것이다. 그리고 사냥을 하려면 아무래도 수레 곁을 떠나야 한다. 그런 개별 행동은 엄격하게 금지되어 있었다.

그날 오후에 그래닛 하우스에서 10킬로미터쯤 떨어진 지점까지 오자 앞으로 나아가기가 상당히 어려워졌다. 울창한 숲을 지나려면 나무를 베어 길을 내야 했다. 작업에 착수하기 전에 사이러스는 만약을 위해 우거진 나무 사이로 토비와 주피를 들여보냈다. 개와 오랑우탄은 임무를 충실하게 해냈다. 토비와 주피가 아무 신호도 하지 않고 돌아오면 그것은 해적이나 맹수를 걱정할 필요가 없다는 뜻이었다. 해적과 맹수는 사나운 본능을 갖고 있다는 공통점이 있으니까, 같은 족속으로 다루어도 좋을 터였다.

첫날 밤, 개척자들은 그래닛 하우스에서 15킬로미터 떨어진 지점에서 야영을 했다. 지금까지 몰랐던 '은혜 강'의 지류를 발견하고, 그 개울가에 자리를 잡았다. 이 개울도 그 일대의 땅을 비옥하게 해주는 물줄기의 하나일 것이다.

모두 배불리 저녁을 먹었다. 식욕을 돋우어주는 식사였다. 그들은 무사히 밤을 보내기 위해 대책을 강구했다. 상대가 재규어 같은 맹수뿐이라면 야영지 주변에 모닥불을 피우기만 해도 몸을 지킬 수 있을 것이다. 그런데 상대가 해적이라면 모닥불은 상대를 막는 게 아니라 오히려 불러들일 수 있다. 지금은 야영지를 어둠으로 감싸는 게 더 안전했다.

물론 엄중한 경계태세를 펴지 않으면 안 된다. 개척자들은 두 명이 함께 불침번을 서고, 두 시간씩 교대로 임무를 인계하기로 했다. 하버트는 열심히 부탁했지만 이 임무에서 제외되었다. 펜크로프와 스필렛, 그리고 사이러스와 네브가 짝을 지어 차례로 야영지 주위를 경비하게 되었다.

하지만 이 시기에는 밤이 겨우 몇 시간밖에 지속되지 않았다. 어둠은 일몰과 함께 찾아오지 않고, 무성한 나뭇가지와 나뭇잎

엄중한 경계태세

때문에 찾아왔다. 적막을 깨뜨리는 것은 재규어가 짖는 소리와 원숭이의 새된 목소리뿐이었지만, 원숭이 소리는 특히 주피를 초조하게 만드는 것 같았다.

그날 밤은 아무 일도 없이 지나갔다. 이튿날인 2월 16일, 천천히 나아갈 수밖에 없는 숲 속의 행진이 다시 시작되었다.

그날은 10킬로미터 정도밖에 나아가지 못했다. 계속 도끼를 써서 길을 내야 했기 때문이다. 개척자 일행은 큰 나무는 자르지 않고 작은 나무만 잘라냈다. 큰 나무를 자르려면 많은 노력이 필요했을 것이다. 그래서 결과적으로 길은 직선을 그리지 않고 구불구불해졌다.

이날 하버트는 섬에서 그때까지 발견하지 못한 식물을 몇 가지 발견했다. 종려나무 같은 잎을 가진 양치식물은 물이 수반에서 넘쳐 나오듯 주위에 잎을 늘어뜨리고 있었다. 콩과식물인 세라토니아의 길쭉한 꼬투리는 향긋하고 달콤한 과육을 갖고 있어서, 얼룩말들은 그것을 우적우적 먹어댔다. 개척자들은 카우리 소나무 군락지도 발견했다. 원통형 줄기 꼭대기에 솔잎이 원뿔 모양으로 얹혀 있는 카우리소나무는 50미터가 넘게 자랄 수 있다. 뉴질랜드에서는 수목의 왕이고, 레바논삼나무만큼이나 귀하게 여겨진다.

동물에 관해서 말하자면, 사냥꾼들이 지금까지 몰랐던 동물은 발견되지 않았다. 그래도 오스트레일리아에서 흔히 볼 수 있는 커다란 새 한 쌍을 얼핏 볼 수 있었다. 가까이 다가갈 수는 없었지만, 화식조의 일종인 에뮤라는 새였다. 키는 1.5미터, 깃털은 갈색이고 주금류*에 속한다. 토비가 전속력으로 쫓아갔지만, 에뮤는 토비를 쉽게 따돌려버렸다. 그만큼 달리는 속도가 빨랐다.

해적들이 숲에 남긴 흔적도 몇 가지 발견되었다. 최근에 끈 것으로 보이는 모닥불 옆에서 사람 발자국을 발견하고, 개척자들은 그것을 자세히 조사했다. 발자국의 길이와 너비를 하나씩 재본 결과, 다섯 명의 발자국인 것을 알 수 있었다. 다섯 명의 해적이 그곳에서 야영을 한 게 분명했다. 하지만 아무리 찾아도 여섯 번째 발자국은 발견되지 않았다. 그것이 발견되면 에어턴의 발자국으로 생각해도 좋을 텐데.

"에어턴은 놈들과 함께 있지 않았어요!" 하버트가 말했다.

"그래." 펜크로프가 고개를 끄덕였다. "놈들과 함께 있지 않다면, 놈들한테 벌써 당한 거야. 상대가 호랑이라면 호랑이굴로 들어가서 잡을 수도 있지만, 그 나쁜 놈들은 굴도 없으니!"

"놈들은 그저 정처 없이 돌아다니고 있을 뿐이야. 이 섬의 주인이 될 때까지 그렇게 돌아다니는 게 좋다고 생각하고 있어." 스필렛이 받았다.

"섬의 주인이 된다고요?" 펜크로프가 외쳤다. 그 목소리는 누군가에게 목이 잡히기라도 한 것처럼 쉬어 있었다. 하지만 조금 침착성을 되찾은 어조로 말을 이었다. "선생님, 내가 총에 재어온 총알이 어떤 총알인지 아십니까?"

"아니." 사이러스가 대답했다.

"하버트의 가슴을 꿰뚫은 총알입니다. 장담하건대, 이 총알은 놈들의 심장으로 곧장 나아갈 겁니다!"

하지만 그런 보복을 해봤자 에어턴이 살아서 돌아오는 것은

---

* 주금류走禽類_ 날개가 퇴화하여 나는 힘이 없고, 지상에서 생활하기에 알맞은 튼튼한 다리를 가진 새.

아니다. 그들은 땅 위에 남은 발자국을 다 조사하고, 유감이지만 이렇게 결론지을 수밖에 없었다. 에어턴을 다시 만날 가망은 없다고!

그날 밤에 그들은 그래닛 하우스에서 22킬로미터 떨어진 지점에서 야영을 했다. 사이러스의 계산으로는 '도마뱀 곶'까지 8킬로미터도 떨어져 있지 않았다.

이튿날 그들은 반도 끝에 이르렀다. '서쪽 숲'을 종단한 셈이지만, 해적들이 숨어 있는 은신처나 수수께끼의 인물이 숨어 있는 거처를 찾아낼 수 있는 실마리는 전혀 얻지 못했다.

12

'뱀 반도' 탐험―'폭포 내' 어귀에서―가축우리에서 500미터―

스필렛과 펜크로프의 정찰―다 함께 전진! ―

열려 있는 출입문―창문의 불빛―달빛에 떠오른 풍경

이튿날인 2월 18일은 '도마뱀 곶'에서 '폭포 내'까지의 해안 지대를 이루는 숲을 탐험했다. '뱀 반도'의 동서 너비는 5킬로미터에서 6킬로미터 정도지만, 개척자들은 이 숲을 자세히 조사할 수 있었다. 나무들은 키가 크고 잎이 무성해서, 이곳 토양이 식물에 적합하다는 것을 증명하고 있었다.

섬의 어느 곳보다도 이곳에서는 나무들이 잘 자랐다. 아메리카 대륙이나 중앙아프리카의 원시림을 섬의 이 지역에 옮겨놓은 듯했다. 이 숲을 바라보고 있으면, 이곳 토양에는 보통 온대지방에서는 볼 수 없는 열이 있다고 생각하고 싶어진다. 이곳은 지표면은 축축하지만 땅속은 마그마로 덮혀져 있기 때문에, 숲에서 눈에 띄는 나무들은 거목으로 자라난 카우리소나무와 유칼리나무였다.

하지만 개척자들이 원하는 것은 멋진 거목을 감상하는 것이 아니었다. 식물에 관해서 말하자면, 그들은 링컨 섬을 카나리아 제도*와 똑같이 생각해도 좋다는 것을 알고 있었다. 카나리아 제도는 처음에는 '행복의 섬'이라고 불렸다. 링컨 섬은 이제 안타깝게도 온전히 개척자들의 것이라고는 말할 수 없게 되었다! 악당들이 섬에 들어와 짓밟고 있기 때문이다. 그 악당들을 마지막한 사람까지 타도하지 않으면 안 된다.

서쪽 해안에서는 아무리 찾아다녀도 흔적을 찾아내지 못했다. 발자국도, 길을 나타내는 나뭇가지도, 차갑게 식은 모닥불 흔적도, 버려진 야영지도⋯⋯.

"놀랄 필요는 없네." 사이러스가 말했다. "해적들은 '표류물 곶' 근처에서 상륙했어. 그리고 '혹부리오리 늪'을 가로지른 뒤, '서쪽 숲'에 발을 들여놓았지. 그리고 우리가 그래닛 하우스에서 더듬어온 것과 거의 같은 길을 나아갔네. 그것은 우리가 숲에서 발견한 여러 가지 흔적을 설명해주지. 그런데 해안까지 나온 해적들은 거기에 적당한 피난처가 없는 것을 알았네. 그래서 이번에는 북쪽으로 올라가 가축우리를 발견했지⋯⋯."

"그러면 놈들은 우리로 돌아가 있겠군요." 펜크로프가 말했다.

"그렇게는 생각지 않네. 놈들은 우리가 우선 가축우리부터 수색할 거라고 생각할 거야. 놈들한테 가축우리는 그저 물건을 보관하는 창고에 지나지 않아. 그곳을 근거지로 삼지는 않을 거야."

"나도 같은 생각입니다." 스필렛이 말했다. "놈들이 소굴을 찾으러 간 곳은 아마 프랭클린 산의 중턱일 거예요."

* 카나리아 제도_ 아프리카 대륙 북서쪽의 대서양에 자리잡고 있는 스페인령 화산열도.

"그럼 곧장 우리로 가봅시다." 펜크로프가 외쳤다. "결말을 지어버립시다. 지금까지 시간을 낭비했어요!"

"아닐세, 펜크로프." 사이러스가 받았다. "자네는 잊고 있지만, 우리는 '서쪽 숲'에 사람이 살고 있는 곳이 있는지 알려고 했네. 이번 탐험에는 두 가지 목적이 있어. 하나는 놈들을 혼내주는 것이지만, 또 하나는 감사의 뜻을 전하는 걸세."

"맞습니다, 선생님." 선원이 말했다. "하지만 그분이 바라지 않는 한, 그를 찾아낼 수는 없을 것 같아요."

펜크로프의 이 말은 모두의 의견이기도 했다. 수수께끼의 인물이 숨어 있는 은신처는 그의 존재 자체와 마찬가지로 수수께끼에 싸여 있었다.

그날 밤 수레는 '폭포 내' 어귀에 멈춰 섰다. 여느 때처럼 잠잘 곳이 정해지고, 야간 경계 태세가 펼쳐졌다. 하버트는 병이 걸리기 전의 건강과 기력을 되찾아, 바닷바람과 숲의 상쾌한 공기로 가득 찬 이 야외 생활에 완전히 익숙해져 있었다. 그는 이제 수레 위에 앉아 있는 것이 아니라 무리의 선두에 서 있었다.

이튿날인 2월 19일, 개척자들은 해안선에 등을 돌리고 '폭포 내'의 왼쪽 기슭을 올라가기 시작했다. '폭포 내' 어귀 건너편에는 온갖 형태의 현무암이 특이하게 쌓여 있었다. 그들은 전에 가축우리에서 서해안까지 걸어간 적이 있기 때문에 길의 일부는 뚫려 있었다. 개척자들은 프랭클린 산에서 10킬로미터쯤 떨어진 지점에 이르렀다.

사이러스의 계획은 이러했다. 시내가 흐르고 있는 골짜기를 자세히 조사하면서 조심스럽게 가축우리 주변에 이른다. 우리가 적에게 점령되어 있으면 그곳을 힘으로 되찾는다. 점령되어 있지 않으면, 우리에 틀어박혀 그곳을 작전 본부로 삼는다. 우리를 본거지로 하여 프랭클린 산을 탐색하면 된다.

모두 만장일치로 이 계획안에 찬성했다. 섬을 완전히 되찾을 날이 빨리 왔으면 하고 기다려졌다.

그들은 프랭클린 산의 험한 산맥을 둘로 나누고 있는 좁은 골짜기를 따라 나아갔다. 골짜기 비탈에는 나무들이 무성하게 우거져 있었지만, 화산 위쪽으로 올라갈수록 나무는 드물어졌다. 상당히 기복이 많은 산악지대라서 매복하기 좋은 곳이니까, 경계하면서 아주 조심스럽게 나아가야 했다. 토비와 주피가 정찰대로 앞장서서, 좌우의 울창한 숲으로 뛰어들어 지혜와 민첩함을 다투고 있었다. 하지만 골짜기 양쪽에는 최근에 누군가가 발을 들여놓은 흔적은 없었고, 해적들이 가까이 있는 낌새도 전혀 없었다.

오후 다섯 시경, 수레는 울타리에서 500미터쯤 떨어진 곳에 멈춰 섰다. 아름드리나무들이 반원을 그리며 시야를 가로막고 있어서 아직 우리는 보이지 않았다.

우리가 적에게 점령되어 있는지 알려면 우리의 상황을 눈으로 직접 확인해야 한다. 하지만 해적들 가운데 누군가가 망을 보고 있다면, 날이 밝을 때 함부로 접근하는 것은 총알받이로 나서는 거나 마찬가지다. 역시 밤이 오기를 기다리는 게 나을 것이다.

그런데 스필렛이 더 이상 기다리지 않고 우리 주변을 조사하고 싶다고 말했다. 그러자 펜크로프도 참을 수가 없어서 자기도 함께 가겠다고 제의했다.

"안 돼. 밤이 오기를 기다리게." 사이러스가 말렸다.

"하지만 선생님."

"부탁이야."

"좋습니다!" 선원이 대답했다. 그리고 바다 사나이가 쓰는 말 중에서도 가장 거친 말로 해적들을 욕하면서 가슴에 쌓인 분노를 발산시켰다.

개척자들은 수레 주위에 모여서 숲 가장자리를 주의 깊게 지켜보았다.

이렇게 세 시간이 지났다. 바람이 멎고, 거목 아래는 완전한 적막이 지배하고 있었다. 아주 가느다란 나뭇가지를 부러뜨리는 소리도, 마른 낙엽을 밟으며 걷는 발소리도, 풀 사이를 미끄러지듯 나아가는 소리도 다 들릴 것이다. 모든 것이 조용해져 있었다. 하지만 토비는 땅바닥에 납작 엎드려 머리를 앞다리 위에 얹은 채 별로 불안한 기색도 보이지 않았다.

여덟 시, 어스름이 상당히 짙어져서 정찰하기에 편리해졌다. 스필렛은 펜크로프와 함께 언제든지 정찰을 나갈 수 있다고 사이러스에게 말했다. 사이러스도 승낙했다. 토비와 주피는 사이러스와 하버트와 네브 곁에 남게 되었다. 저도 모르게 짖거나 소리를 질러서 적에게 경계심을 자극하면 곤란하기 때문이다.

"경솔하게 행동하진 말아주게." 사이러스가 선원과 기자에게 주문했다. "자네들은 우리를 점령하러 가는 게 아니라, 우리가 적에게 점령되어 있는지 확인하러 가는 것뿐이니까."

"알았어요." 펜크로프가 대답했다.

두 사람은 출발했다.

나뭇잎이 무성해서 나무 아래는 어둠이 펼쳐져 있었다. 이제 반경 10미터 밖은 잘 보이지 않는다. 기자와 펜크로프는 조금이라도 수상한 소리가 들리면 걸음을 멈추었다가 다시 조심스럽게 나아갔다.

두 사람은 서로 떨어져서 걸었다. 둘이 한꺼번에 충격을 받지 않도록 하기 위해서였다. 두 사람은 총성이 울릴 것을 줄곧 각오하고 있었다.

수레를 떠난 지 5분 뒤, 스필렛과 펜크로프는 숲 가장자리에 이르렀다. 눈앞의 빈터 저편에 울타리를 둘러친 우리가 있었다.

두 사람은 멈춰 섰다. 나무가 없는 초원은 아직 어렴풋한 빛에 싸여 있었다. 20미터쯤 앞에 우리의 출입문이 서 있었다. 문은 닫혀 있는 것 같았다. 사격에서 쓰는 표현을 빌리면, 숲 가장자리에서 울타리에 이르는 이 20미터가 위험 구역이다. 실제로 울타리 위에서 총을 쏘면, 이 위험 구역에 발을 들여놓은 사람은 누구나 쓰러뜨릴 수 있을 것이다.

스필렛과 펜크로프는 결코 물러설 사람은 아니었지만, 두 사람이 경솔하게 행동하다가 총에 맞기라도 하면 동료들한테도 부담을 주게 될 것이다. 그들이 죽으면 사이러스와 네브와 하버트는 도대체 어떻게 되겠는가?

하지만 펜크로프는 해적들이 숨어 있는 듯한 우리까지 와 있다고 생각하자 흥분을 억누르지 못하고 앞으로 뛰쳐나가려고 했다. 기자가 선원을 붙잡았다.

"조금만 기다려. 이제 곧 캄캄해질 거야." 스필렛이 펜크로프의 귓가에 속삭였다. "그러면 행동을 개시하세."

펜크로프는 개머리판을 꽉 움켜잡고 마음을 가라앉혔다. 그리고 해적들한테 욕설을 퍼부으면서 때가 오기를 기다렸다.

이윽고 저물녘의 마지막 노을빛이 완전히 사라졌다. 깊은 숲에서 나온 듯한 어둠이 빈터를 가득 채웠다. 프랭클린 산이 거대

"조금만 기다려. 이제 곧 캄캄해질 거야."

한 벽처럼 서쪽 수평선을 가로막고 있어서 눈 깜짝할 사이에 어둠이 찾아왔다. 위도가 낮은 지방에서는 그렇게 된다. 드디어 행동을 개시할 때가 왔다.

스필렛과 펜크로프는 숲 가장자리에 매복한 뒤 줄곧 울타리를 지켜보고 있었다. 우리는 완전히 버려진 듯한 느낌을 주었다. 울타리 윗부분은 주위의 어둠보다 더욱 검은 선을 그렸고, 그 또렷한 직선을 어지럽히는 것은 아무것도 없었다. 하지만 우리에 놈들이 있다면, 기습당하지 않기 위해 누군가가 망을 보고 있을 게 분명하다.

스필렛은 선원의 손을 움켜잡았다. 그리고 두 사람은 언제라도 총을 쏠 준비를 하고 우리 쪽으로 기어가기 시작했다.

두 사람은 우리의 출입문에 이르렀지만, 어둠 속에는 한 줄기 빛도 보이지 않았다.

펜크로프는 문을 밀어서 열려고 했지만, 두 사람이 예상한 대로 문은 닫혀 있었다. 선원은 바깥쪽 빗장이 걸려 있지 않은 것을 확인할 수 있었다.

그렇다면 지금 우리는 해적들한테 점령되어 있는 게 분명했다. 놈들은 밖에서 문을 열지 못하게 안쪽에서 문을 고정시켜버린 모양이다.

스필렛과 펜크로프는 조용히 귀를 기울였다.

우리 안은 쥐죽은 듯 조용했다. 산양도 염소도 축사에서 자고 있는지, 밤의 적막을 깨뜨리지 않는다.

아무 소리도 들리지 않았기 때문에, 기자와 선원은 울타리를 넘어 우리 안으로 숨어 들어가야 하지 않을까 하고 생각했다. 그것은 사이러스의 지시에 어긋나는 일이었다.

물론 그 행동은 성공할지도 모르고 실패할지도 모른다. 하지만 해적들이 아무것도 예상치 못하고 개척자들의 원정도 알아차리지 못하고 있다면, 지금이야말로 놈들을 기습할 절호의 기회였다. 그렇다면 울타리를 넘어가서 이 좋은 기회를 붙잡아야 하지 않을까?

　하지만 기자는 그렇게 생각하지 않았다. 그는 개척자들이 모두 모이기를 기다린 뒤에 우리에 돌입하는 게 낫다고 생각했다. 확실한 것은 두 사람이 적에게 들키지 않고 울타리까지 접근했다는 것이고, 우리에는 파수꾼이 없는 듯하다는 것이었다. 그 점을 확인했으니까 이제는 수레가 있는 곳으로 돌아가야 한다. 그리고 동료들에게 보고하면 된다.

　펜크로프도 아마 그렇게 생각했을 것이다. 기자가 숲 속으로 퇴각하기 시작하자 선원도 불평하지 않고 뒤따라왔기 때문이다.

　몇 분 뒤에 사이러스는 상황을 보고받았다. 그는 잠깐 생각하고 나서 말했다.

　"그렇다면 놈들이 우리에 없다고 생각해도 좋을 것 같군."

　"그건 울타리를 넘어가보면 금방 알 수 있을 겁니다." 펜크로프가 대답했다.

　"우리로 가세." 사이러스가 말했다.

　"수레는 숲에 놓아두고 갈까요?" 네브가 물었다.

　"아니야." 사이러스가 대답했다. "수레에는 탄약과 식량이 실려 있으니까. 그리고 경우에 따라서는 바리케이드로 쓸 수도 있어."

　"그럼 출발!" 스필렛이 말했다.

　수레가 숲을 나와서 소리 없이 울타리 쪽으로 나아가기 시작했다. 주위는 벌써 캄캄해져 있었다. 펜크로프와 스필렛이 땅바닥을 기어서 갔을 때와 마찬가지로 쥐죽은 듯 조용했다. 무성한 풀 덕분에 발소리도 들리지 않았다.

개척자들은 언제든지 총을 쏠 수 있는 자세를 취하고 있었다. 주피는 펜크로프의 명령에 따라 맨 뒤로 물러났고, 네브는 토비가 앞으로 뛰쳐나가지 못하도록 줄에 매어놓았다.

곧 빈터가 나타났지만, 사람은 그림자도 보이지 않았다. 일행은 주저 없이 우리 쪽으로 나아갔다. 눈 깜짝할 사이에 모두 위험 구역을 통과했다. 총알은 한 발도 날아오지 않았다. 울타리까지 오자 수레가 멈춰 섰다. 네브는 얼룩말의 고삐를 잡고 그 자리에 멈추었다. 사이러스와 스필렛, 하버트와 펜크로프는 문 쪽으로 가서 빗장이 안쪽에서 걸려 있는지를 확인하려고 했다.

그런데 양쪽으로 열리는 출입문 가운데 하나가 열려 있었다!

"자네들은 문이 닫혀 있었다고 했지?" 사이러스가 선원과 기자를 돌아보며 물었다.

두 사람은 깜짝 놀랐다.

"맹세하지만 아까 이 문은 닫혀 있었어요!" 펜크로프가 말했다.

개척자들은 망설이지 않을 수 없었다. 그렇다면 펜크로프와 스필렛이 정찰하고 있을 때 해적들은 우리 안에 있었을까? 그것은 틀림없다. 그때 닫혀 있던 문을 열 수 있는 것은 놈들밖에 없기 때문이다. 놈들은 아직도 안에 있을까? 아니면 누군가가 밖으로 나갔을까?

이런 의문이 개척자들의 마음속에 순간 번득였지만, 그 의문에 대답할 수 있는 사람은 아무도 없었다.

이때 우리 안쪽에 발을 들여놓은 하버트가 몇 걸음 걷다 말고 황급히 돌아와서 사이러스의 손을 잡았다.

"왜 그래?" 사이러스가 물었다.

"불이 켜져 있어요."

"오두막 안에?"

"예."

다섯 사람은 문 쪽으로 나아갔다. 과연 정면에 보이는 유리창을 통해 어른거리는 불빛이 희미하게 새어나오고 있었다.

사이러스는 곧 결심을 굳혔다.

"다시없는 기회야. 놈들은 아무것도 눈치채지 못한 채 오두막 안에 틀어박혀 있어! 이제 놈들은 달아나지 못해! 자, 가자!"

개척자들은 사격 자세를 취하고 우리 안으로 미끄러지듯 들어갔다. 수레는 밖에 놓아둔 채, 만약을 위해 주피와 토비를 수레에 묶어놓고 지키게 했다.

사이러스와 펜크로프와 스필렛이 앞장서고, 하버트와 네브가 뒤를 따랐다. 모두 울타리를 따라 나아가면서 우리 안을 유심히 살폈다. 주위는 캄캄하고, 사람의 모습은 보이지 않는다.

그들은 곧 오두막의 닫힌 문 앞에 이르렀다.

사이러스는 동료들에게 움직이지 말라고 손으로 신호를 보내고, 유리창으로 다가갔다. 오두막 안에서 새어나오는 불빛이 유리창을 희미하게 비추고 있었다.

사이러스는 오두막에 하나밖에 없는 방을 창문 너머로 들여다보았다.

탁자 위에 불 켜진 등잔이 놓여 있었다. 그 탁자 옆에 일찍이 에어턴이 사용하던 침대가 있었다.

침대에 한 사내가 누워 있었다.

갑자기 사이러스가 뒷걸음치면서 숨죽인 목소리로 외쳤다.

"에어턴이다!"

곧 개척자들은 문을 열었다기보다 때려 부수다시피 하고 방으로 몰려 들어갔다.

에어턴은 자고 있는 것 같았다. 그 얼굴은 오랫동안 가혹한 대우를 받은 것을 말해주었고, 손목과 발목에는 큰 멍자국이 나 있었다.

사이러스는 에어턴에게 몸을 기울였다.

"에어턴!" 사이러스는 생각지도 않은 상황에서 재회하게 된 사내의 팔을 잡으면서 외쳤다.

그 소리에 에어턴이 눈을 떴다. 에어턴은 눈앞에 있는 사이러스를 보고, 옆에 있는 다른 사람들을 바라본 뒤 입을 열었다.

"당신, 당신들이오?"

"에어턴! 에어턴!" 사이러스가 되풀이 불렀다.

"여기가 어디요?"

"우리의 오두막일세!"

"나 혼자요?"

"그렇다네!"

"그럼 놈들이 올 거요! 경계해요! 조심해요!"

이렇게 말하고 에어턴은 맥이 다 빠진 듯 다시 털썩 쓰러졌다.

"스필렛." 사이러스가 외쳤다. "지금이라도 공격을 받을지 몰라. 수레를 우리 안으로 들여놓고, 문을 단단히 잠그고, 모두 이리로 돌아오게."

펜크로프와 네브와 스필렛은 사이러스의 지시를 실행에 옮기

"놈들이 올 거요! 경계해요! 조심해요!"

려고 서둘렀다. 한시도 지체할 수 없다. 어쩌면 수레가 벌써 해적들 손에 넘어가 있을지도 모른다!

당장 기자와 두 동료는 우리를 가로질러 출입문에 이르렀다. 울타리 너머에서 토비가 낮게 으르렁거리는 소리가 들렸다.

사이러스도 잠깐 에어턴 곁을 떠나 오두막을 나와서 사격 자세를 취했다. 하버트가 그 옆에 섰다. 두 사람은 우리가 내려다보이는 언덕마루를 쳐다보았다. 해적들이 그곳에 매복해 있다면 개척자들을 차례로 쏘아 죽일 수 있을 터였다.

이때 동쪽에 넓게 펼쳐져 있는 검은 숲 위로 달이 떠올라 하얀 달빛이 우리 안을 가득 채웠다. 우리는 달빛을 받아, 무성한 나무들도, 우리 안을 흐르는 개울도, 융단처럼 깔려 있는 넓은 풀밭도 또렷이 보이게 되었다. 오두막과 울타리의 산 쪽 부분은 달빛 속에 하얗게 떠올랐지만, 반대쪽인 출입문 주변은 어둠에 잠긴 채였다.

이윽고 검은 덩어리가 모습을 나타냈지만, 그것은 달빛의 고리 속에 들어온 수레였다. 사이러스는 동료들이 문 닫는 소리를 들었다. 양쪽으로 열리는 문이 안쪽에서 단단히 닫혔다.

그런데 이때 토비가 맹렬한 기세로 줄을 끊고 사납게 짖어대면서 오두막 오른쪽의 구석진 곳으로 돌진했다.

"모두 조심해! 총을 들어!" 사이러스가 외쳤다.

개척자들은 총을 겨누고 발사할 순간을 기다렸다.

토비는 여전히 짖어댔고, 주피도 그 뒤를 따라가면서 날카로운 소리로 울었다.

개척자들은 주피를 따라 아름드리나무가 그림자를 떨어뜨리고 있는 개울가에 이르렀다.

달빛을 받은 그곳에서 그들은 무엇을 목격했을까?

시체 다섯 구가 개울가에 너부러져 있었다!

넉 달 전 링컨 섬에 상륙한 해적들의 시체였다!

시체 다섯 구가 개울가에 너부러져 있었다

13

무슨 일이 일어난 것일까? 누가 해적들을 쏘아 죽였을까? 에어턴이 아닐까? 아니다. 아까 에어턴은 놈들이 돌아올 거라고 말하면서 몹시 두려워하지 않았던가!

하지만 지금 에어턴은 깊이 잠들어 있어서 도저히 깨울 수가 없었다. 잠깐 이야기했을 뿐이지만, 그는 어떻게 할 수 없는 탈진 상태에 빠져 침대에 쓰러진 채 움직이지 않게 되어버렸다.

개척자들은 격렬한 흥분 상태에 빠졌고, 여러 가지 혼란스러운 생각에 사로잡혔다. 그들은 우리 안의 오두막을 떠나지 않고 밤새도록 기다렸다. 아무도 해적들의 송장이 너부러져 있는 개울가로 돌아가려 하지 않았다. 해적들이 어떻게 죽었는지, 그 상황에 대해 아마 에어턴은 아무것도 모를 것이다. 자신이 오두막에 있다는 것조차 알아차리지 못했으니까. 하지만 적어도 그 무서운 처형이 일어나기 전의 상황에 대해서는 말해줄 수 있지 않을까.

이튿날 에어턴은 혼수상태에서 깨어났다. 동료들은 재회를 진심으로 기뻐했다. 104일 동안이나 헤어져 있다가 무사하다 해도 좋은 모습으로 다시 만날 수 있었으니 얼마나 기쁘겠는가.

작년 11월 10일, 우리에 도착한 이튿날 밤에 에어턴은 울타리를 넘어온 해적들의 습격을 받았다. 해적들은 그를 꽁꽁 묶고 입에 재갈을 물린 뒤, 프랭클린 산기슭에 있는 캄캄한 동굴로 끌고 갔다. 해적들은 그동안 그곳에 숨어 있었던 것이다.

에어턴의 죽음은 이미 결정되어 있었다. 그런데 이튿날 그를 처형할 때가 되었을 때, 해적들 가운데 하나가 그의 얼굴을 알아보고 유형수와 탈옥수 시절의 벤 조이스를 기억해냈다.

이때부터 옛 공범자들은 에어턴을 귀찮게 따라다니게 되었다. 놈들은 그를 한패로 끌어들이려고 했다. 놈들은 에어턴과 함께 그래닛 하우스에 쳐들어가 그 거처를 빼앗고 개척자들을 몰살한 뒤 섬을 차지할 계획이었다.

에어턴은 저항했다. 죄를 뉘우치고 용서받은 이 과거의 해적은 친구들을 배신하기보다는 차라리 죽음을 택했다.

에어턴은 밧줄에 묶이고 재갈이 물린 채 엄중한 감시를 받으며 동굴에서 거의 넉 달을 보냈다.

그런데 해적들은 섬에 상륙한 직후에 가축우리를 발견했다. 그때부터 놈들은 이곳에 저장된 식량으로 연명했지만, 우리에 눌러 살지는 않았다. 11월 11일, 해적 두 명이 이곳에 있을 때 뜻밖에 개척자들이 왔기 때문에 놈들은 총격을 가했다. 그때 하버트가 총에 맞은 것이다. 해적 한 놈은 동굴로 돌아가 섬 주민을 한 명 쏘아 죽였다고 자랑했지만, 동굴로 돌아간 것은 그놈 하나뿐이었다. 또 한 녀석은 알다시피 사이러스의 단검에 찔려 죽었기 때문이다.

이 사건이 일어난 뒤, 개척자들이 하버트의 상처 때문에 우리에 발이 묶여 있는 동안 해적들은 동굴을 떠나지 않았다. 또한 '전망대'를 분탕질한 뒤에도 조심하면서 동굴 밖으로 나가려 하지 않았다.

에어턴은 점점 심한 학대를 받게 되었다. 낮에도 밤에도 밧줄에 묶여 있었기 때문에, 그의 팔다리에는 아직도 핏자국이 남아 있었다. 에어턴은 언제나 죽음을 각오하고 있었고, 죽음을 피할 수는 없을 거라고 생각했다.

2월 셋째 주까지는 그렇게 지나갔다. 해적들은 끊임없이 기회를 엿보고 있었지만, 은신처를 거의 나가지 않았다. 동굴에서 나가는 것은 섬의 안쪽이나 남해안까지 사냥을 하러 갈 때뿐이었다. 에어턴은 친구들의 소식을 듣지 못하게 되었고, 이제 그들과 재회할 수 있다고도 생각지 않았다.

이 불행한 사내는 학대 때문에 쇠약해지고 심한 탈진 상태에 빠져, 볼 수도 들을 수도 없게 되었다. 그래서 에어턴은 이틀 전부터 주위에서 일어난 일을 설명하지 못했다.

"그런데 사이러스 씨." 그가 덧붙여 말했다. "나는 동굴에 갇혀 있었을 텐데, 어떻게 해서 이 우리에 와 있을까요?"

"그럼 어떻게 해적들은 우리 안 개울가에 쓰러져 죽어 있었을까?" 사이러스가 되물었다.

"죽어 있었다고?" 에어턴은 소리를 지르고, 몹시 쇠약해져 있는데도 몸을 반쯤 일으켰다.

동료들이 그의 몸을 받쳐주었다. 에어턴이 일어나려고 했기 때문에 모두 그를 도와주었다. 그리고 모두 함께 개울가로 갔다.

날이 완전히 밝았다.

개울가에 해적 다섯 놈의 시체가 즉사했음을 말해주는 자세로 너부러져 있었다.

에어턴은 어안이 벙벙해져 있었다. 사이러스와 동료들은 아무 말도 하지 않고 에어턴을 바라보았다.

사이러스의 신호에 따라 네브와 펜크로프는 이미 차갑게 식어서 굳어버린 송장들을 조사했다.

어느 송장에도 상처 같은 것은 보이지 않았다.

펜크로프는 더 자세히 살펴보고, 어떤 놈은 이마에, 또 다른 놈은 가슴이나 등이나 어깨에 붉은색 작은 반점이 있는 것을 알아차렸다. 거의 눈에 띄지 않는 타박상 같은 상처였지만, 왜 그런 반점이 생겼는지는 알 수 없었다.

"모두 치명상을 입었군!" 사이러스가 말했다.

"도대체 어떤 무기일까요?" 기자가 물었다.

"무시무시한 위력을 가진 무기겠지만, 우리는 전혀 모르는 무기일세."

"누가 그런 무기로 놈들을 죽였을까요?" 펜크로프가 물었다.

"섬의 심판자." 사이러스가 대답했다. "에어턴, 자네를 여기로 데려와준 것도 그분일세. 그분이 또다시 힘을 써주었어. 언제나 우리 힘만 가지고는 할 수 없는 일을 해주는 사람, 우리를 위해 일을 해낸 뒤에는 모습을 감추어버리는 그 인물일세."

"그분을 찾아냅시다!" 펜크로프가 외쳤다.

"물론 찾아내야지. 하지만 이런 기적을 일으키는 수수께끼의 인물은 스스로 우리 앞에 나타나면 모를까, 그렇지 않고는 우리가 만날 수 없는 존재일지도 몰라."

눈에 보이지 않는 그 인물의 능력에 비하면, 개척자들의 활동은 빛을 잃고 하찮아 보였다. 이 상대적 열등함은 사이러스처럼 자존심 강한 영혼에 상처를 줄 수밖에 없었기 때문에, 사이러스는 그 인물의 도움에 고마워하면서도 한편으로는 화가 치밀었다. 상대는 무언가를 베풀면서도 고맙다는 인사를 받는 것을 교묘히 피하고 있었다. 이것은 은혜를 입은 사람을 깔보는 게 아닐까? 이런 태도는 선행의 가치를 떨어뜨린다고 사이러스는 생각했다.

"찾아보세. 언젠가는 그 거만한 보호자한테 우리가 은혜도 모르는 인간이 아니라는 것을 증명할 수 있게 해달라고 하느님께 기도하세! 다음번에는 우리가 그 인물에게 신세진 빚을 갚기로 하세. 목숨을 바쳐서라도 그 사람한테 상당한 은혜를 베풀기로 하세."

그날부터 링컨 섬의 주민들은 수수께끼의 인물을 찾는 일에만 몰두하게 되었다. 어떻게든 이 수수께끼를 푸는 열쇠를 찾아내지 않으면 안 된다. 수수께끼를 푸는 열쇠는 전혀 설명할 수 없는 초인적인 힘을 가진 그 인물이 과연 누구인가를 알아내는 것뿐이었다.

얼마 후 개척자들은 오두막으로 돌아갔다. 오두막에서 에어턴은 동료들의 치료와 보살핌을 받고 정신적으로나 육체적으로나 기운을 되찾았다.

네브와 펜크로프는 해적들의 송장을 우리에서 멀리 떨어진 숲속으로 가져가서 땅속 깊이 파묻었다.

그후 그들은 에어턴이 잡혀 있는 동안 일어난 여러 가지 사건을 에어턴에게 말해주었다. 하버트가 구사일생으로 살아난 일과 개척자들이 겪은 온갖 시련을 이야기했다. 에어턴을 다시 만날 수 있으리라고는 생각지 않았고, 그가 해적들한테 무참히 살해되었을 거라고 걱정했다는 이야기도 덧붙였다.

마지막으로 사이러스는 이렇게 말했다.

"아직도 우리 앞에는 한 가지 중요한 과제가 남아 있네. 우리 일의 절반은 끝났지만, 이제는 해적들을 두려워할 필요가 없고, 우리가 다시 섬의 주인이 된 것은 우리 자신의 힘만으로 이루어진 게 아니라고 말할 수밖에 없네."

그러자 스필렛이 말했다.

"그러면 프랭클린 산맥에 있는 모든 미로를 수색합시다. 단 하나의 동굴도, 단 하나의 구멍도 남김없이 뒤져봅시다! 아아, 이렇게 말하고 있어도 나는 기자로서 수수께끼의 인물을 발견할 생각을 하면 가슴이 뛰는군요!"

"그래닛 하우스로 돌아가는 건 그 은인을 발견한 뒤로 미루기로 하죠." 하버트가 말했다.

"그게 좋겠어!" 사이러스가 받았다. "우리는 인간으로서 최선을 다해야 돼. 하지만 아까도 말했듯이 그 사람 자신이 우리를 만나도 좋다고 생각하지 않으면 우리가 그 사람을 만나기는 어려울 거야!"

"그럼 우리는 이 오두막에서 살 건가요?" 펜크로프가 물었다.

"당분간 여기 머물기로 하세." 사이러스가 대답했다. "여기는 식량도 많고, 이번에 우리가 수색할 지역의 한복판에 자리잡고 있어. 그리고 필요하면 수레를 그래닛 하우스로 보낼 수도 있고."

"알았습니다. 다만 한 가지 말씀드리자면……."

"뭔가?"

"점점 좋은 계절이 되어가고 있는데, 항해를 잊으면 안 될 것 같아서요."

"항해라니?" 스필렛이 물었다.

"타보르 섬에 가기로 했잖습니까? 지금 에어턴이 링컨 섬에 있다는 쪽지를 타보르 섬에 놔두고 올 필요가 있잖아요. 스코틀랜드 배가 에어턴을 데리러 올지도 모르니까요."

"하지만 그 항해를 어떻게 할 작정인가?" 에어턴이 물었다.

"'본어드벤처' 호를 타고 갈 거야."

"'본어드벤처' 호?" 에어턴이 외쳤다. "그 배는 이제 없네."

"'본어드벤처' 호가 이제 없다고?" 펜크로프는 펄쩍 뛰어오르며 고함을 질렀다.

"없어. 놈들이 몇 주 전에 작은 포구에서 배를 발견하고 바다로 나갔다가……."

"그래서?" 펜크로프가 가슴을 두근거리며 물었다.

"배를 운전하려 해도 보브 하비가 없으니까…… 바위에 부딪혀서 망가져버렸다네!"

"아아! 멍청한 놈들! 나쁜 놈들! 뻔뻔스러운 놈들!" 펜크로프가 외쳤다.

"아저씨." 하버트가 선원의 손을 잡으면서 말했다. "다른 배를 만들면 되잖아요. 훨씬 큰 배를! 이제 '스피디' 호의 쇠붙이와 돛과 돛대를 전부 활용할 수 있으니까요."

"하지만 40톤짜리 배를 만들려면 적어도 대여섯 달은 걸려."

"우리한테는 시간이 있어." 스필렛이 말했다. "올해는 타보르 섬에 가는 걸 포기하세."

"어쩔 수 없어. 단념할 수밖에 없어." 사이러스도 말했다. "늦더라도 우리한테 나쁜 영향이 미치지 않기를 기도하세."

"아아, 내 '본어드벤처'! 불쌍한 '본어드벤처'!" 펜크로프가 외쳤다. 그만큼 자랑스럽게 생각했던 배를 잃고 만 그는 완전히 풀이 죽어버렸다.

'본어드벤처' 호가 파괴된 것은 물론 개척자들에게 유감스러운 사건이었다. 그래서 되도록 빨리 그 손실을 벌충하기 위해 다른 배를 만들기로 결정했다. 이렇게 계획이 세워지자, 섬에서 가장 깊고 외진 곳을 향한 탐험을 멋지게 해내는 일만 남았다.

수색은 그날, 즉 2월 19일 시작되어 꼬박 일주일 동안 계속되었다. 프랭클린 산의 수많은 지맥 사이에 펼쳐져 있는 이 지역은 작은 골짜기의 미로처럼 복잡하게 얽혀서 변화무쌍한 지형을 이루고 있었다. 섬에서 이 언저리만큼 남몰래 숨어 살고 싶어하는 사람의 은신처로 적당한 곳은 없을 것이다.

개척자들은 우선 화산 남쪽에 펼쳐져 있는 골짜기를 조사했다. 이들 골짜기를 흐르는 수많은 개울물이 '폭포 내'로 흘러든다. 에어턴은 해적들이 숨어 있던 동굴을 가르쳐주었다. 그 자신도 우리로 옮겨지기 전에 갇혀 있던 동굴이다. 그 동굴은 에어턴이 있을 때와 똑같은 상태였다. 해적들이 훔쳐와 저장해둔 탄약과 식량이 많이 발견되었다.

그 동굴은 골짜기 끝에 있었다. 개척자들은 아름드리나무(특히 침엽수가 많았다)가 울창한 골짜기를 구석구석 샅샅이 수색했다. 그리고 남서쪽 산줄기를 끝까지 둘러본 뒤, 일행은 더 좁은 골짜기로 들어갔다. 이 골짜기를 더듬어가면 현무암이 기묘한 형상으로 울퉁불퉁 겹쳐 쌓인 해안으로 나가게 된다.

이곳은 나무가 적어지고 풀 대신 돌멩이가 뒹굴고 있었다. 야생 염소와 산양이 바위 사이를 뛰어다니고 있었다. 섬의 불모지는 여기서부터 시작된다. 이미 확인했지만, 프랭클린 산기슭에서 수없이 갈라져 있는 골짜기들 가운데 나무와 풀이 무성하게 자라고 있는 골짜기는 세 곳뿐이었다. 하나는 가축우리가 있는 골짜기, 두 번째는 그 서쪽에 있는 '폭포 내' 골짜기, 세 번째는 가축우리 동쪽에 있는 '붉은 내' 골짜기다. '폭포 내'와 '붉은 내'는 하류에서 몇 개의 지류와 합류하여 상당히 큰 하천으로 탈바꿈한다. 이 두 내는 프랭클린 산의 모든 물을 모아서 섬 남부 지역을 기름진 땅으로 만들어준다. '은혜 강'은 '벌잡이새 숲'의 나무 그늘에 숨겨진 수많은 지하수가 모인 하천인데, 이 자연의 지하수도 수많은 그물눈처럼 펼쳐져서 '뱀 반도'의 토양을 촉촉하게 적시고 있었다.

어쩌면 물이 풍부한 세 골짜기 가운데 하나가 고독한 인간의 은신처로 쓰이고 있는 것은 아닐까? 거기에는 생활에 필요한 것이 모두 갖추어져 있을 것이기 때문이다. 그런데 개척자들은 이미 그런 골짜기들을 탐험했지만 인간이 살고 있는 흔적은 어디에서도 발견하지 못했다.

그러면 그 인물은 초목이 자라지 않는 황량한 협곡의 오지에 숨어 살고 있을까? 허물어질 듯한 바위산 속, 북쪽의 용암류 사이에 새겨진 황량한 협곡에 살고 있을까?

프랭클린 산의 북쪽 기슭에는 폭은 넓지만 깊지는 않은 골짜기가 두 개 있을 뿐이었다. 푸른 초목은 보이지 않는다. 표석*들

---

* 표석漂石_ 빙하의 작용으로 운반되었다가 빙하가 녹은 뒤 그대로 남은 바윗돌.

이 점점이 흩어져 있고, 길쭉한 빙퇴석이 줄무늬를 그리고 있었다. 지표면은 기다란 용암류에 덮여 있고, 흑요석과 조회장석 파편이 뿌려진 커다란 광석 덩어리가 여기저기에 혹처럼 박혀 있었다. 이 구역을 탐색하는 것은 시간도 오래 걸렸고, 고생도 많았다. 이곳에는 수많은 동굴이 있었다. 살기 좋은 곳은 아니겠지만, 사람 눈에 띄지 않고 남들이 가까이 가기도 어려운 곳이다.

개척자들은 어두운 동굴 속도 조사했다. 심성암이 생긴 시대에 태어난 동굴일까. 옛날 마그마가 지나갔기 때문에, 동굴 속은 아직도 거무스름한 빛을 띤 채 산속 깊이 뻗어 있었다. 그들은 이 어두운 지하도를 둘러보고, 횃불빛에 의지하여 앞으로 나아갔다. 아무리 작은 동굴도 모두 조사했고, 아무리 작은 구멍도 놓치지 않았다. 하지만 그곳에 있는 것은 적막과 어둠뿐이었다. 태고에 생긴 이 지하 통로에 지금까지 인간이 발을 들여놓은 흔적은 없었고, 일찍이 누군가의 손이 돌멩이 하나 옮겨놓은 흔적도 없었다. 지하 통로는 섬이 세상에 출현했을 때, 화산 분화로 해상에 모습을 드러냈을 때와 똑같은 상태였다.

이 지하 회랑에는 아무도 없는 것 같았고 완전한 어둠이 지배하고 있었지만, 그래도 사이러스는 정말 아무 소리도 들리지 않는지 확인하려고 조용히 귀를 기울였다.

섬 내부로 수백 미터나 뻗어 있는 이런 동굴을 끝까지 들어가면 둔탁한 땅울림이 들리는 경우가 있었다. 그 소리는 바위에 반향하여 더 크게 들려온다.

함께 있던 스필렛도 멀리서 우르릉거리는 이 소리를 들었다. 이것은 지하에서 화산 활동이 다시 시작되었음을 말해준다. 두 사람은 몇 번이나 귀를 기울였다. 그 결과 땅속 깊은 곳에서 어떤

개척자들은 어두운 동굴 속도 조사했다

화학반응이 일어나고 있다는 데 의견이 일치했다.

"그러면 화산은 활동을 완전히 멈춘 게 아니군요?" 기자가 물었다.

"전에 우리가 분화구를 탐험한 뒤 내부 지층에서 어떤 작용이 일어났는지도 모르지. 겉으로는 활동을 멈추고 있는 듯이 보이는 화산도 활동을 재개하는 경우가 있으니까."

"프랭클린 산이 분화를 시작하면 링컨 섬은 위험해지지 않을까요?"

"위험하진 않을 거야. 안전판 같은 분화구가 있으니까. 전에도 그랬듯이 산은 여분의 증기나 용암을 여느 때의 배출구로 토해 내겠지."

"그 용암이 새로운 길을 찾아서 울창한 숲 쪽으로 흐르면 이야기가 달라지죠."

"자네는 왜 용암이 지금까지 흘렀던 길로 가지 않을 거라고 생각하나?"

"화산은 변덕스럽잖아요?"

"프랭클린 산 전체의 경사를 보면, 용암은 지금 우리가 수색하고 있는 북쪽 골짜기 쪽으로 흐르기 쉽게 되어 있네. 이 용암의 흐름이 바뀌려면 지진이라도 일어나서 산의 중심이 바뀌어야 할 거야."

"하지만 화산 활동이 일어나고 있을 때는 지진이 일어날 가능성을 배제할 수 없어요."

"그건 그래. 특히 땅속의 힘이 오랫동안 잠을 자다가 눈을 뜨려 할 때, 그래서 지구의 창자가 막힐 우려가 있을 때는 더욱 그렇지. 그러니까 화산이 분출하면 문제가 심각해져. 저 화산이 깨

"화산은 활동을 완전히 멈춘 게 아니군요?"

어날 조짐을 전혀 보이지 않았다면 좋겠지만, 그건 우리가 어떻게 해볼 도리가 없잖아. 어쨌든 무슨 일이 일어나도 '전망대'까지 침범당하지는 않을 걸세. 프랭클린 산과 고원 사이에는 커다란 호수가 있어. 만에 하나 용암이 호수로 방향을 돌린다 해도 그것은 모래언덕 쪽이나 상어 만에 가까운 지역으로 흘러갈 거야."

"아직 산꼭대기에 연기는 보이지 않는군요. 연기가 보이면 분화가 가까워졌다는 신호지만."

"연기는 안 보여. 분화구에서는 증기 한 줄기도 나오지 않아. 어제 나는 산꼭대기를 쳐다보았지. 하지만 용암이 분출하는 통로 아래쪽에 오랫동안 바위나 화산재나 용암이 쌓여서 밸브가 막혀버렸을지도 몰라. 그래도 일단 여분의 것을 토해버리면 장애물이 완전히 없어질 테니까, 보일러 역할을 맡고 있는 이 섬도, 굴뚝 역할을 맡고 있는 화산도 가스 압력으로 폭발하는 일은 없을 걸세. 그래도 역시 분화는 일어나지 않는 게 좋은데……."

사이러스와 스필렛은 동굴에서 나오자 동료들을 만나서 이 땅울림에 대해 설명했다.

"좋아요!" 펜크로프가 외치듯이 말했다. "화산이란 놈이 바보 같은 짓을 할 작정이라면 어디 한번 해보라죠! 그러면 누가 주인인지 곧 알게 될 테니까."

"화산 주인이 누군데요?" 네브가 물었다.

"우리 수호신이 있잖아. 화산이란 놈이 입을 벌릴 낌새라도 보이면, 그분이 그 입을 틀어막아줄 거야!"

섬의 수호신에 대한 선원의 신뢰는 절대적이었다. 설명할 수 없는 여러 행위를 통해 지금까지 나타난 신비로운 힘은 확실히 무한해 보였다. 하지만 그 힘은 개척자들의 면밀한 수색을 피하는 요령도 알고 있었다. 그들이 아무리 애쓰고 아무리 정열을 기울이고 아무리 끈질기게 수색해도 그 인물의 은신처는 발견할 수 없었기 때문이다.

2월 19일에서 25일에 걸쳐 수색 범위는 링컨 섬 북부 전역으로 퍼져갔고, 거기에서 가장 후미진 곳까지 모두 조사했다. 개척자들은 형사가 수상한 집 주위를 살펴보듯 암벽을 일일이 살피고 다녔다. 사이러스는 프랭클린 산의 정확한 도면을 만들어, 산을 이루고 있는 여러 지층까지 조사했다. 우선 첫 번째 고원의 암석층 위에 놓인 원뿔형 대지를 수색하고, 다음에는 꼭대기에 분화구가 뚫려 있는 거대한 고깔의 윗부분을 수색했다.

그들은 깊은 수직 동굴도 조사했다. 그곳에서는 아직 불이 보이지는 않았지만, 깊은 동굴 바닥에서는 땅울림 소리가 또렷이 들려오고 있었다. 하지만 연기나 증기는 한 줄기도 보이지 않고 암벽도 따뜻하지 않으니까, 분화가 가까워진 것은 아니었다. 그런데 그렇게 샅샅이 뒤졌어도 개척자들이 찾고 있는 사람의 발자취는 찾을 수 없었다.

그후 수색 지역은 모래언덕으로 옮겨졌다. 그들은 '상어 만'의 높은 암벽을 위에서 아래까지 세심하게 조사했다. '상어 만'의 물가까지 내려가는 것은 여간 어렵지 않았다. 하지만 그곳에는 아무도 없었다! 그들은 아무것도 찾지 못했다.

결국 이런 수색은 아무도 찾지 못하고 아무것도 발견하지 못하는 결과로 끝났다. 공연히 헛고생만 했을 뿐, 그들의 노력은 아무 보람도 거두지 못했다. 사이러스와 동료들의 실망감 속에는 분노와 비슷한 감정도 섞여 있었다.

이제 집으로 돌아갈 때가 되었다. 언제까지나 수색을 계속할 수는 없기 때문이다. 개척자들은 수수께끼의 인물이 지표면에는 살고 있지 않다고 생각할 수밖에 없었다. 그들은 상상력을 발휘하여 터무니없는 가설까지 세웠다. 특히 펜크로프와 네브의 상상력은 단순히 이상한 것의 영역에 머물지 않고 초자연의 영역까지 날아갔다.

2월 25일, 개척자들은 그래닛 하우스로 돌아갔다. 이중 밧줄에 화살을 달아서 입구의 층계참을 향해 발사하자, 거처와 지상을 다시 오르내릴 수 있게 되었다.

한 달 뒤인 3월 25일은 그들이 링컨 섬에 도착한 지 3주년이 되는 날이었다.

그들은 깊은 수직 동굴도 조사했다

14

3년이 지났다―배를 새로 짓는 문제―결정된 사항―
번영하는 개척지―조선소―남반구의 추위―
포기하는 펜크로프―프랭클린 산꼭대기의 연기

리치먼드에서 포로로 잡혀 있던 사람들이 그곳을 탈출한 뒤 3년 세월이 지났다. 그 3년 동안 그들은 수없이 조국에 대해 이야기했다. 조국은 언제나 그들의 머리를 떠나지 않았다.

남북전쟁은 벌써 끝났을 것이다. 정의의 북군이 패배한다는 것은 있을 수 없는 일로 여겨졌다. 하지만 그 무서운 전쟁에서 어떤 사건이 일어났을까? 얼마나 많은 피가 흘렀을까? 친구들도 전사했을까? 그들은 자주 그런 이야기를 나누었지만, 언제쯤이면 조국으로 돌아갈 수 있을지는 아직 짐작도 할 수 없었다.

며칠만이라도 조국에 돌아가 인간 사회와 다시 관계를 맺고, 조국과 이 섬 사이를 배가 정기적으로 다니게 할 수는 없을까? 그들이 건설한 이 개척지, 그때는 이미 미국 영토가 되어 있을 이 개척지에서 되도록 오랫동안 쾌적한 생활을 영위하는 것은 실현할 수 없는 꿈에 불과할까?

이 꿈을 실현할 방법은 두 가지밖에 없었다. 언젠가 링컨 섬 해역에 배가 나타나든가, 아니면 개척자들이 가장 가까운 육지까지 항해할 수 있을 만큼 튼튼한 배를 만드는 방법이었다.

"그 수호신이 우리가 조국으로 돌아갈 수 있는 수단을 제공해 준다면 별문제지만." 펜크로프가 말했다.

정말로 누군가가 펜크로프와 네브를 찾아와, '상어 만'이나 '기구 항'에서 300톤짜리 배가 당신들을 기다리고 있다고 말했다 해도 두 사람은 전혀 놀라지 않았을 것이다. 그들은 그렇게, 무슨 일이든 수호신에게 기대를 걸고 있었다.

하지만 사이러스는 달랐다. 수호신에 대해 그만큼 믿지는 않았기 때문에, 두 사람에게 현실로 돌아오라고 충고했다. 배를 새로 만드는 것은 시급한 일이었다. 되도록 빨리 타보르 섬에 가서 에어턴의 새 주소를 알리는 편지를 놔두고 와야 하기 때문이다.

'본어드벤처' 호가 존재하지 않는 지금, 배를 새로 만들려면 적어도 반년은 걸릴 것이다. 그런데 겨울이 다가오고 있었기 때문에, 봄이 올 때까지는 항해를 나가기가 어려웠다.

"기후가 좋은 계절까지 준비할 시간은 충분하네." 이 문제로 펜크로프와 이야기를 나누었을 때 사이러스가 말했다. "어차피 배를 새로 만들어야 한다면, 전보다 훨씬 큰 배를 만드는 게 좋을 것 같아. 스코틀랜드 배가 타보르 섬에 올지는 의심스러워. 벌써 몇 달 전에 왔다가 에어턴을 찾지 못하고 떠나버렸을 가능성도 있고. 그러니까 만일의 경우에 대비하여 폴리네시아의 섬들이나 뉴질랜드까지 갈 수 있는 배를 만드는 게 좋지 않을까 싶은데, 자네는 어떻게 생각하나?"

"선생님이야 작은 배든 큰 배든 상관없이 만들 수 있잖습니까. 목재도 연장도 부족하지 않고, 시간이 얼마나 걸리느냐가 문제일 뿐이죠." 선원이 대답했다.

"250톤 내지 300톤짜리 배를 만들려면 몇 달쯤 걸릴까?"

"적어도 7, 8개월은 걸릴 겁니다. 하지만 이제 곧 겨울이 닥쳐 오니까, 몹시 추울 때는 목재를 가공하는 것도 성가신 일이죠. 몇 주 동안은 일이 안 될 겁니다. 11월까지 배가 완성되면 다행이라 고 생각해야겠죠."

"그렇다면 타보르 섬이나 그보다 훨씬 먼 곳까지 배를 타고 나 가기에 적당한 시기로군."

"그렇습니다. 설계도만 그려주세요. 직공은 준비가 되어 있습 니다. 이번에는 에어턴도 도와줄 겁니다."

다른 개척자들도 모두 사이러스의 계획에 동의했다. 실제로 그것이 최선의 방법이었다. 250톤 내지 300톤짜리 배를 만드는 것은 큰일이지만, 개척자들은 이미 여러 가지 일에 성공을 거두 었기 때문에 자신감을 갖고 있었다.

사이러스 스미스는 배를 설계하는 일에 착수하여, 각종 부품 의 크기를 결정해나갔다. 그동안 동료들은 선체를 만들기 위한 나무를 베고 나르는 작업을 했다. '서쪽 숲'은 목재 중의 목재인 졸참나무와 느릅나무를 제공해주었다. 그들은 지난 번 원정 때 뚫은 샛길을 평소에 지나다닐 수 있는 길로 만들고, 그곳에 '서 쪽 루트'라는 이름을 붙였다. 잘라낸 나무는 조선소가 있는 침니 로 운반되었다. '서쪽 루트'는 변덕스럽게 구불구불했지만, 그것 은 나무 종류를 골라서 베었기 때문에 생긴 길이었다. 그래도 이 길 덕분에 '뱀 반도'의 대부분 지역으로 가기가 편해졌다.

숲에서 가져온 원목은 재빨리 절단하여 재목이나 널판으로 만 들어야 했다. 생나무를 그대로 사용할 수는 없다. 시간을 들여 단단하게 말려야 한다. 다들 목수가 되어 4월 한 달 동안 열심히 일했다. 일을 멈춘 것은 가을바람이 상당히 거세게 휘몰아쳤을 때뿐이었다. 주피는 나무 꼭대기로 올라가 밧줄을 걸거나 가지를 쳐낸 목재를 어깨에 메고 운반하는 믿음직한 조수가 되었다.

이런 목재들은 모두 침니 옆에 세워진 창고에 쌓여서, 실제로 쓰일 때를 기다리게 되었다.

북반구의 10월이 대개 그렇듯이 4월에는 좋은 날씨가 계속되었다. 그들은 배를 만들 준비를 하면서 농사일에도 적극적으로 매달렸다. 덕분에 해적들에게 짓밟혀 황폐해졌던 흔적도 '전망대'에서 말끔히 사라졌다. 풍차가 다시 세워지고, 가금 사육장에도 오두막이 새로 지어졌다. 오두막은 전보다 큰 규모로 지을 필요가 있었다. 새들의 수가 눈에 띄게 불어났기 때문이다. 축사에도 지금은 얼룩말 다섯 마리가 살고 있었다. 힘센 네 마리는 잘 길들여져서 수레를 끌거나 사람을 태우는 일을 맡았고, 나머지 한 마리는 갓난 새끼였다. 개척지의 도구에 '쟁기'가 추가되었기 때문에, 얼룩말은 마치 황소처럼 밭갈이에도 이용되었다. 개척자들은 각자 일을 분담하여, 손이 빌 때가 없었다. 그래서 이 부지런한 일꾼들은 그래닛 하우스에서 저녁에 모이면 아주 건강하고 유쾌하게 대화를 나누고, 다양한 장래 계획을 의논했다.

이제는 에어턴도 공동생활에 완전히 참여하고 있었다. 그가 다시 가축우리로 돌아가 혼자 지낼 가능성은 없어 보였다. 그래도 에어턴은 여전히 쓸쓸해 보였고, 마음을 터놓지 못했고, 동료들과 어울려 단란한 시간을 보내기보다는 일하기를 더 좋아했다. 일에서는 맹렬한 일꾼이었다. 체격이 늠름하고 억센 데다 솜씨가 좋고 머리도 좋아서 여러 가지로 궁리하는 재능이 풍부했다. 그래서 모두 그를 존경하고 좋아했다. 그것은 에어턴 자신도 알고 있었다.

가축우리도 잊혀진 것은 아니었다. 이틀에 한 번은 누군가가 수레를 끌거나 얼룩말을 타고 가서 산양과 염소를 돌보았다. 그리고 젖을 가져와서 네브의 부엌에 보급했다. 우리에 갈 때는 사냥을 할 기회이기도 했다. 그래서 하버트와 스필렛은 (토비를 앞세워) 누구보다도 자주 우리로 가는 길을 뛰어다녔다. 그리고 고성능 총을 사용하여, 대형 사냥감으로는 카피바라와 아구티·캥거루·멧돼지 따위를 잡았고, 소형 사냥감으로는 오리와 큰뇌조·벌잡이새·깍도요 따위를 잡아왔다. 그밖에 토끼굴에서 잡은 구멍토끼, 굴 양식장의 굴, 용케 잡은 거북 몇 마리, 새로 시작된 연어 잡이(연어는 '은혜 강'으로 몰려들었다), '전망대'에서 키운 각종 채소, 숲에서 딴 과일―이것들은 식량을 풍부하게 해주었다. 주방장 네브는 그런 식량을 다 저장할 수 없을 정도였다.

물론 가축우리와 그래닛 하우스 사이의 전선도 복구되어, 누군가가 우리에 가서 잠을 자야 할 때는 전보를 이용했다. 섬은 이제 안전해졌고, 누군가의 공격을 두려워할 필요도 없었다. 적어도 다른 사람의 공격은……

하지만 한 번 일어난 일은 두 번 일어날지도 모른다. 해적이 섬에 상륙할 가능성은 항상 염두에 두어야 한다. 아직 노퍽 섬에 갇혀 있는 유형수들이 보브 하비가 탈옥에 성공했다는 소문을 듣고 그것을 흉내 내려 할지도 모른다. 그래서 개척자들은 섬 주변 해역을 계속 감시했다. 날마다 망원경으로 유니언 만에서 워싱턴 만에 이르는 넓은 바다를 둘러보았다. 우리에 갈 때도 역시 주의를 게을리 하지 않고 서쪽 바다를 살폈다. 산 위로 올라가면 서쪽 바다가 훤히 바라보였다.

수상한 배는 없었지만, 그래도 경계는 계속해야 했다.

어느 날 밤, 사이러스는 그때까지 생각한 가축우리 강화 계획을 동료들에게 알렸다. 울타리를 더 높이고, 작은 요새처럼 방비를 굳히는 게 안전할 듯싶었다. 그렇게 하면 만약의 경우에도 개척자들은 적에게 저항할 수 있을 것이다. 그래닛 하우스는 위치 때문에 공략할 수 없다고 여겨지겠지만, 오두막과 창고가 있고 다양한 동물을 키우고 있는 가축우리는 섬에 상륙한 해적들이 노리는 첫 번째 표적이 될 것이다. 이 우리에 개척자들이 갇혔다 해도, 적과 유리한 입장에서 싸울 수 있도록 방비해둘 필요가 있었다.

하지만 이 계획을 실행에 옮기는 것은 봄까지 미룰 수밖에 없었다.

5월 15일, 새 배의 용골이 작업장 위에 놓였다. 이윽고 선수재와 선미재가 각각 배의 양끝에 뚫린 구멍에 끼워져 수직으로 세워졌다. 고급 졸참나무로 만들어진 용골은 길이가 35미터나 되니까, 선체의 가로재를 8미터로 할 수도 있을 것이다. 하지만 추위와 악천후가 오기 전에 목수들이 할 수 있는 일은 거기까지였다. 그래도 다음주에는 고물의 첫 번째 늑재를 설치할 수 있었지만, 그후로는 작업을 중단할 수밖에 없었다.

5월 하순에 날씨가 극도로 나빠졌다. 동풍이 불기 시작하여 태풍처럼 맹렬히 휘몰아쳤다. 사이러스는 조선소 오두막이 걱정되었다. 물론 그래닛 하우스 근처에는 오두막을 지을 수 있는 곳이 거기밖에 없었다. 작은 섬은 난바다에서 몰아치는 바람과 파도를 별로 막아주지 못해서, 폭풍이 불면 암벽 기슭까지 파도가 직접 밀려왔다.

하지만 다행히도 사이러스의 걱정은 기우로 끝났다. 바람이 남동풍으로 바뀌었기 때문이다. 남동풍은 돌출한 '표류물 곶'에 막혀 그래닛 하우스 해안에는 미치지 못한다.

펜크로프와 에어턴은 새 배를 만드는 데 가장 열심인 일꾼이었다. 두 사람은 머리털을 곤두서게 하는 바람이나 뼛속까지 스며드는 찬비에도 아랑곳하지 않고 되도록 오랫동안 작업장에 남아 일을 계속했다. 날씨가 좋든 나쁘든 망치를 두드리는 것과는 관계없다. 하지만 장마에 이어 혹한이 찾아오자, 나무의 목질이 쇠처럼 단단해져서 일하기가 어려워졌다. 6월 10일경, 드디어 그들은 작업을 그만둘 수밖에 없었다.

사이러스와 동료들은 겨울 동안 링컨 섬의 기온이 얼마나 내려가는지를 이미 체험했다. 섬의 추위는 적도를 사이에 두고 거의 같은 거리에 있는 뉴잉글랜드*의 추위와 맞먹는다. 북반구의 뉴잉글랜드 지방이 이렇게 추운 것은 북극권까지 평탄한 지형이 이어져 있어서 차가운 북풍을 막아줄 산이 없기 때문이라고 설명할 수 있지만, 링컨 섬에는 그 설명이 들어맞지 않는다.

어느 날 사이러스는 동료들에게 말했다.

"관측 결과에 따르면 같은 위도에 있는 섬이나 해안지방이 지중해 내륙지방만큼 춥지 않다네. 예를 들면 롬바르디아**의 겨울은 스코틀랜드의 겨울보다 춥다는 이야기를 몇 번이나 들은 적이 있지. 섬이 따뜻한 건 바다가 여름에 모아둔 열을 겨울에 토해내기

* 뉴잉글랜드_ 미국 북동부, 대서양 연안 지방.
** 롬바르디아_ 이탈리아 북부, 스위스에 접해 있는 지방.

때문일세. 즉 섬은 바다가 내놓은 이 열을 받기에 가장 좋은 조건에 놓여 있다는 얘기지."

"하지만 아저씨, 링컨 섬은 그런 일반 법칙에서 벗어나 있는 것처럼 보이는데, 왜 그럴까요?" 하버트가 물었다.

"그건 설명하기 어려워. 하지만 이 섬의 특수성은 여기가 남반구라는 데 원인이 있는 것 같아. 너도 알다시피 남반구는 북반구보다 추우니까 말이다."

"그래요. 태평양의 남쪽 해역에서는 태평양의 북부보다 낮은 위도에서 유빙을 만나니까요."

"그래, 맞아." 펜크로프가 받았다. "내가 포경선에서 일할 때, 혼 곶과 비슷한 위도에서 빙산을 본 적이 있어."

그러자 기디언 스필렛도 끼어들었다.

"그렇다면 링컨 섬을 덮치는 추위도 비교적 가까운 거리에 빙산이나 유빙이 있기 때문이라고 설명할 수 있지 않을까?"

"자네 말이 맞을 거야." 사이러스가 대답했다. "이곳 겨울이 혹독한 것은 분명 유빙이 가까이까지 떠내려오기 때문이야. 또 한 가지 지적하면, 물리적 원인 때문에 남반구는 북반구보다 추워진다네. 여름에 태양은 남반구 쪽에 접근하지만 반대로 겨울에는 북반구보다 멀어지니까, 남반구는 겨울에도 여름에도 극단적인 기후가 되어버리지. 링컨 섬의 겨울은 몹시 춥지만, 여름에는 반대로 너무 덥다는 것도 잊어서는 안 돼."

"그런데 왜 남반구는 그렇게 자연의 혜택을 받지 못할까요? 그건 불공평하지 않습니까?" 펜크로프가 양미간을 찌푸리며 물었다.

"펜크로프." 사이러스가 웃으면서 대답했다. "공평하든 불공

평하든, 우리는 이 지리적 조건을 받아들일 수밖에 없어. 이곳 기후의 특수성에는 다 이유가 있으니까. 지구는 태양 주위를 동그랗게 원을 그리며 도는 것이 아니라, 합리적인 역학 법칙에 따라 타원을 그리면서 돌고 있지. 지구는 그 타원 선상의 어딘가에 자리잡고 있으니까, 어떤 시기에는 태양에서 가장 멀리 떨어진 '원일점'에 있게 되고 또 어떤 시기에는 태양과 가장 가까운 '근일점'에 있게 돼. 그런데 지구가 태양에서 가장 멀리 떨어져 있는 시기는 마침 남반구가 겨울일 때라네. 그러니까 남반구의 겨울이 북반구보다 더 추워지는 것은 정해진 운명이지. 이건 어쩔 도리가 없어. 인간이 아무리 훌륭한 학자가 되어도, 신이 만든 이 우주의 질서를 어떤 형태로든 바꿀 수는 없어."

"하지만……" 펜크로프는 순순히 물러나지 않고 덧붙여 말했다. "선생님은 세상일을 정말로 많이 알고 계시는군요. 선생님이 알고 있는 것을 전부 쓰면 아주 두꺼운 책이 될 텐데!"

"모르는 걸 전부 쓰면 그보다 훨씬 두꺼운 책이 될 걸세." 사이러스가 대꾸했다.

결국 무엇 때문인지는 확실하지 않지만, 6월이 되자 여느 때처럼 혹한이 찾아왔다. 개척자들은 거의 그래닛 하우스에 갇혀 지냈다.

그들은 모두 이 외출 금지를 괴롭게 생각했지만, 특히 기디언 스필렛은 더 괴로웠을지 모른다.

하루는 스필렛이 네브에게 말했다.

"이보게, 자네가 어디 가서 어떤 신문이든 구독 신청을 하고 와준다면, 나에게 남겨질 유산을 전부 자네한테 주겠다고 유언장에 적어두겠네. 아무리 생각해도 지금 내 행복을 방해하는 가

"어디 가서 신문 구독 신청을 하고 와준다면……"

장 심각한 장애물은 다른 곳에서 어제 무슨 일이 일어났는지를 아침마다 알 수 없다는 거야!"

네브는 웃음을 터뜨리며 대답했다.

"맙소사! 저는 날마다 허드렛일만 하기에도 늘 바쁜데요."

사실 집 밖에서도 안에서도 일거리는 부족하지 않았다.

링컨 섬 개척지는 이 무렵 번영의 절정을 누리고 있었다. 3년 동안의 끊임없는 노력이 그런 번영을 쌓아올린 것이다. 그리고 해적선 '스피디' 호가 파괴된 것도 개척지에 새로운 재산을 보태주었다. 배를 만들 때 필요한 온갖 부품은 물론, 온갖 종류의 가재도구와 공구, 무기와 탄약, 의류과 기구가 그래닛 하우스의 창고를 가득 메우고 있었다.

이제는 두꺼운 펠트천을 만들어 겨울에 대비할 필요도 없어졌다. 처음 겨울을 날 때는 개척자들도 추위에 시달렸지만, 지금은 겨울이 와도 그 혹한을 두려워할 필요가 없었다. 속옷도 많이 있었고, 모두 속옷을 아주 소중하게 다루고 있었다. 사이러스는 염화나트륨(소금)에서 소다와 염소를 간단히 추출하고 있었다. 소다를 탄산나트륨으로 바꾸는 것은 간단했고, 염소로는 표백분 따위를 만들어 여러 가지 집안일에 사용하고, 특히 속옷을 세탁할 때 사용했다. 물론 그들은 옛날 가정이 모두 그랬듯이 1년에 네 번밖에 세탁을 하지 않았다. 다만 펜크로프와 스필렛은 우편 배달부가 신문을 갖다줄 날에 대비하여 특별히 하얀 셔츠를 입고 있었다.

이렇게 6월·7월·8월에 걸친 겨울이 지나갔다. 추위는 아주 심해서 평균 기온이 화씨 8도(섭씨로는 영하 13.33도)를 넘지 않았다. 작년 겨울의 평균 기온을 밑도는 추위였다. 그래서 그래닛 하우스의 난로에서는 끊임없이 따뜻한 불이 타오르고, 그 연기는 암벽에 거무스름하고 기다란 줄무늬를 만들고 있었다. 그들은 연료인 땔나무를 아낌없이 땠다. 땔감으로 쓰이는 나뭇가지는 가까이에 얼마든지 있었다. 그리고 배를 만들고 남은 목재 부스러기가 석탄 대신 사용되었다. 석탄은 운반하기가 힘들었다.

인간도 동물도 모두 건강했다. 주피는 조금 추위를 타는 게 분명했다. 그것이 주피의 유일한 약점이라고 말할 수 있을지도 모른다. 그래서 주피를 위해 솜을 넣은 따뜻한 실내복을 만들어주게 되었다. 하지만 이렇게 솜씨 좋고 열성적이고 부지런하고, 주제넘게 나서지도 수다스럽지도 않은 하인이 어디 있겠는가? 이 오랑우탄이라면 구세계에서도 신세계에서도 모든 사람에게 모범적인 하인으로 추천해줄 수 있을 것이다.

"서비스를 위해 네 손을 사용할 수 있다면, 일을 제대로 하는 건 당연하지!" 펜크로프가 말했다.

사실 이 영리한 오랑우탄은 일을 제대로 해내고 있었다.

프랭클린 산 주변을 수색한 지 7개월 동안, 그리고 맑은 날씨가 돌아온 9월에도 섬의 수호신과 관련된 일은 아무것도 일어나지 않았다. 그 인물이 움직인 낌새나 흔적은 어디서도 찾아볼 수 없었다. 물론 움직여봤자 헛수고로 끝났을 것이다. 개척자들에게 괴로운 시련을 강요하는 사건이 전혀 일어나지 않았기 때문이다.

그 신비로운 존재는 우물을 이용하여 그래닛 하우스를 엿보지 않았을까? 토비가 이따금 흥분하여 짖어댄 것은 낯선 사람의 존재를 본능적으로 알아차렸기 때문이 아닐까? 어쩌면 그럴지도 모른다. 하지만 지난 몇 달 동안은 토비가 유난히 차분했다는 것을 사이러스는 알아차렸다. 토비는 으르렁거리는 소리를 내지도 않았고, 오랑우탄과 함께 격렬한 흥분 상태에 빠지지도 않았다. 두 친구(개와 오랑우탄은 사이가 좋았다)는 이제 동굴 속 우물 주위를 얼쩡거리지도 않았고, 처음에 사이러스에게 경계심을 불러일으킨 그 야릇한 소리로 짖거나 으르렁거리지도 않았다.

하지만 이 수수께끼에 대해서는 어떻게 해볼 도리가 없을까? 낯선 사람이 존재한다는 수수께끼의 해답은 끝내 찾을 수 없을까? 앞으로 무슨 일이 일어나도 그 신비로운 인물이 다시 전면에 등장하여 활약하지는 않을 거라고 확신해도 좋을까? 하지만 장차 무슨 일이 일어날지 누가 알겠는가?

드디어 겨울이 끝났다. 그런데 봄이 돌아오고 있음을 알려주는 화창한 날이 막 시작되었을 때, 중대한 결과를 초래할지도 모르는 사건이 일어났다.

9월 7일, 사이러스는 프랭클린 산꼭대기를 쳐다보다가 분화구 위로 피어오르는 한 줄기 연기를 발견했다. 연기는 또렷이 상공으로 올라가고 있었다.

15

개척자들은 사이러스의 목소리에 작업을 중단하고, 프랭클린 산을 말없이 쳐다보았다.

화산이 눈을 뜨고, 분화구 밑바닥에 모여 있는 광물층을 연기가 꿰뚫었다. 하지만 지하의 불길이 정말로 분화를 일으킬까? 그 가능성은 아무도 예측할 수 없었다.

분화가 일어나도 링컨 섬 전역이 피해를 입지는 않을 것이다. 화산에서 흘러나온 용암이 반드시 재해를 불러일으키는 것은 아니다. 섬은 옛날에 이미 분화의 시련을 받았다. 그것은 섬 북쪽 비탈에 줄무늬를 그리고 있는 용암류 흔적이 분명히 증명하고 있었다. 또한 분화구의 형태를 보면 용암은 섬의 풍요로운 지역과는 반대 방향으로 흘러갈 게 분명했다.

하지만 과거의 일이 미래에도 반드시 그대로 되풀이된다고 할 수는 없다. 화산 꼭대기에서는 옛 분화구는 그대로 닫혀 있고 새 분화구가 생기는 경우가 많다. 그런 현상은 에트나 산, 포포카테

개척자들은 프랭클린 산을 말없이 쳐다보았다

페틀 산, 오리사바 산* 등 신구 대륙에서 볼 수 있기 때문에, 실제로 분화가 일어날 때까지는 어떤 사태가 벌어질지 알 수 없다. 요컨대 지진이라도 일어나면(용암이 유출할 때는 대개 지진도 함께 일어난다) 산의 내부구조가 바뀌고, 뜨거운 용암은 새로운 루트를 찾아 흘러내린다.

사이러스는 이런 점을 동료들에게 설명하면서, 상황을 과장하지 않고 안전한 면과 위험한 면을 자세히 알려주었다.

결국 어떻게 할 도리도 없었다. 그래닛 하우스는 대지를 뒤흔드는 지진이라도 일어나지 않는 한 위험하지 않을 것이다. 하지만 프랭클린 산 남쪽 비탈에 새로운 분화구라도 생기면, 가축우리는 아무래도 안심할 수 없게 된다.

그날부터 계속 산꼭대기에서 연기가 피어오르게 되었다. 연기는 상공까지 뭉게뭉게 올라가고 있었지만, 그 자욱한 연기의 소용돌이 가운데 불길이 보이는 경우는 없었다. 불길이 타오르는 현상은 아직 분화구 갱도 아래쪽에서만 일어나고 있는 모양이었다.

좋은 날씨가 돌아왔기 때문에 배를 만드는 작업이 재개되어 급속도로 진행되었다. 사이러스는 해안으로 곧장 떨어지는 폭포를 이용하여 수력 제재소를 만드는 데 성공했다. 이제는 전보다 빨리 통나무를 두껍고 얇은 널빤지로 만들 수 있게 되었다.

9월 말, 스쿠너선으로 만들 예정인 배의 뼈대가 작업장 위에 놓였다. 늑재도 거의 완전히 끼워졌다. 이 늑재들은 반원형으로

---

* 에트나 산_이탈리아 남부 시칠리아 섬에 있는 화산. 포포카테페틀 산_멕시코 중부에 있는 화산. 오리사바 산_멕시코 중부에 있는 화산.

만들어져 있었기 때문에, 벌써 배의 형태를 그려볼 수 있었다. 이 스쿠너선은 뱃머리가 날씬하고 고물은 아주 넓게 만들 예정이니까, 만일의 경우에도 꽤 오랜 항해를 견딜 수 있을 것이다. 하지만 앞으로 두꺼운 외판을 씌우고 선체 안쪽에 널빤지를 대고 갑판을 깔아야 하니까, 배가 완성되기까지는 아직도 상당한 시일이 걸릴 것이다. 다행히 바다 속에서 폭발한 '스피디' 호에서 쇠붙이를 모을 수 있었다. 또한 펜크로프와 에어턴은 산산조각난 외판과 접합재에서 볼트와 많은 못을 빼내두었다. 그만큼 대장간 일을 하지 않아도 되었지만, 목수 일은 착착 진행해야 했다.

밀 수확과 건초 만들기, 온갖 농작물을 거두어들이는 일 때문에 배를 만드는 작업은 일주일 동안 중단할 수밖에 없었다. 하지만 농사일이 끝나자 모든 시간을 배 만들기에 쏟아부을 수 있게 되었다.

밤이 되면 일꾼들은 모두 기진맥진했다. 시간을 낭비하지 않으려고 그들은 식사시간도 변경했다. 정오에 점심을 먹으면, 햇빛이 완전히 사라진 뒤에야 저녁을 먹기로 한 것이다. 어두워진 뒤에야 겨우 그래닛 하우스로 올라오면, 모두 일찌감치 잠자리에 들었다.

그래도 이따금 흥미로운 이야기가 나오면 취침시간이 조금 늦어질 때도 있었다. 개척자들은 자주 장래에 대해 이야기를 나누었다. 스쿠너선을 타고 가장 가까운 육지에 닿았을 경우 일어날 이런저런 변화를 즐겨 화제로 삼았다. 하지만 그런 장래 계획에는 나중에 다시 링컨 섬으로 돌아오고 싶다는 생각이 언제나 강하게 묻어 있었다. 그렇게 고생하여 이만큼 훌륭하게 건설한 개척지를 버릴 수는 없을 것이다. 미국과 링컨 섬을 잇는 항로가 열리면, 이 섬은 더욱 새롭게 발전할 터였다.

특히 펜크로프와 네브는 여기서 평생을 보내고 싶어했다.

"하버트, 너는 링컨 섬을 버리지 않겠지?" 펜크로프가 물었다.

"그럼요. 아저씨가 섬에 남을 작정이라면 더욱 그렇죠."

"나는 여기 남을 작정이야. 여기서 너를 기다리고 있을 테니까, 나중에 처자식을 데리고 돌아오면 돼. 내가 네 아이들을 유쾌한 녀석으로 만들어줄게."

"알았어요." 하버트는 웃으면서 대답하고 얼굴을 붉혔다.

펜크로프는 사이러스를 보면서 기쁘게 말했다.

"선생님은 계속 이 섬의 총독을 맡아주셔야 합니다. 이 섬에는 몇 명 정도가 살 수 있을까요? 아마 1만 명은 너끈히 살 수 있겠죠?"

이런 식으로 펜크로프가 멋대로 지껄이게 내버려두면, 화제는 계속 바뀌어 결국에는 기디언 스필렛도 〈뉴링컨 헤럴드〉지를 발행하게 되었다!

인간의 마음이란 그런 법이다. 자기가 만든 것이 오래 남기를 바라고, 자기가 죽은 뒤에도 살아남기를 바란다. 그런 영속적인 무언가를 만들고 싶어하는 욕구는 인간이 이 지구상에 살고 있는 어떤 생물보다 우월하다는 증거다. 그 욕구는 인간의 세계 지배를 떠받치는 토대이고, 전 세계에서 날마다 인간의 지배를 정당화해준다.

하지만 주피와 토비도 장래에 대해 나름대로 작은 꿈을 품고 있었는지 모른다.

에어턴은 침묵을 지키고 있었지만, 글레나번 경을 만나 자기가 명예를 회복한 것을 '덩컨' 호 사람들한테 보여주고 싶었다.

10월 15일 밤의 대화는 여느 때보다 길어져서 밤이 깊도록 계속되었다. 밤 아홉 시였다. 모두 하품을 감추지 못하고 몇 번이나 길게 하품을 했다. 그것은 잠자는 것을 더는 미룰 수 없다는 것을 보여주었다. 펜크로프도 침대로 걸어가기 시작했다. 바로 그때 대청에 놓인 전신기의 벨이 갑자기 울려 퍼졌다.

개척자들은 모두—사이러스 스미스, 기디언 스필렛, 하버트, 에어턴, 펜크로프, 네브—그 자리에 있었다. 따라서 가축우리에는 아무도 없었다.

사이러스는 일어나 있었다. 동료들은 잘못 들은 게 아닐까 하고 서로 얼굴을 마주보았다.

"어떻게 된 거죠?" 네브가 외쳤다. "악마가 울렸나?"

아무도 대답하지 않았다.

"뇌우가 올 것 같으니까 어쩌면 번개 때문에……." 하버트가 말했다.

하버트는 말을 끝내지 못했다. 동료들한테서 눈길을 돌리고 있던 사이러스가 고개를 가로저었기 때문이다.

"기다려보세." 그때 스필렛이 말했다. "저게 신호라면, 상대가 누구든 다시 한 번 되풀이할 테니까."

"도대체 누구라고 말할 셈입니까?" 네브가 소리를 질렀다.

"신호를 보낸 사람은……." 펜크로프가 대답했다.

다시 울린 벨의 진동음이 선원의 말을 가로막았다.

사이러스는 전신기로 다가가서 전류를 통하고 다음과 같은 전문을 보냈다.

'용건은?'

잠시 뒤에 알파벳 문자판 위를 바늘이 움직이며 그래닛 하우스 주민들에게 다음과 같은 답신을 보내왔다.

'우리로 빨리 올 것.'

"드디어!" 사이러스가 외쳤다.

그렇다. 드디어 왔다! 이제 신비의 장막이 걷히려 하고 있다! 우리로 쏠리는 호기심이 크게 부풀어 올라, 개척자들은 피로도 말끔히 사라지고 잠자고 싶은 욕구도 날아가버렸다. 모두 한마디도 하지 않고 당장 그래닛 하우스를 떠나 모래밭으로 내려갔다. 주피와 토비만 뒤에 남았다. 이번에는 동물들의 힘을 빌리지 않아도 된다.

밤은 어두웠다. 그날은 마침 초승달이어서 태양과 함께 달도 모습을 감추었다. 하버트가 아까 말했듯이 뇌우가 올 것처럼 짙은 구름이 낮게 드리워져, 별빛은 전혀 보이지 않았다. 멀리서 천둥이 치고 있는지, 번개가 몇 번이나 번득이면서 수평선을 비추고 있었다.

몇 시간 뒤에는 이 섬에도 천둥이 울릴 것이다. 날씨가 수상한 밤이었다.

하지만 어둠이 아무리 깊어도 우리로 가는 길에 익숙해져 있는 사람들의 발을 잡을 수는 없었다. 그들은 '은혜 강' 왼쪽 기슭을 올라가 고원으로 나가자, '글리세린 내'의 다리를 건너 숲 속으로 들어갔다.

모두 감동으로 가슴을 두근거리며 빠르게 걸었다. 이제 의심할 여지가 없다. 그렇게 찾아 헤맨 수수께끼의 열쇠, 그 신비로운 인물의 정체가 드디어 밝혀지게 된 것이다! 그들의 생활에 그렇게 깊이 들어와 그렇게 친절한 도움을 주고 그렇게 강력한 행동을 보여준 신비로운 인물의 정체가! 실제로 그 미지의 인물이 언제나 그렇게 때맞춰 행동할 수 있었던 것은 그들의 생활에 깊이 들어와 아무리 사소한 점도 다 알고, 그래닛 하우스에서 오가는 대화도 모두 듣고 있었기 때문이 아닐까?

그들은 각자 여러 가지 생각을 하면서 걸음을 서두르고 있었다. 울창한 나무 밑에는 짙은 어둠이 이어져 길섶조차 보이지 않았다. 게다가 숲 속에서는 아무 소리도 나지 않는다. 짐승도 새들도 다가오는 폭풍의 낌새를 느끼고 쥐죽은 듯 조용해졌다. 바람이 나뭇잎을 흔드는 살랑거리는 소리도 없었다. 오직 개척자들이 내딛는 발소리만 어둡고 단단한 땅 위에 울리고 있었다.

걷기 시작한 지 15분 뒤에 펜크로프가 이런 말로 단 한 번 침묵을 깼다.

"휴대용 등잔을 가져왔어야 하는 건데."

그러자 사이러스가 대답했다.

"우리에 하나 있을 거야."

사이러스와 동료들은 아홉 시 12분에 그래닛 하우스를 떠났다. 아홉 시 47분에 그들은 '은혜 강' 어귀에서 가축우리까지 8킬로미터 가운데 5킬로미터를 걸었다.

이때 섬의 상공에서 희뿌연 번개가 번득여, 시커먼 어둠 속에 나뭇잎의 윤곽을 떠올렸다. 그 강렬한 빛에 눈이 부셔서 주위가 보이지 않게 되었다. 이제 곧 뇌우가 닥칠 게 분명했다. 번개는 점점 속도가 빨라지고 밝아졌다. 하늘 높은 곳에서 천둥이 울리고 있었다. 대기가 답답했다.

개척자들은 저항하기 어려운 힘에 떠밀리듯 계속 걸었다.

열 시 15분, 강렬한 번개가 울타리를 비추었다. 그들이 출입문을 열려고 했을 때 맹렬한 기세로 천둥이 울렸다.

그들은 모두 우리를 가로질렀다. 사이러스는 오두막 앞에서 멈췄다.

미지의 인물은 오두막 안에 있을 것이다. 이 오두막에서 전보를 쳤을 테니까. 하지만 창문을 비추는 불빛은 보이지 않았다.

사이러스는 문을 두드렸다.

응답이 없다.

사이러스가 문을 열었다. 개척자들은 방으로 들어갔다. 캄캄했다.

네브가 부싯돌을 쳐서 휴대용 등잔에 불을 켜고 방 구석구석을 비추며 돌아다녔다.

아무도 없었다. 물건들도 전과 똑같은 상태로 놓여 있었다.

"우리가 잘못 생각했나?" 사이러스가 중얼거렸다.

아니! 그럴 리가 없다! 전보에는 이렇게 씌어 있었다.

'우리로 빨리 올 것.'

그들은 전신 연락용으로 쓰이고 있는 탁자로 다가갔다. 모든 것이 있어야 할 곳에 놓여 있었다. 전지도, 그것을 넣는 상자도, 수신기도, 송신기도……

"맨 마지막에 여기 온 사람이 누구지?" 사이러스가 물었다.

"접니다, 사이러스 씨." 에어턴이 대답했다.

"그게 언제였나?"

"나흘 전입니다."

"앗! 메모다!" 하버트가 외치고는 탁자 위에 놓인 쪽지를 가리켰다.

그 쪽지에는 영어로 이렇게 씌어 있었다.

'새 전선을 따라올 것.'

"자, 가자!" 사이러스가 외쳤다. 사이러스는 전보가 가축우리에서 발신된 것이 아니라 비밀 은신처에서 발신되었다는 것을 알았다. 수수께끼의 인물은 원래의 전선에 새로 전선을 연결하여 비밀 은신처와 그래닛 하우스가 직접 연락을 취할 수 있도록 해놓은 것이다.

네브가 휴대용 등잔을 손에 들었다. 그리고 그들은 모두 우리를 떠났다.

이제 천둥과 바람은 더욱 격렬해졌다. 번개와 천둥소리의 간격도 점점 짧아지고 있었다. 이 악천후는 곧 프랭클린 산과 섬 전체를 휩쓸 것이다. 간헐적으로 번개가 칠 때마다, 연기를 내뿜고 있는 화산 꼭대기가 언뜻 모습을 드러내곤 했다.

아무리 찾아보아도, 우리의 오두막과 울타리 사이에는 전신용 전선이 뻗어 있지 않았다. 출입문을 지나자 사이러스는 첫 번째 전신주 쪽으로 곧장 달려갔다. 번갯불 덕분에 새 전선이 절연대에서 땅바닥 위로 늘어져 있는 것이 보였다.

"저깄다!"

이 전선은 땅바닥을 기어가고 있었지만, 해저 케이블처럼 전선 전체에 절연체가 감겨 있어서 어떤 곳에서도 전류를 흘려보낼 수 있었다. 전선이 달리고 있는 방향으로 보아, 전선은 숲을 빠져나가 산 남쪽의 구릉지대를 가로지르고 있는 모양이다. 전선은 서쪽으로 뻗어 있었다.

"전선을 따라가세!" 사이러스가 말했다.

때로는 휴대용 등잔 불빛에 의지하고 때로는 번갯불 섬광에 의지하면서 개척자들은 전선을 따라 나아갔다.

이제 우레는 끊임없이 울리고 있었다. 천둥소리가 너무 요란

해서, 남의 말도 알아들을 수 없을 정도였다. 물론 말할 필요는 없었다. 그냥 전진하면 되었다.

사이러스와 동료들은 우선 가축우리의 골짜기와 '폭포 내' 골짜기 사이에 있는 산비탈을 올라가, '폭포 내'의 너비가 가장 좁은 곳을 건넜다. 전선은 나무의 낮은 가지에 걸쳐져 있거나 땅바닥을 기어가면서 그들의 길잡이가 되어주었다.

사이러스는 이 전선이 막다른 골짜기 끝에서 끝날 것이고, 그곳에 미지의 은신처가 있는 게 아닐까 하고 추측했다.

그런데 그게 아니었다. 그들은 남서쪽 산비탈을 다시 올라갔다가 황량한 대지로 내려가야 했다. 대지 끝은 울퉁불퉁하고 기괴한 형태로 현무암이 겹쳐 쌓여 있는 그 절벽이다. 이따금 개척자들 가운데 누군가가 몸을 구부려 전선을 만져보고 나아갈 방향을 바로잡았다. 하지만 전선이 곧장 바다로 향하고 있는 것은 이제 의심할 여지가 없었다. 해안에 동굴이 수평으로 깊게 뚫려 있어서, 그곳이 지금까지 발견하지 못한 거처가 되어 있을 것이다.

밤하늘은 불타고 있는 듯했다. 번개가 차례로 하늘을 달려갔다. 수많은 번갯불이 화산 꼭대기를 때리고, 분화구의 자욱한 연기 속으로 뛰어들었다. 때로는 산이 불꽃을 뿜어 올리고 있는 듯이 보일 정도였다.

열한 시 조금 전, 개척자들은 망망대해가 서쪽에 내려다보이는 높은 벼랑가에 이르렀다. 바람이 더욱 거세어지고, 150미터쯤 밑에서는 거친 파도가 으르렁거리고 있었다.

사이러스의 계산에 따르면 일행은 이미 우리에서 2.5킬로미터를 걸어왔다.

이 지점부터 전선은 가파른 비탈을 따라 바위 사이를 내려가고 있었다. 암벽 틈새를 누비는 길은 좁고 변덕스러웠다.

개척자들은 그 협곡을 내려가기 시작했다. 비탈은 위태롭게 균형을 잡고 있는 바위들로 이루어져 있어서, 한 발만 삐끗하면 산사태가 일어나 허물어지는 바윗돌과 함께 개척자들도 바다로 추락할지 모른다. 그 협곡을 내려가는 것은 위험하기 짝이 없었지만, 아무도 위험 따위는 생각지 않았다. 그들은 이제 자신을 억제할 수 없게 되었다. 쇠가 자석에 달라붙듯 저항할 수 없는 인력이 그들을 신비로운 지점으로 이끌어갔다.

그래서 그들은 거의 무의식적으로 그 좁은 협곡을 내려갔다. 환한 대낮에도 그 협곡을 내려가는 것은 여간 어렵지 않을 것이다. 작은 돌멩이가 위에서 굴러 떨어져, 하늘의 불덩이처럼 빛나면서 불빛 속을 지나갔다. 사이러스가 선두에 서고, 에어턴이 맨 뒤에서 따라왔다. 그들은 고르지 못한 바닥을 살피며 한 발짝씩 조심스럽게 나아갔다. 이따금 매끄러운 바위에서 발이 미끄러지기도 했지만, 곧 다시 일어나 계속 걸었다.

드디어 바다가 바라보이는 바위너설에 이르자 전선이 갑자기 구부러졌다. 밀물이 들어오면 파도에 얻어맞을 게 분명한 바위들이 복잡하게 흩어져 있다. 개척자들은 가파른 비탈을 다 내려와 현무암 바위들 사이에 서 있었다.

전선은 그들을 바다와 평행으로 뻗어 있는 좁은 바위선반으로 데려갔다. 바위선반은 곧 아래쪽으로 약간 기울어지기 시작했다. 백 걸음도 가기 전에 그들은 해수면과 같은 높이에 이르러 있었다.

사이러스가 전선을 잡아보니, 전선은 바닷물 속에 가라앉아 있었다.

사이러스 뒤에 멈춰 선 동료들은 그것을 보고 깜짝 놀랐다.

실망의 외침이랄까, 절망의 외침 소리가 그들의 입에서 새어나왔다. 그러면 이 바다 속으로 뛰어들어 해저동굴을 찾아야 한단 말인가? 그들은 정신적으로나 육체적으로나 극도로 흥분해있어서, 필요하다면 주저 없이 바다로 뛰어들었을지 모른다.

사이러스가 무언가를 생각하고 있는 것 같았기 때문에 그들은 잠자코 기다렸다.

사이러스는 동료들을 바위 그늘로 데려가서 이렇게 말했다.

"기다리기로 하세. 지금은 밀물이 들어와 있네. 썰물이 지면길이 나타날 거야."

"왜 그렇게 생각하세요?" 펜크로프가 물었다.

"목적지에 닿을 수 있는 길이 없다면 우리를 부를 리가 없지!"

사이러스가 확신에 찬 어조로 말했기 때문에 아무도 반박할수 없었다. 그리고 사이러스의 말은 이치에 닿았다. 지금은 입구가 물속에 숨어 있지만, 썰물이 지면 암벽 밑에 모습을 드러내어사람이 다닐 수 있게 될 것이다.

몇 시간을 기다려야 한다. 개척자들은 암벽이 깊이 침식되어주랑처럼 되어 있는 곳에 모여 있었다. 빗방울이 뚝뚝 떨어지더니 곧 억수처럼 쏟아지기 시작했다. 비를 잔뜩 머금은 먹구름이번개에 찢어지는 것처럼 보인다. 우르릉거리는 천둥소리가 메아리친다.

개척자들의 가슴은 격렬히 고동치고 있었다. 온갖 야릇하고초자연적인 생각이 머리를 스쳤다. 그들은 모두 거대한 초인의출현을 상상하고 있었다. 그들의 상상력으로는 섬의 신비로운

우르릉거리는 천둥소리가 메아리친다

수호신을 그런 모습으로밖에 생각할 수 없었다.

한밤중에 사이러스는 휴대용 등잔을 들고 암벽 상황을 조사하기 위해 해안으로 내려갔다. 썰물이 지고 나서 벌써 두 시간이 지났다.

사이러스가 생각한 대로 해수면 위에 아치 모양의 넓은 동굴 입구가 보이기 시작했다. 전선은 입구에서 직각으로 구부러져 동굴의 커다란 입 속으로 들어가고 있었다.

사이러스는 동료들에게 돌아와 이렇게 말했다.

"한 시간만 지나면 입구로 들어갈 수 있게 될 거야."

"그럼 정말로 입구가 있단 말입니까?" 펜크로프가 물었다.

"의심하고 있었나?" 사이러스가 되물었다.

"하지만 썰물이 져도 동굴 속에는 바닷물이 어느 정도는 차 있을 텐데요." 하버트가 말했다.

"간조 때에는 동굴의 물이 완전히 빠질지도 몰라. 그러면 걸어서 들어갈 수 있지. 물이 완전히 빠지지 않는다면, 그 사람이 분명 우리를 위해 이동 수단을 남겨둘 거야."

한 시간이 지났다. 그들은 비를 맞으며 해수면까지 내려왔다. 세 시간 만에 수위는 5미터나 낮아져 있었다. 동굴 입구의 아치 꼭대기는 해수면에서 적어도 2.5미터 높이에 있었다. 그 입구는 거품을 일으키며 흐르는 바닷물 위에 걸린 무지개 같았다.

사이러스가 몸을 구부리자 해수면 위에 떠 있는 거무스름한 것이 눈에 들어왔다. 그는 그것을 가까이 끌어당겼다.

그것은 보트였다. 동굴 속의 암벽 아래쪽에 불쑥 튀어나온 바위가 있어서, 거기에 밧줄로 묶여 있었다. 보트는 금속판을 볼트로 연결하여 만든 것이었다. 두 개의 노가 좌석 밑에 놓여 있었다.

"타세." 사이러스가 말했다.

개척자들은 곧 보트에 올라탔다. 네브와 에어턴이 노를 잡고, 펜크로프는 키를 잡았다. 사이러스는 앞에 자리를 잡고, 휴대용 등잔을 들어 진로를 비추었다.

처음에 보트는 아주 낮은 천장 밑을 지나갔지만, 그 둥근 천장이 갑자기 높아졌다. 하지만 어둠은 너무 짙고 등잔 불빛은 너무 약했기 때문에, 동굴의 너비도 높이도 깊이도 잘 알 수 없었다. 이 현무암 지하 동굴 속은 적막이 지배하고 있었다. 바깥의 소리는 전혀 들리지 않았다. 그 무시무시한 천둥소리도 두꺼운 암벽을 뚫고 들어오지는 못했다.

지구 곳곳에 존재하는 이런 거대한 동굴은 지질시대에 만들어진 천연의 '지하 사원' 같은 곳이다. 어떤 것은 바닷물 속에 잠겨 있고, 또 어떤 것은 내부에 완전한 호수를 지니고 있다. 헤브리디스 제도*에 속하는 스태파 섬의 핑갈 동굴, 프랑스 부르고뉴 지방의 두아르느네 만에 있는 모르가 동굴, 코르시카 섬의 보니파초 동굴, 노르웨이의 리세 피오르드 동굴, 미국 켄터키 주에 있는 거대한 매머드 동굴이 바로 그런 동굴이다. 매머드 동굴은 높이가 160미터, 길이는 30킬로미터가 넘는다. 자연은 지구 곳곳에 이런 지하 동굴을 만들고 옛날 그대로 유지하여 인간의 경탄을 자아낸다.

지금 개척자들이 발을 들여놓은 이 동굴도 섬 중심부까지 뻗어 있을까? 보트는 벌써 15분쯤 구불구불한 길을 따라 들어왔다.

---

* 헤브리디스 제도_ 영국 스코틀랜드 북서 해안에 있는 섬무리.

사이러스는 휴대용 등잔을 들어 진로를 비추었다

펜크로프에게 짤막하게 지시를 내리고 있던 사이러스가 갑자기 외쳤다.

"좀더 오른쪽으로!"

보트는 방향을 바꾸어 오른쪽 암벽으로 바싹 다가갔다. 사이러스는 전선이 아직도 그 암벽을 따라 달리고 있는지 확인하고 싶었던 것이다.

전선은 튀어나온 바위를 따라 이어져 있었다.

"전진!" 사이러스가 말했다.

보트는 다시 15분쯤 전진했다. 동굴 입구에서 1킬로미터는 들어왔을 것이다. 이때 다시 사이러스의 목소리가 들렸다.

"정지!"

보트가 멈춰 섰다. 환한 불빛이 나타나 섬 내부로 깊숙이 뻗어 있는 거대한 지하 동굴을 비추었다.

개척자들은 지금까지 그 존재조차 알지 못했던 동굴을 좀더 자세히 살펴볼 수 있었다.

30미터쯤 위에 동굴 천장이 보였다. 같은 거푸집으로 만든 것처럼 똑같이 생긴 현무암 기둥들이 그 천장을 떠받치고 있었다. 불규칙하게 늘어진 바위와 기괴한 형태의 보강재 같은 바위도 그 현무암 기둥 위에 얹혀 있었다. 이 수많은 기둥들은 지구가 형성된 태초에 자연히 만들어진 것이다. 원통 모양의 현무암이 차곡차곡 쌓여서 15미터 높이의 기둥을 이루었다. 밖에는 폭풍이 불고 있지만, 동굴 안의 기둥들은 잔잔한 물속에 잠겨 있었다. 눈부신 빛은 프리즘 같은 바위 모서리에 닿아 반짝거리는 섬광으로 바위를 콕콕 찌르고 있는 듯했다. 빛은 마치 바위 벽면이 투명한 것처럼 암벽에 스며들어, 아무리 작은 바위 돌기도 반짝이는 보석으로 바꾸어버렸다.

이 빛의 반사 현상으로 해수면도 온갖 광채를 내고 있었다. 그래서 보트는 바위와 물이 이중으로 반짝이는 세계에 떠 있는 듯했다.

지하 동굴의 모든 바위 모서리와 바위 돌기에 부딪혀 굴절하는 그 선명한 빛이 어떤 광원에서 나오는 어떤 빛인지는 분명했다. 그것은 바로 전깃불이었다. 하얀 빛이 그것을 증명하고 있었다. 빛은 동굴의 태양처럼 '지하 사원'의 모든 것을 가득 채우고 있었다.

사이러스의 신호에 따라 노가 다시 물을 헤치기 시작했다. 보석처럼 반짝이는 물방울이 튀어 올랐다. 보트는 발광체 쪽으로 방향을 돌려 100미터 거리까지 다가갔다.

이 부근의 폭은 100미터가 넘었지만, 그곳에서 눈부신 발광체 뒤로 거대한 현무암 벽이 서 있는 것을 볼 수 있었다. 그 암벽은 건너편 출구를 완전히 막고 있었다. 이 동굴은 상당히 넓고, 바닷물이 작은 호수를 이루고 있었다. 동굴 위쪽의 천장, 옆의 벽면, 뒤쪽의 암벽, 각기둥과 원기둥, 원뿔 모양을 한 모든 바위가 전깃불을 받아서, 바위 자체가 빛나고 있는 것처럼 여겨질 정도였다. 값비싼 다이아몬드처럼 모서리가 많은 암석이 스스로 빛을 내고 있는 듯이 보였다.

호수 한복판에 길쭉한 방추형 물체가 꼼짝도 않고 떠 있었다. 섬광은 그 물체의 측면에서 나오고 있었다. 그곳은 쇠를 녹일 수 있을 만큼 뜨겁게 달구어진 용광로 입구 같았다. 거대한 고래와 비슷하게 생긴 그 물체의 길이는 약 70미터, 수면 위로 나와 있는 높이는 4미터 정도였다.

호수에 방추형 물체가 꼼짝도 않고 떠 있었다

보트는 천천히 다가갔다. 사이러스는 보트 앞쪽에 서서, 강렬한 흥분에 사로잡혀 뚫어지게 앞을 바라보았다. 그러다가 갑자기 스필렛의 팔을 움켜잡고 이렇게 외쳤다.

"그 사람이야! 그 사람밖에 없어! 그 사람밖에!"

그리고 사이러스는 어떤 이름을 중얼거리며 좌석에 앉았지만, 그 이름은 스필렛밖에 듣지 못했다.

스필렛도 그 이름을 알고 있었던 모양이다. 그 이름을 듣고는 깜짝 놀라면서 이렇게 대답했기 때문이다.

"그 사람이라고요? 그 추방자?"

"그래, 바로 그 사람이야."

사이러스의 지시에 따라 보트는 물에 떠 있는 그 특이한 물체로 다가가 좌현의 고물과 나란히 멈춰 섰다. 두꺼운 유리창을 통해 강렬한 불빛이 발사되고 있었다.

사이러스와 동료들은 평평한 갑판으로 올라갔다. 갑판에는 승강구가 입을 벌리고 있었다. 그들은 그 승강구를 통해 안으로 내려갔다.

계단 밑에 전깃불이 켜진 통로가 뻗어 있었다. 통로의 막다른 곳은 문으로 막혀 있었지만, 사이러스는 문을 밀어 열었다.

호화롭게 꾸며진 넓은 방이 나타났다. 개척자들은 재빨리 그곳을 가로질러 옆의 서재로 들어갔다. 천장이 밝게 빛나면서 불빛을 비처럼 쏟아붓고 있었다.

서재 안쪽에 커다란 문이 있었다. 사이러스는 역시 닫혀 있는 그 문을 열었다.

넓은 객실이 개척자들의 눈앞에 나타났다. 온갖 귀중한 광물만이 아니라 다양한 예술품과 경탄할 만한 공예품 따위가 마치 박물관처럼 진열되어 있었다. 그들은 꿈의 세계에 끌려온 듯한 기묘한 기분을 느꼈을 것이다.

호화로운 소파에 한 사내가 누워 있었다. 그들이 들어온 것도 알아차리지 못한 것 같았다.

이때 사이러스가 입을 열었다. 동료들을 깜짝 놀라게 한 그 말은 이러했다.

"네모 선장, 부름에 응하여 우리가 왔습니다."

"네모 선장, 부름에 응하여 우리가 왔습니다."

16

사이러스의 목소리에 누워 있던 인물이 몸을 일으켰다. 밝은 불빛이 그 얼굴을 비추었다. 이마가 높고 눈빛은 자신감에 넘치는 당당한 용모였다. 수염은 하얗고 숱 많은 머리털은 뒤로 흘러내리고 있었다.

그 인물은 소파에서 일어나 의자 등받이를 잡고 몸을 지탱했다. 눈빛은 침착했다. 병이 조금씩 몸을 침범하고 있는 것 같았지만, 영어로 말하는 그 목소리는 아직 힘이 있어 보였다. 그는 놀란 듯이 말했다.

"나한테는 이름이 없소."

"나는 당신을 알고 있습니다."

네모 선장은 이글이글 타오르는 듯한 눈으로 사이러스를 바라보았다. 상대를 눈빛으로 태워버리려는 듯했다.

그러다가 다시 소파 쿠션 위에 쓰러져 이렇게 중얼거렸다.

"뭐, 그건 아무래도 좋겠지. 나는 이제 죽을 몸이니까."

사이러스 스미스는 네모 선장에게 다가갔다. 기디언 스필렛도 선장의 손을 잡았다. 손은 타는 듯이 뜨거웠다. 에어턴과 펜크로프, 하버트와 네브도 선장에게 경의를 표하여 객실 구석에 공손히 서 있었다. 객실 안에는 전깃불이 밝게 흐르고 있었다.

네모 선장은 손을 빼고, 사이러스와 신문기자에게 앉으라는 몸짓을 했다.

모두 진심으로 감동하여 네모 선장을 바라보고 있었다. 그들이 '섬의 수호신'이라고 부른 사람이 여기 있다! 그 온갖 상황에서 효과적인 구원의 손길을 뻗어준 든든한 존재, 그들이 최대의 감사를 드려야 할 은인이 지금 여기에 있다. 펜크로프와 네브는 상대가 신일 거라고 기대했지만, 그들 앞에 있는 것은 인간이었고 게다가 죽음이 멀지 않은 인간이었다!

그런데 사이러스는 어떻게 네모 선장을 알고 있을까? 네모 선장은 자기 이름을 듣고 왜 그렇게 갑자기 몸을 일으켰을까? 네모 선장은 그들이 자기를 모를 거라고 생각한 게 분명하다.

선장은 다시 소파에 일어나 앉아서 한쪽 팔에 몸을 기대고, 가까이 앉은 사이러스를 바라보며 물었다.

"내가 전에 어떤 이름을 썼는지 알고 있소?"

"알고 있습니다. 이 놀라운 잠수함의 이름도 알고 있지요."

"'노틸러스' 호 말이오?" 네모 선장은 희미하게 웃음을 지으며 말했다.

"예, '노틸러스' 호 말입니다."

"그럼 내가…… 내가 어떤 인간인지 알고 있소?"

"알고 있습니다."

"하지만 나는 30년 동안 바깥세상과 인연을 끊고 지냈소. 30년 전부터 깊은 바다 속에서 살았지. 내가 독립을 유지할 수 있는 곳은 이 지구상에 오직 해저뿐이오! 그런데 도대체 누가 내 비밀을 폭로할 수 있었을까?"

"선장님께 아무 약속도 하지 않은 사람입니다. 그러니까 비밀을 폭로했다고 그 사람을 비난할 수는 없습니다."

"16년 전에 우연히 내 배에 탔던 그 프랑스 사람 말이군?"

"그렇습니다."

"그렇다면 그 프랑스인과 두 동료는 '노틸러스' 호가 마엘스트롬*에 휘말려들었을 때 죽지 않은 모양이지?"

"모두 살아났습니다. 그리고 프랑스인은 그후 《해저 2만리》**라는 제목으로 선장님과 '노틸러스' 호에 대해 책을 써서 출판했습니다."

"겨우 몇 달 동안의 이야기일 뿐이오!" 선장이 격렬하게 대꾸했다.

"그렇습니다. 하지만 선장님의 존재를 알리는 데에는 그 몇 달 동안의 체험만으로도 충분했습니다."

"엄청난 범죄를 지은 자로 소개되었겠지?" 네모 선장은 입술에 오만한 미소를 떠올리며 말했다. "반역을 저지르고 인간 세상에서 쫓겨난 추방자로!"

---

* 마엘스트롬_ 노르웨이 북서쪽 해안 앞바다에서 일어나는 큰 소용돌이.
** 《해저 2만리》에서 베른은 네모 선장을 폴란드 귀족으로 설정할 생각이었다. 제정 러시아의 탄압과 폭정으로 가족을 잃어버린 폴란드 백작이 네모 선장의 정체라는 것이다. 그러나 출판업자인 피에르 쥘 에첼은 이 구상에 반대했다. 출판사를 경영하는 그에게 당시 러시아는 아주 중요한 거래처였기 때문이다. 에첼은 그 대신 네모 선장을 노예제에 반대하는 인물로 설정하는 게 어떠냐고 제안했지만, 이번에는 베른이 거부하면서 이 인물을 모호한 존재로 남겨둘 것을 주장했다. 이렇게 네모 선장은 참모습이 끝내 밝혀지지 않은 채, 북극해의 소용돌이에 휘말려 모습을 감추고 만다.

사이러스는 대답하지 않았다.

"어떤가?"

"저는 네모 선장을 심판할 처지에 있지 않습니다. 아니, 네모 선장이라기보다 네모 선장의 과거 생활이라고 말하는 게 적당하겠군요. 저는 다른 사람들과 마찬가지로 선장님이 그런 삶을 산 동기가 무엇이었는지 모릅니다. 원인도 모르고 결과를 심판할 수는 없습니다. 제가 알고 있는 것은 우리가 링컨 섬에 도착한 이후 언제나 친절한 손이 우리를 도와주었다는 것입니다. 우리가 지금까지 살아남을 수 있었던 것은 어느 선량하고 너그럽고 강력한 분의 덕택이라는 것입니다. 그 강력하고 너그럽고 선량한 분은 바로 당신입니다, 네모 선장!"

"그렇소. 바로 나요." 선장은 그렇게 대답했을 뿐이다.

사이러스와 스필렛은 일어나 있었다. 다른 사람들도 가까이 다가와 있었다. 그들 모두의 마음에 넘쳐흐르는 고마움이 몸짓이나 말로 표현되고 있었다.

네모 선장은 손으로 그들을 제지하고, 저도 모르게 감동한 것을 드러내는 목소리로 이렇게 말했다.

"우선 내 이야기를 들어주시오."*

이렇게 선장은 간단명료한 말로 자신의 일생을 이야기하기 시작했다.

그 이야기는 그렇게 길지 않았다. 하지만 그것을 마지막까지 이야기하려면 남은 힘을 모조리 쏟아부어야 했을 것이다. 분명

---

* 〔원주〕네모 선장의 이야기는 《해저 2만 리》라는 제목으로 출판되어 있다. 그래서 에어턴의 이야기와 마찬가지로 여기서도 날짜가 어긋나는 경우가 있다는 것을 미리 말해두겠다.

"우선 내 이야기를 들어주시오."

히 선장은 극도로 쇠약해져 있었다. 사이러스는 조금 쉬라고 몇 번이나 권했지만, 선장은 이제 자기한테는 시간이 별로 남지 않았다면서 고개를 저었다. 스필렛이 병을 치료해주겠다고 제의했을 때에도 선장은 이렇게 대답했다.

"그럴 필요 없소. 내 목숨은 이제 얼마 남지 않았으니까."

네모 선장은 인도의 다카르 왕자였다. 그는 인도 중부에 있는 분델칸드* 왕국의 왕자이자 인도의 국민적 영웅인 티포 사히브**의 조카로 태어났다. 그의 부친은 아들이 완전한 교육을 받을 수 있게 하려고 열 살이 되자마자 아들을 유럽으로 보냈다. 아버지는 아들이 언젠가는 조국의 압제자들과 대등하게 싸우기를 남몰래 바라고 있었다. 열 살 때부터 서른 살이 될 때까지 남다른 재능과 넓은 도량과 깊은 지성을 가진 다카르 왕자는 모든 것을 배웠다. 그래서 과학에도 문학에도 예술에도 깊은 조예를 갖게 되었다.

다카르 왕자는 유럽을 두루 여행했다. 가문과 재산 때문에 어디서나 사람들이 그를 쫓아다녔지만, 그는 결코 세간의 유혹에 넘어가지 않았다. 젊고 잘생긴 그는 탐구열에 불타는 진지하고 건실한 청년이었지만, 마음속 깊은 곳에는 달래기 힘든 원한이 자리잡고 있었다.

다카르 왕자는 증오를 느끼고 있었기 때문이다. 그는 한 나라를 증오했다. 그 나라에는 발을 들여놓으려고도 하지 않았고, 그 나라의 접근을 계속 물리쳤다. 그는 영국을 미워했고, 여러 가지

---

* 분델칸드_ 인도 중부의 마디아프라데시 주에 해당한다. 《80일간의 세계일주》에서 주인공 필리어스 포그가 토후의 미망인 아우다를 구출한 무대이기도 하다.
** 티포 사히브1750~1799_ 인도 마이소르의 술탄. 영국의 식민지 정책에 저항했다.

점에서 영국에 경탄하고 있었기 때문에 그 증오심은 더욱 강해졌다.

그것은 정복자에 대한 피정복민의 모든 증오가 그 인도인의 가슴속에 농축되어 있었기 때문이다. 침략당한 자가 침략한 자를 용서할 수는 없었다. 다카르 왕자는 영국에 명목상 예속되어 있었던 군주의 아들이었고, 그의 혈관에는 숙부인 티포 사히브의 피가 흐르고 있었다. 그는 주권 회복과 복수를 꿈꾸며 자랐고, 지금은 영국 압제자들의 사슬에 묶여 있지만 시적 아름다움이 풍부한 조국을 진심으로 사랑했기 때문에, 인도를 종속시킨 저 주받은 영국 땅에는 절대로 발을 들여놓지 않겠다고 맹세했다.

다카르 왕자는 걸작에 감동하는 예술가가 되었고, 인간이 탐구하는 모든 분야에 정통한 과학자가 되었고, 유럽의 여러 궁정에서 정치를 배운 노련한 정치가가 되었다. 그를 전체적으로 관찰할 수 없는 사람들의 눈에는 다카르 왕자가 지식을 갈망하고 행동을 경멸하는 단순한 '세계주의자'로 보였을 것이다. 조국을 갖지 않고 전 세계를 두루 돌아다니며 호화 생활을 즐기는 부유한 여행자, 긍지 높고 관념적인 인물로 보였을 것이다.

하지만 그것은 사실이 아니었다. 예술가이자 과학자이자 정치가인 그는 여전히 복수를 꿈꾸는 인도인이었다. 언젠가는 조국의 권리를 되찾고, 조국에서 외세를 몰아내고 독립을 쟁취하겠다는 희망을 품고 있는 인도인이었다.

그래서 다카르 왕자는 1849년에 분델칸드로 돌아갔다. 그리고 인도의 귀족 여성과 결혼했다. 남편과 마찬가지로 아내의 마음도 조국의 불행에 피를 흘리고 있었다. 다카르 왕자는 아내와의 사이에 태어난 두 아이를 무척 귀여워했다. 하지만 가정이 행복해져도 인도의 노예 상태를 잊을 수는 없었다. 그가 기다리던 기회가 마침내 찾아왔다.

영국의 지배는 인도 민중을 너무나 무겁게 짓누르고 있었던 모양이다. 다카르 왕자는 민중의 불만을 대변하게 되었고, 영국에 대한 자신의 증오심을 민중의 가슴속에 불어넣었다. 그는 인도 반도에서 아직 독립을 유지하고 있는 작은 나라들만이 아니라 영국의 직접 통치를 받고 있는 지방에도 찾아갔다. 조국을 지키기 위해 싸우다가 세링가파탐에서 영웅적으로 전사한 티포 사히브의 위대한 생애를 이야기하고 다녔다.

1857년, 세포이의 반란*이 일어났다. 다카르 왕자는 그 중심인물이었다. 그는 대대적인 폭동을 계획하고, 자신의 재능과 재력을 거기에 아낌없이 쏟아부었다. 왕자는 위험을 무릅쓰고 최전선에서 싸웠다. 조국을 해방시키기 위해 일어선 수많은 영웅들 가운데 가장 비천한 사람처럼 생명의 위험을 아랑곳하지 않았다. 그는 스무 차례의 전투에서 열 번 다쳤지만, 독립군의 마지막 병사들이 영국군의 총알에 쓰러졌을 때에도 무사히 살아남았다.

인도에서 영국 세력이 이렇게 강력한 도전을 받은 적은 한 번도 없었다. 반란군이 바란 대로 외국의 원조를 얻을 수 있었다면, 아시아에서 영국의 영향력과 지배는 막을 내렸을 것이다.

이리하여 다카르 왕자의 이름은 유명해졌다. 그 이름을 가진 영웅은 몸을 숨기지 않고 당당하게 싸웠다. 그의 목에는 현상금

---

* 세포이의 반란_ 1857년 5월, 영국 동인도회사의 지배에 저항해서 일어난 항쟁. 세포이(동인도회사에 고용된 인도 원주민 병사)가 항쟁의 주역으로 활동했기 때문에 영국에서는 이를 '세포이의 반란'이라고 불렀다. 1858년까지 계속된 세포이의 반란이 끝나면서 동인도회사는 폐지되고, 영국이 직접 통치하는 인도 제국이 성립되었다.

이 걸렸다. 그를 적에게 넘기려는 배신자는 나오지 않았지만, 왕자의 부모와 처자식은 그를 대신하여 살해되었다. 자기 때문에 가족이 위험에 노출되어 있다는 것을 왕자가 미처 알아차리기 전에…….

이번에도 권리는 권력에 정복되었다. 하지만 문명의 물결은 되돌릴 수 없고, 필요 앞에는 법률이 존재하지 않는다. 그리하여 반란군은 패배했고, 오랜 역사를 가진 왕국은 전보다 더욱 억압적인 영국의 지배를 받게 되었다.

다카르 왕자는 죽음을 면하고 분델칸드 산악지방으로 혼자 돌아갔다. 외톨이가 된 왕자는 인간의 이름을 가진 모든 것에 강렬한 혐오감을 품고, 문명사회에 증오와 공포를 느끼고 거기에서 영원히 벗어나려고 했다. 그는 남은 재산을 모두 돈으로 바꾸고, 가장 충성스러운 동지를 스무 명쯤 모았다. 어느 날 그들이 모두 자취를 감추었다.

다카르 왕자는 문명 세계가 거부한 독립을 어디에서 찾았을까? 그것은 아무도 쫓아올 수 없는 수중 세계, 깊은 바다 속이었다.

왕자는 전사에서 학자로 바뀌었다. 태평양의 어느 무인도가 배를 만드는 본거지가 되었다. 그곳에서 그는 자신의 설계도에 따라 잠수함을 만들었다. 그가 전기의 막대한 에너지를 어떻게 동력화하여 잠수함에 이용했는지, 언젠가는 우리도 이해하게 될 것이다. 무진장한 원천에서 나오는 전기는 배가 필요로 하는 모든 것—동력 · 빛 · 열—을 제공해주었다. 바다는 수많은 물고기, 다시마와 모자반 같은 해조류, 거대한 포유류로 풍요로웠다. 바다는 자연이 제공해준 것만이 아니라 인간이 바다에서 잃어버린 것도 모두 갖고 있었다. 그것은 왕자와 승무원들의 필요를 충족시키고도 남았다. 왕자는 인간 사회와 인연을 끊고 싶어했고, 이제 그의 소망은 이루어졌다. 그는 잠수함에 '노틸러스'*라는 이름을 붙이고, 자신에게도 '네모** 선장'이라는 이름을 붙이고 해저로 사라졌다.

그후 오랫동안 네모 선장은 북극에서 남극까지 세계의 모든 바다를 두루 돌아다녔다. 인간 사회에서 배제된 그는 이 미지의 해저 세계에서 놀랄 만한 보물을 얻었다. 1702년에 스페인의 갤리온선***과 함께 비고 만에 가라앉은 보물이 막대한 부를 선장에게 가져다주었다. 그는 이 보물을 자유롭게 꺼내서, 조국의 독립을 위해 싸우는 사람들에게 익명으로 보내주었다.

이렇게 네모 선장이 인간 사회와 인연을 끊은 지 몇 년 뒤인 1866년 11월 6일 밤에 세 남자가 잠수함으로 굴러 들어왔다. 프랑스인 교수와 그의 하인, 그리고 캐나다인 어부였다. 세 남자는 '노틸러스' 호를 추적하는 미국 프리깃함 '에이브러햄 링컨' 호에 타고 있었지만, 배와 잠수함이 부딪쳤을 때의 충격으로 바다에 내던져진 것이다.

네모 선장은 이 프랑스인 교수의 이야기를 듣고, '노틸러스' 호가 때로는 거대한 고래라는 포유동물로, 때로는 해적들의 잠수함으로 오해를 받으며 전 세계 바다에서 추적당하고 있다는 것을 알았다.

네모 선장은 그의 신비로운 생활 속에 우연히 뛰어든 세 남자

---

* 노틸러스Nautilus_ 라틴어 및 그리스어로 '뱃사람'이라는 뜻. 쥘 베른의 《해저 2만리》에 나오는 잠수함 이름으로 유명해졌으며, 그후 1954년에 취항한 세계 최초의 미국 원자력 잠수함에도 '노틸러스'라는 이름이 주어졌다.
** 네모Nemo_ 라틴어로 '아무도 아니다'라는 뜻.
*** 갤리온선_ 16~17세기에 사용된 스페인의 대형 범선.

를 그대로 바다에 돌려보낼 수도 있었을 것이다. 하지만 그렇게 하지 않고 포로로 붙잡아두었다. 덕분에 세 사람은 7개월 동안 해저 2만 리에 걸쳐 계속된 경탄할 만한 여행을 목격할 수 있었다.

그리고 1867년 6월 20일, 네모 선장의 과거를 전혀 모르는 세 남자는 '노틸러스' 호의 보트를 훔쳐 타고 탈출하는 데 성공했다. 하지만 이때 '노틸러스' 호는 노르웨이 연안에서 마엘스트롬이라는 거대한 소용돌이에 휘말려 있었기 때문에, 네모 선장은 세 명의 도망자도 이 무서운 소용돌이에 휘말려 깊은 바다 속에서 죽었을 거라고 생각했다. 그래서 선장은 프랑스인 일행이 기적적으로 해안에 표착하여 로포텐 제도의 어부에게 구조된 것을 알지 못했다. 교수가 프랑스로 귀국하여, 7개월에 걸친 '노틸러스' 호의 모험 여행을 책으로 써서 발표했다는 것도 물론 알지 못했고, 그 책이 수많은 독자들에게 인기를 얻은 것도 알지 못했다.

그후에도 오랫동안 네모 선장은 똑같은 생활을 계속하면서 전 세계의 바다를 돌아다녔다. 하지만 동지들이 하나씩 죽어서 태평양 해저의 산호 묘지에 매장되었다. '노틸러스' 호 안에 텅 빈 공허감이 생겨나고, 결국에는 바다 속으로 함께 망명한 사람들 가운데 네모 선장 혼자만 남게 되었다.

네모 선장은 그때 예순 살이었다. 마지막 동지가 죽자 선장은 이따금 기항지로 이용한 해저항으로 '노틸러스' 호를 몰고 왔다.

그 항구는 링컨 섬의 내장 깊숙한 곳에 자리잡고 있었다. 그후 '노틸러스' 호는 두 번 다시 이 피난처를 떠나지 않았다.

6년 동안 네모 선장은 항해를 나가지 않고 이곳에 정박한 채 죽음을 기다리고 있었다. 동지들 곁으로 갈 수 있는 날을 기다린 것이다. 그러던 어느 날 선장은 우연히 기구가 떨어지는 것을 목격했다. 그때 선장은 잠수복을 입고 섬 연안에서 수백 미터 떨어진 바다 속을 산책하고 있었다. 이때 사이러스가 바다로 뛰어들었다. 선장은 자비로운 본능이 발동했고…… 사이러스 스미스를 구해주었다.

처음에 네모 선장은 이 다섯 명의 조난자한테서 벗어나려고 했다. 하지만 잠수함이 정박해 있는 항구 입구는 이미 닫혀 있었다. 화산 활동 때문에 현무암이 융기하여 잠수함은 이제 지하 동굴 입구를 넘을 수 없었다. 가벼운 배라면 수심이 얕은 곳도 아직 다닐 수 있지만, 흘수가 상당히 큰 '노틸러스' 호는 이제 다닐 수 없었다.

이리하여 네모 선장은 이곳에 머물면서 무인도에 맨몸으로 내던져진 다섯 남자를 관찰했다. 다만 자기 모습은 그들에게 보이고 싶지 않았다. 선장은 다섯 남자가 성실하게 열심히 일하고 서로 형제 같은 우애로 맺어져 있는 것을 조금씩 알아차리고, 그들의 노력에 흥미를 갖게 되었다. 그래서 자신도 모르게 그만 그들의 생활에도 깊이 끼어들게 되었다. 잠수복을 입으면 그래닛 하우스 안의 우물 바닥까지 가는 것은 간단했다. 그리고 튀어나온 바위를 잡고 우물 위에까지 올라가서 개척자들이 과거를 이야기하고 현재와 미래를 검토하는 것을 엿들었다. 선장은 또한 다섯 사람의 이야기를 듣고, 노예제를 폐지하기 위해 미국이 둘로 나뉘어 싸우고 있다는 것을 알았다. 그렇다! 남군의 포로였던 이들이야말로 네모 선장을 인류와 화해시킬 자격이 있다! 이들이야말로 이 섬에서 인류를 대표하고 있기 때문이다!

네모 선장이 사이러스를 구해준 것은 앞에서 이미 말했지만, 개를 침니로 데려온 것도 선장이었다. 호수 수면에서 토비를 공중으로 내던진 것도, 개척자들에게 도움이 될 만한 물건이 든 상자를 '표류물 곶'에 올려놓은 것도, '은혜 강'에 보트를 밀어낸 것도, 오랑우탄의 공격을 받았을 때 그래닛 하우스 위에서 밧줄을 던져준 것도, 유리병에 편지를 넣어 타보르 섬에 에어턴이 있다는 것을 알려준 것도, 수로 바닥에 기뢰를 설치하여 해적선 '스피디' 호를 폭파한 것도, 황산키니네를 가져와서 빈사상태의 하버트를 구해준 것도, 해저에서 사냥을 하기 위해 그가 발명한 전기 총알로 해적들을 죽인 것도 모두 네모 선장이었다. 초자연적 현상으로 여겨진 온갖 사건은 이렇게 해명되었다. 모든 것이 네모 선장의 친절한 마음과 초인적인 능력을 증명하고 있었다.

이 위대한 인간 혐오자는 아직도 무언가 착한 일을 하고 싶다는 욕망에 사로잡혀 있었고, 개척자들에게 유익하고 중요한 조언도 해주어야 했다. 죽을 때가 가까워져서 심장 소리가 약해진 것을 느낀 네모 선장은 전신기를 갖추고 있는 '노틸러스' 호와 가축우리를 전선으로 연결하여 그래닛 하우스의 개척자들을 불러들였다. 사이러스가 그의 사연을 잘 알고 있고 또 그를 네모 선장이라고 부르면서 인사할 줄 알았다면, 네모 선장은 아마 그들을 불러들이지 않았을 것이다.

선장은 여기서 이야기를 끝냈다. 이번에는 사이러스가 이야기할 차례였다. 사이러스는 우선 개척지에 유익한 도움을 베풀어준 선장의 인도주의적 행동을 하나씩 회상하고, 그들이 큰 신세를 진 은인에게 자신과 동지들의 이름으로 감사의 뜻을 표했다.

하지만 네모 선장은 고맙다는 인사를 받으려고 그들을 부른 것은 아니었다. 선장은 인생의 막바지에 이르러 한 가지 생각에 사로잡혀 있었다. 사이러스가 내민 손을 잡기 전에 선장은 이렇게 말했다.

"당신은 내 생애를 알고 있으니까, 내 행동을 심판해주지 않겠소?"

이 말은 분명 그의 잠수함에 탔던 세 외국인이 목격한 중대한 사건을 암시하고 있었다. 프랑스인 교수는 작품에서 그 사건을 이야기할 수밖에 없었을 것이고, 네모 선장은 그 때문에 격렬한 비난을 받았을 게 분명하다.

교수와 두 동료가 탈출하기 며칠 전, '노틸러스' 호는 북대서양에서 프리깃함의 추적을 받았지만, 마지막에는 오히려 바다 속에서 그 프리깃함에 돌진하여 무자비하게 침몰시켜버렸다.

사이러스 스미스는 선장의 질문에 담긴 뜻을 알았지만 대답할 수가 없었다.

"그건 영국의 프리깃함이었소." 네모 선장은 다카르 왕자로 돌아간 것처럼 외쳤다. "영국의 전함이었소! 그 배는 나를 공격했고, 나는 좁고 얕은 만으로 쫓겨 들어갔소! 나는 도망쳐야만 했소…… 그래서 도망쳤소!"

그후 선장은 침착성을 되찾아 이렇게 덧붙였다.

"나는 정의와 권리 속에서 살아왔소. 도처에서 내가 할 수 있는 선을 베풀었지만, 어쩔 수 없는 악도 저질렀소. 정의는 언제나 반드시 허용되는 행위 속에서만 이루어져야 하는 건 아니오!"

이 말이 끝난 뒤에 한동안 침묵이 이어졌다. 그리고 다시 네모 선장이 입을 열었다.

"나를 어떻게 생각하시오?"

사이러스는 선장에게 손을 내민 다음, 선장의 질문에 엄숙한 어조로 대답했다.

"선장님, 당신의 잘못은 과거를 되돌릴 수 있다고 믿은 겁니다. 당신은 진보와 맞서 싸웠지만, 진보는 좋은 것이고 꼭 필요한 것이기도 합니다. 어떤 사람은 이 잘못에 탄복하고 어떤 사람은 비난하지만, 그 잘못의 가치를 심판할 수 있는 것은 오직 하느님뿐이고, 인간의 이성은 그저 그 잘못을 용서할 수 있을 뿐입니다. 스스로 옳다고 믿는 의도를 가지고 잘못을 저지르는 자는 비난받을 수도 있지만, 그래도 항상 존경받을 것입니다. 당신의 잘못 속에서 칭찬할 만한 것을 많이 찾아내는 사람도 있을 것이고, 당신은 역사의 심판을 두려워할 필요가 전혀 없습니다. 역사는 영웅적인 바보들이 저지른 어리석은 짓의 결과를 비난하면서도 그런 바보들을 사랑하니까요."

네모 선장의 가슴이 크게 물결쳤다. 그는 손을 위로 뻗으면서 중얼거렸다.

"나는 옳았나, 틀렸나?"

"모든 위대한 행동은 신에게 돌아갑니다." 사이러스가 대답했다. "그런 행동은 신에게서 나오는 것이니까요. 여기에 있는 선량한 사람들, 당신이 구해준 사람들은 영원히 당신을 위해 슬퍼할 겁니다."

하버트가 선장에게 다가갔다. 선장 옆에 무릎을 꿇더니 선장의 손을 잡고 그 손에 입을 맞추었다.

죽음을 앞둔 선장의 눈에서 눈물 한 방울이 떨어졌다.

"너에게 신의 가호가 있기를!" 선장이 말했다.

17

아침이 왔지만 이 깊은 '지하 사원'에는 어떤 빛도 비쳐들지 않았다. 지금은 만조가 되어, 동굴 입구는 바닷물로 완전히 막혀 있었다. 하지만 '노틸러스'호의 뱃전에서 긴 띠처럼 뻗어 있는 인공 빛은 전혀 약해지지 않고 잠수함 주위의 해수면을 여전히 밝게 비추고 있었다.

네모 선장은 기진맥진하여 소파에 누워 있었다. 선장을 그래닛 하우스로 옮길 수는 없었다. '노틸러스'호 안에 있는 수많은 값진 보물들 속에서 죽음을 맞는 것이 선장의 명백한 의도였다.

의식이 오락가락하는 선장의 쇠약 상태는 상당히 오래 지속되었다. 사이러스와 스필렛은 주의 깊게 환자의 용태를 관찰했다. 선장이 조금씩 죽음에 다가가고 있는 것은 분명했다. 일찍이 그토록 늠름했던 육체는 힘을 잃고, 이제 곧 육체에서 해방될 영혼을 겨우 감싸고 있었다. 생명력은 마음과 머리에 남아 있을 뿐이었다.

사이러스와 스필렛은 작은 소리로 의논하고 있었다. 이 빈사 상태의 선장에게 어떤 치료를 베풀 수 있을까? 살리기는 어렵다 해도 하다못해 며칠만이라도 생명을 연장할 수는 없을까? 하지만 선장은 치료법이 없다고 스스로 말했다. 선장은 두려워하는 기색도 없이 조용히 죽음을 기다리고 있었다.

"우리가 할 수 있는 일은 아무것도 없어요." 스필렛은 말했다.

"도대체 무슨 병일까요?" 펜크로프가 물었다.

"그냥 사라져가는 걸세." 기자가 대답했다.

"하지만 맑은 공기와 햇빛 속으로 데려가면 혹시 기력을 되찾지 않을까요?"

"아닐세, 펜크로프." 사이러스가 대답했다. "어떤 방법을 시도해도 소용없어. 그리고 네모 선장은 배를 떠나려고 하지 않을 거야. 30년 동안이나 '노틸러스' 호와 함께 살아왔기 때문에, 이 배에서 죽고 싶은 거야."

사이러스의 말이 네모 선장의 귀에 들어갔을 것이다. 그는 조금 몸을 일으켜 약하지만 분명한 목소리로 이렇게 말했다.

"당신 말이 옳소. 나는 여기서 죽어야 하고, 그걸 바라고 있소. 그래서 당신들한테 한 가지 부탁이 있소."

사이러스와 동료들은 소파로 다가가서 선장이 좀더 편하게 몸을 지탱할 수 있도록 쿠션을 조정해주었다.

그러자 선장의 눈길은 이 방 안에 있는 온갖 경탄할 만한 물건들을 둘러보았다. 천장의 당초무늬로 부드러워진 밝은 전깃불이 그 물건들을 비추고 있었다. 선장은 벽에 즐비하게 걸려 있는 그림들을 바라보았다. 이탈리아 · 플랑드르 · 프랑스 · 스페인 예술의 걸작품인 그 그림들은 벽을 뒤덮은 태피스트리 덕분에 더욱 돋보였다. 이어서 선장은 대좌 위에 서 있는 소형 대리석상과 청동상, 그리고 배후의 칸막이벽에 바싹 붙어 있는 호화로운 오르간, 중앙의 수반 주위에 놓여 있는 진열장을 바라보았다. 진열장 안에는 바다 식물과 식충류, 아주 귀중한 진주 목걸이 등 경탄할 수밖에 없는 해산물이 밝은 불빛을 받고 있었다. 선장의 눈은 마지막으로 이 박물관의 박공벽에 새겨진 '노틸러스'호의 슬로건에 멈추었다.

'움직임 속의 움직임'

선장은 예술과 자연의 최고 걸작을 마지막으로 눈에 새겨두고 싶은 모양이었다. 해저에서 보낸 긴 세월 동안 이런 경이로운 예술품은 언제나 그의 눈앞에 있었다.

사이러스는 네모 선장이 지키고 있는 침묵을 존중하여, 죽어가는 인물이 다시 입을 열기를 기다리고 있었다.

네모 선장은 이렇게 몇 분 동안 자신의 일생을 되살리고 있는 것 같았지만, 이윽고 개척자들 쪽으로 눈길을 돌리고는 이렇게 물었다.

"당신들은 나한테 신세를 졌다고 생각하시오?"

"선장님의 수명을 연장하기 위해서라면 우리 목숨을 줄여도 좋습니다."

"알았소!" 네모 선장이 말을 이었다. "그렇다면 내 마지막 소원을 들어주겠다고 약속하시오. 그러면 내가 당신들로부터 보답을 받았다고 생각하겠소."

"약속하겠습니다." 사이러스가 대답했다.

이 약속은 그 자신만이 아니라 동료들의 약속이기도 했다.

선장이 다시 입을 열었다.

"나는 내일 죽을 거요."

하버트가 항변하려고 했지만, 네모 선장은 몸짓으로 소년을 제지했다.

"내일 나는 죽을 거요. 나는 '노틸러스' 호 이외에 다른 무덤은 필요없소. 여기가 내 무덤이오. 내 친구들은 모두 해저에 잠들어 있소. 나도 그곳에서 쉬고 싶소."

네모 선장의 말에 이어 깊은 침묵이 흘렀다.

"내 말을 잘 들으시오." 선장이 말을 이었다. "동굴 입구가 융기하는 바람에 '노틸러스' 호는 이곳에 이렇게 갇혀 있소. 하지만 잠수함은 이곳을 나가지 못해도 최소한 이 동굴 속 바다 밑바닥으로 가라앉아 내 유해를 지킬 수는 있을 거요."

개척자들은 죽어가는 선장의 말에 진지하게 귀를 기울이고 있었다.

"내일 내가 죽거든, 당신도 동료들과 함께 '노틸러스' 호를 떠나주시오. 이 배에 실린 보물도 모두 나와 함께 바다 속으로 가라앉을 운명이니까. 다만 당신들은 다카르 왕자의 생애를 알고 있으니까, 왕자의 기념품을 하나만 남기기로 하겠소. 저기, 저 상자엔…… 엄청난 가치의 다이아몬드가 들어 있소. 그것은 대부분 내가 아버지로서 남편으로서 행복을 믿었던 시절의 추억이 담긴 다이아몬드요. 그밖에도 동지들과 함께 해저에서 모은 진주도 들어 있소. 그만한 보물이 있으면 당신들은 언젠가 그것을 좋은 일에 쓸 수 있을 거요. 스미스, 나는 하늘에서 당신들의 사업에 협력하겠소. 당신들이 하는 일을 나는 조금도 걱정하지 않아요!"

"저 상자엔 엄청난 가치의 다이아몬드가 들어 있소."

네모 선장은 극도로 쇠약해져 있었기 때문에 조금 휴식을 취한 뒤, 다시 이렇게 말하기 시작했다.

"내일 저 상자를 들고 이 방에서 나간 뒤 문을 닫아주시오. 그리고 '노틸러스' 호 갑판으로 올라간 다음, 승강구 문을 닫고 볼트를 돌려서 그 문을 단단히 밀봉해주시오."

"그러겠습니다." 사이러스가 대답했다.

"그런 다음 여기까지 타고 온 보트에 올라타시오. 하지만 '노틸러스' 호를 떠나기 전에 고물로 가서 흘수선에 있는 두 개의 커다란 뚜껑을 열어주시오. 바닷물이 저수탱크에 들어오면 '노틸러스' 호는 천천히 바다 밑으로 가라앉아 깊은 해저에 조용히 몸을 눕힐 거요."

사이러스가 몸을 떠는 것을 보고 선장이 덧붙여 말했다.

"아무것도 두려워할 건 없소! 당신들이 매장하는 건 죽은 송장일 뿐이니까!"

사이러스도 동료들도 네모 선장에게 이런 약속을 해야 할 줄은 꿈에도 생각지 못했다. 하지만 이것이 선장의 마지막 소원이라면 따를 수밖에 없었다.

"약속해주겠소?" 네모 선장이 다짐하듯 물었다.

"알았습니다." 사이러스가 대답했다.

선장은 고마움을 나타내는 몸짓을 하고, 얼마 동안 혼자 있게 해달라고 부탁했다. 스필렛은 용태가 급변할 경우에 대비하여 곁에 남아 있으려고 했지만, 죽음을 앞둔 선장은 그것마저 사양하고 이렇게 말했다.

"내일까지는 살아 있을 거요!"

모두 객실을 나와 서재와 식당을 가로질러 뱃머리의 기관실로 들어갔다. 그곳에는 전기장치가 갖추어져 있었다. 이 전기장치가 열과 빛을 줄 뿐만 아니라 '노틸러스' 호를 움직이는 원동력이 되고 있었다.

개척자들은 수면에서 2.5미터 위에 있는 갑판으로 올라갔다. 모두 갑판에 있는 렌즈 모양의 두꺼운 유리창 옆에 몸을 눕혔다. 커다란 눈 같은 그 유리창은 빛의 다발을 내뿜고 있었다. 이 눈 건너편에 조타실이 있고, 타륜이 설치되어 있었다. '노틸러스' 호가 바다 속을 나아갈 때는 조타수가 여기에 들어온다. 이렇게 강력한 빛이라면 바다 속에서도 상당히 먼 거리를 비출 수 있을 것이다.

사이러스와 동료들은 처음 얼마 동안은 침묵을 지켰다. 방금 보고 들은 것에 모두 강한 감동을 느끼고 있었다. 몇 번이나 그들에게 구원의 손길을 뻗어준 사람, 겨우 몇 시간 전에 찾아낸 구세주가 이제 죽음을 맞는다고 생각하자 가슴이 옥죄이는 듯했다.

초인적인 그 사람의 행위에 대해 후세가 어떤 판단을 내려도 다카르 왕자는 그 이상한 매력을 영원히 간직할 것이고, 그의 추억은 사라지지 않을 것이다.

"그분은 인간이었어요!" 펜크로프가 입을 열었다. "인간이 바다 속에서 그런 식으로 살아왔다니, 믿을 수 있습니까? 다른 어느 곳보다 이곳, 해저에서 평안을 찾을 수 있었다니!"

"'노틸러스' 호라면 링컨 섬을 떠나 인간이 사는 곳으로 우리를 데려다줄 수도 있었을 텐데." 에어턴이 말했다.

"이보게." 펜크로프가 소리를 질렀다. "나는 이런 배를 조종할 생각이 없어. 바다 위를 달린다면 좋지만, 바다 속을 달리는 건 사양하겠네!"

"내 생각에……" 이번에는 기자가 말했다. "'노틸러스'호 같은 잠수함을 조종하는 건 아주 간단할 거야. 그리고 조종에는 금방 익숙해질 거야. 폭풍도 걱정할 필요가 없고, 다른 배와 충돌할 염려도 없고…… 해수면에서 몇 미터만 내려가면 호수처럼 잔잔하지."

"그럴지도 모르죠." 선원이 다시 말했다. "하지만 나는 보통 범선을 타고 기분 좋게 바람에 불려가는 게 더 좋아요. 배라는 건원래 물 속이 아니라 물 위를 달리도록 만들어져 있어요."

"이보게들." 사이러스가 말했다. "'노틸러스'호를 놓고 그런이야기를 해봤자 소용없네. '노틸러스'호는 우리 배가 아니니까우리는 이 배를 타고 다닐 권리가 없어. 그리고 어쨌든 이 잠수함은 우리한테 쓸모가 없어. 지금은 동굴 입구가 막혀 있어서 잠수함은 여기서 나갈 수 없으니까. 그리고 네모 선장은 자기가 죽으면 배도 함께 가라앉기를 바라고 있네. 선장의 뜻은 명백하니까우리는 그 뜻을 존중해야겠지."

사이러스와 동료들은 그후에도 잠시 이야기를 나눈 뒤 다시 '노틸러스'호 안으로 내려갔다. 배 안에서 음식을 조금 먹고 모두 객실로 돌아갔다.

네모 선장은 좀전의 쇠약 상태에서 벗어나 있었다. 눈도 빛을되찾았다. 입가에 미소까지 띠고 있었다.

개척자들은 선장에게 다가갔다.

네모 선장이 입을 열었다.

"당신들은 용감하고 성실하고 선량한 사람들이오. 모두 공동작업에 헌신적으로 매달렸지. 나는 당신들을 관찰하면서 당신들을 좋아하게 됐소. 지금도 당신들을 사랑하고 있소! 악수합시다,

스미스!"

사이러스가 손을 내밀자 선장은 다정하게 그 손을 잡았다.

"기분이 좋군!" 선장이 중얼거렸다.

그리고 다시 말을 이었다.

"나에 대해서는 충분히 이야기했소. 이번에는 당신들 자신에 대해, 그리고 당신들이 피난처로 삼은 이 링컨 섬에 대해 이야기합시다. 당신들은 이 섬을 떠날 작정이오?"

"하지만 다시 돌아올 겁니다, 선장님!" 펜크로프가 힘주어 대답했다.

"돌아온다고? 그런가, 펜크로프?" 선장은 빙긋이 웃으면서 대답했다. "당신들이 이 섬을 얼마나 사랑하는지 나는 알고 있소. 당신들 덕분에 섬은 바뀌었소. 이 섬은 당신들 거요."

그러자 사이러스가 말했다.

"우리 계획은 이 섬을 미국 영토로 만들고, 여기에 우리나라 선박을 위한 기항지를 만드는 겁니다. 태평양의 이 해역에 기항지가 생기면 항해하는 데 편리해질 겁니다."

"당신들은 조국을 생각하고 있군." 선장이 받았다. "조국의 번영과 영광을 위해 애쓰는 건 옳은 태도요. 조국! 그곳에 돌아가야 하오! 그곳에서 죽어야 하오! 하지만 나는 내가 사랑한 것에서 너무나 멀리 떨어진 채 죽어가고 있소!"

"뭔가 전하실 유언은 없습니까?" 사이러스가 힘주어 물었다. "인도에서 헤어진 친구들에게 건네주고 싶은 추억의 물건은 없습니까?"

"아니, 나한테는 이제 친구가 없소. 우리 집안도 나를 마지막으로 대가 끊길 테고…… 나를 아는 사람들도 내가 오래전에 죽은 줄 알고 있소…… 아니, 다시 당신들 이야기로 돌아갑시다. 고독이나 고립은 슬픈 거요. 그건 인간의 힘을 넘어서는 거요. 나는 필사적인 심정으로, 인간은 혼자서도 얼마든지 살 수 있다고 생각했지만! 그러니까 당신들은 전력을 다해 링컨 섬을 떠나서 조국으로 돌아가야 하오. 당신들이 만든 배는 그 못된 놈들이 부쉬버렸지만……."

"지금 또 한 척 만들고 있는 중입니다." 스필렛이 말했다. "가장 가까운 육지까지 항해할 수 있는 배를 만들고 있지요. 하지만 언젠가 이 섬을 떠날 수 있다 해도 우리는 다시 링컨 섬으로 돌아올 겁니다. 이곳에는 너무나 많은 추억이 있어서 잊을 수가 없어요!"

"선장님을 알게 된 것도 이 섬입니다." 사이러스가 말했다.

"선장님의 추억을 되살릴 수 있는 곳도 여기밖에 없습니다." 하버트도 말했다.

"내가 영원히 잠들 곳도 여기요. 만약……" 선장이 말을 끊었다. 그는 망설였다. 그러다가 뒷말을 잇지 않고 이렇게만 말했다. "스미스, 당신한테 하고 싶은 말이 있소. 단둘이!"

사이러스는 몇 분 동안 네모 선장과 단둘이 있었다. 이윽고 그는 동료들을 불렀지만, 빈사상태의 선장이 털어놓은 비밀에 대해서는 아무 말도 하지 않았다.

스필렛은 세심한 주의를 기울여 환자를 지켜보았다. 선장을 지탱하고 있는 것은 이제 기력뿐이었다. 머지않아 그 기력도 육체의 쇠약에 저항하지 못하게 될 것이다.

그날은 선장의 용태에 특별한 변화가 없이 지나갔다. 개척자들은 잠시도 '노틸러스' 호를 떠나지 않았다. 밤이 찾아왔다. 물론 이곳에 있으면 밤이 찾아오는 것을 눈으로 볼 수는 없었다.

네모 선장은 괴로워하지는 않았지만 점점 쇠약해지고 있었다. 죽음이 다가와 창백해진 얼굴은 아직 고상한 품격을 유지하고 있었고 평온했다. 이따금 알아들을 수 없는 말이 입술에서 새어 나왔다. 특이한 생애에서 일어난 온갖 사건을 돌이켜 생각하고 있는 것 같았다. 그 몸에서 생명력이 조금씩 사라져가는 것을 알 수 있었다. 손과 발 끝은 벌써 차가워지고 있었다.

그래도 선장은 곁에 늘어서 있는 개척자들에게 한두 번 말을 걸고, 마지막 미소를 지어 보였다. 미소는 죽을 때까지 사라지지 않았다.

자정이 조금 지났을 무렵, 마침내 네모 선장은 임종을 맞을 자세를 취했다. 그 자세로 죽음을 맞이하고 싶다는 듯 가슴 위에 팔짱을 끼었다.

오전 한 시경, 선장의 모든 생명력은 그 눈동자에 모여 있었다. 일찍이 수많은 불꽃을 내뿜었던 그 눈동자에 마지막 불꽃이 번득였다. 그후 그는 "신과 조국!"이라고 중얼거리면서 조용히 숨을 거두었다.

사이러스는 몸을 구부려, 일찍이 다카르 왕자였던 네모 선장의 눈을 감겼다.

하버트와 펜크로프는 흐느끼고 있었다. 에어턴도 슬며시 눈물을 훔치고 있었다. 네브는 가만히 서 있는 기자 옆에 무릎을 꿇고 있었다.

사이러스는 고인의 머리 위로 손을 뻗으며 이렇게 말했다.

"주님께서 이분의 영혼을 받아주시기를!"

그러고는 동료들을 돌아보면서 덧붙여 말했다.

"주님께서 이분의 영혼을 받아주시기를!"

"우리가 잃은 분을 위해 기도하세!"

몇 시간 뒤, 개척자들은 선장에게 한 약속을 지켜서 고인의 마지막 소원을 들어주었다.

사이러스와 동료들은 은인이 남겨준 유일한 기념품, 그 막대한 재산이 담겨 있는 상자를 가지고 '노틸러스' 호를 떠났다.

그들은 줄곧 빛에 가득 차 있던 아름다운 객실 문을 조심스럽게 닫았다.

'노틸러스' 호의 선실 안에 한 방울의 물도 들어가지 않도록 승강구의 철판문도 볼트를 돌려서 단단히 밀봉했다.

그런 다음 개척자들은 잠수함 옆면에 묶여 있던 보트로 옮겨 탔다.

보트는 잠수함의 고물 쪽으로 돌아갔다. 그곳 흘수선에 두 개의 커다란 뚜껑이 달려 있었다. 배가 잠수할 때 사용하는 저수탱크와 연결된 뚜껑이었다.

이 뚜껑이 열리고 탱크에 물이 차기 시작하자 '노틸러스' 호는 조금씩 가라앉다가 이윽고 수면 아래로 사라졌다.

개척자들은 배가 깊은 바다 속에 들어간 뒤에도 여전히 눈으로 쫓을 수 있었다. 강력한 불빛이 투명한 바닷물을 비추고 있었기 때문이다. 하지만 '지하 사원'은 다시 어두워졌다. 넓게 퍼지던 그 전깃불도 마침내 꺼졌다. 네모 선장의 무덤이 된 '노틸러스' 호는 이윽고 바다 밑바닥에 몸을 눕혔다.

'노틸러스' 호는 조금씩 가라앉았다

18

새벽에 개척자들은 말없이 동굴 입구로 돌아왔다. 이 동굴에는 네모 선장을 기념하여 '다카르 지하 사원'이라는 이름을 붙였다. 마침 썰물이 져 있었기 때문에 그들은 쉽게 입구의 아치 밑을 통과할 수 있었다. 파도가 암벽 발치에 부딪치고 있었다.

철판으로 만든 보트는 파도가 밀려오지 않는 곳에 남겨졌다. 만약을 위해 펜크로프와 네브와 에어턴이 '지하 사원' 입구와 가까운 작은 모래톱에 보트를 끌어올렸다. 거기라면 파도에 휩쓸려갈 위험은 없었다.

뇌우는 밤사이에 그쳐 있었다. 서쪽에서 마지막 천둥이 희미하게 울리고 있었다. 이제 비는 내리지 않았지만 하늘은 아직 구름에 덮여 있었다. 요컨대 남반구의 이른봄에 해당하는 10월은 날씨가 아주 불안정하다. 바람은 갑자기 방향을 바꾸려 하고, 안정된 날씨는 기대할 수 없었다.

사이러스와 동료들은 '지하 사원'을 뒤에 남기고 가축우리를 향해 걷기 시작했다. 가는 도중에 네브와 하버트는 가축우리와 '지하 사원' 사이에 네모 선장이 쳐놓은 전선을 회수했다. 이 전선도 나중에 쓸모가 생길지 모른다.

걸으면서 그들은 거의 말을 하지 않았다. 10월 15일에서 16일에 걸친 밤에 일어난 온갖 사건은 그들에게 강한 충격을 주었다. 실제로 중요한 고비마다 때맞춰 그들을 도와주고 지켜준 인물, 그들이 수호신이라고까지 생각한 네모 선장은 이제 이 세상에 없다. 선장은 '노틸러스' 호와 함께 깊은 바다 속에 매장되었다. 개척자들은 고독감을 어느 때보다도 강하게 느꼈다. 그들은 그 강력한 도움을 기대하는 데 익숙해져 있었다. 그런데 이제 두 번 다시 그 도움의 손길은 뻗어오지 않을 것이다. 기디언 스필렛과 사이러스 스미스도 마음에서 그 생각을 몰아낼 수가 없었다. 그래서 그들은 깊은 침묵을 지키며 가축우리로 이어지는 길을 따라 걸어갔다.

아침 아홉 시경, 개척자들은 그래닛 하우스로 돌아왔다.

조선 작업을 서둘러 진행하는 것은 이미 결정된 일이었다. 사이러스는 전보다 더 많은 시간과 노력을 그 작업에 쏟아부었다. 장차 무슨 일이 일어날지 모른다. 하지만 폭풍우가 몰아칠 때에도 바다를 건널 수 있고 필요하다면 상당히 오랜 항해도 견딜 수 있는 튼튼하고 큰 배를 만들어두면 개척자들의 안전이 보장된다. 배가 완성되면 개척자들은 링컨 섬을 떠나 폴리네시아 섬들이나 뉴질랜드 해안으로 가는 것을 생각하기 전에 먼저 에어턴의 소식을 적은 편지를 타보르 섬에 놔두고 와야 할 것이다. 그것은 스코틀랜드 배가 타보르 섬에 또다시 나타날 경우에 대비하여 반드시 해두어야 할 일이었다. 그 일을 소홀히 하면 안 된다.

이리하여 조선 작업이 재개되었다. 사이러스와 펜크로프와 에어턴은 네브와 스필렛과 하버트의 도움을 받아, 다른 긴급한 일이 생기지 않는 한 쉬지 않고 일했다. 춘분 무렵에는 으레 돌풍이 휘몰아쳐 배가 항해할 수 없다. 그렇게 되기 전에 타보르 섬에 가려면 다섯 달 뒤인 3월 초에는 배를 완성할 필요가 있었다. 그래서 목수들은 잠시도 시간을 낭비하지 않았다. 삭구나 돛대에 신경을 쓸 필요는 없었다. 해적선 '스피디' 호의 돛대 따위를 그대로 쓸 수 있었기 때문이다. 따라서 선체만 만들면 되었다.

1868년 연말에는 다른 일을 거의 제쳐놓고 이 중요한 조선 작업에 매달렸다. 두 달 반 뒤에 늑재는 모두 짜 넣어졌고, 두꺼운 외판이 처음으로 설치되었다. 사이러스의 설계는 훌륭했기 때문에, 이 배라면 순조롭게 바다로 나갈 수 있을 거라고 벌써부터 예측할 수 있었다. 펜크로프는 배를 만드는 일에 전력을 기울이고 있었기 때문에, 누군가가 목수의 도끼를 버리고 엽총을 들면 거리낌 없이 불평을 했다. 다가올 겨울에 대비하여 그래닛 하우스의 식량도 비축해두어야 했다. 하지만 그런 일은 뒤로 미루어도 되지 않는가! 올곧은 선원은 일꾼들이 조선소를 떠나는 것을 못마땅하게 생각했다. 그럴 때면 펜크로프는 투덜거리면서 혼자 여섯 사람 몫의 일을 해냈다. 그 원동력은 순전히 동료들에 대한 분노였다.

유난히 날씨가 사나운 여름이었다. 같은 일이 정해진 의식처럼 몇 번이나 되풀이되었다. 며칠 동안 숨 막힐 듯한 더위가 계속된 뒤에는 대기 중에 가득 찬 전기가 무시무시하고 격렬한 뇌우의 형태로 갑자기 방전되었다. 멀리서 천둥소리가 들리지 않는 날은 드물었다. 적도지방에서 흔히 그렇듯, 천천히 우르릉거리는 천둥소리는 둔탁하지만 끊임없이 들려왔다.

1869년 1월 1일에도 맹렬한 뇌우가 덮쳐와, 섬에 몇 번이나 벼락이 떨어졌다. 벼락에 맞아 쓰러진 나무가 몇 그루나 되었다. 호수 남쪽에서 가끔 사육장에 그림자를 떨어뜨리고 있던 거대한 느릅나무도 쓰러졌다. 이 대기 현상은 지구 내부에서 일어나고 있는 일과 무슨 관계가 있는 건 아닐까? 대기가 어지럽혀지는 것과 지구 내부의 변화 사이에는 무슨 상관관계가 있는 게 아닐까? 사이러스는 관계가 있다고 생각하게 되었다. 뇌우가 눈에 띄게 격렬해진 것은 화산 활동이 기세를 되찾은 뒤였다.

1월 3일 새벽, 얼룩말 한 마리에 안장을 씌우려고 '전망대'로 올라간 하버트는 화산 꼭대기에서 연기가 뭉게뭉게 피어오르는 것을 보았다.

하버트의 말을 들은 개척자들은 당장 프랭클린 산을 보려고 달려갔다.

"야아!" 펜크로프가 외쳤다. "이번에는 단순한 증기가 아니야! 마치 거인이 숨을 쉬는 것만으로는 만족할 수 없게 되어서, 담배 연기를 내뿜고 있는 것 같군!"

이 비유는 화산 분화구에서 일어난 변화를 정확히 표현하고 있었다. 벌써 석 달 전부터 분화구에서는 상당히 많은 증기가 뿜어 나오고 있었지만, 그것은 땅속 광물이 끓어올랐기 때문에 생긴 증기일 뿐이었다. 하지만 이번에는 증기가 아니라 짙은 연기가 나오고 있었다. 연기는 잿빛 기둥이 되어 올라갔고, 기둥 아랫부분은 너비가 100미터 가까이나 되었다. 연기는 산꼭대기에서 300미터나 올라간 상공에서 거대한 버섯 모양으로 퍼져 있었다.

"굴뚝 안이 불타고 있군." 스필렛이 말했다.

"우리가 불을 끌 수는 없어요!" 하버트가 받았다.

"화산 굴뚝을 청소해야 할지도 모릅니다." 네브가 진지한 어조로 말했다.

"좋아, 네브." 펜크로프가 소리를 질렀다. "그 굴뚝 청소를 맡아주지 않겠나?"

이렇게 말하고 펜크로프는 큰 소리로 웃었다.

사이러스는 프랭클린 산에서 솟아오르는 짙은 연기를 주의 깊게 관찰하고, 먼 땅울림을 들으려는 것처럼 귀를 기울였다. 그리고 조금 떨어진 곳에 있던 동료들에게 돌아와서 이렇게 말했다.

"정말로 중대한 변화가 일어났기 때문에 이 사실을 인정하지 않을 수 없네. 화산 속의 물질은 지금 그냥 끓고 있을 뿐만 아니라 불이 붙어버렸네. 그러니까 조만간 폭발이 일어날 걸세."

"그럼 그 폭발을 구경하죠!" 펜크로프가 소리를 질렀다. "멋지게 폭발하면 박수갈채를 보내줍시다. 별로 걱정할 필요는 없을 것 같은데요."

"그래, 펜크로프." 사이러스가 받았다. "옛날 용암이 흘렀던 진로가 지금도 남아 있으니까. 저 분화구의 형태 때문에 지금까지 용암은 북쪽으로 흘렀지만……."

"하지만 화산이 분화해봤자 아무 이익도 얻을 수 없으니까, 분화 따위는 일어나지 않는 게 좋아요." 스필렛이 말했다.

"그럴까요?" 선원이 대답했다. "화산 속에도 쓸모있고 귀중한 것이 있을 테니까, 화산이 친절하게도 그걸 토해내면 우리는 그걸 잘 이용할 수 있잖아요!"

사이러스는 갑자기 격렬해진 화산 현상에 좋은 결과를 기대할 수는 없다고 생각했기 때문에 고개를 가로저었다. 그는 분화의 결과를 펜크로프처럼 가볍게 생각하지 않았다. 분화구의 방향 때문에 용암이 직접 숲과 경작지를 위협하는 일은 없겠지만, 더 위험하고 복잡한 문제가 일어날 가능성이 있다.

실제로 화산 분화는 지진을 동반하는 경우도 드물지 않다. 링컨 섬처럼 지질이 다양한 섬—한쪽에는 현무암이 있는가 하면 다른 쪽에는 화강암이 있고, 북쪽에는 용암이 있는가 하면 남쪽에는 푸석푸석한 흙이 있는 섬—은 그런 지질이 서로 단단히 결합되어 있지 않기 때문에 쪼개질 위험이 크다. 화산 분화에 따른 용암 유출은 중대한 위험을 낳지 않는다 해도, 섬을 뒤흔드는 지진은 아주 심각한 문제를 일으킬지 모른다.

"무슨 소리가 들리는 것 같은데······" 땅바닥에 귀를 대고 있던 에어턴이 말했다. "철봉을 실은 수레에서 나는 듯한 둔탁한 소리가······."

개척자들도 주의 깊게 귀를 기울여, 에어턴의 말이 옳다는 것을 확인했다. 그 둔탁한 소리에 이따금 음악 용어로 '린포르찬도'* 같은 땅울림이 섞였다. 울려 퍼지는 듯한 그 소리는 땅속 깊은 곳을 강풍이 지나가듯 조금씩 약해졌다. 하지만 폭발음은 아직 들리지 않았다. 지금은 증기와 연기가 중앙의 분출로를 통해 뿜어져 나오고 있지만, 배기구가 상당히 크기 때문에 화산 내부에서는 아직 붕괴가 일어나지 않았고 폭발할 염려도 없는 것 같았다.

"자!" 펜크로프가 말했다. "다시 일하러 돌아갑시다. 프랭클린 산은 제멋대로 실컷 연기를 내뱉고, 고함을 지르고, 으르렁거리

* 린포르찬도_ 하나의 음표나 화음을 갑자기 강하게 하는 것.

"무슨 소리가 들리는 것 같은데……"

고, 불이든 불꽃이든 토해내게 내버려둡시다. 하지만 산이 그런 다고 해서 우리가 아무 일도 하지 않아도 되는 건 아니에요. 오늘 은 모두 일을 도와주어야겠습니다. 배의 바깥쪽 띠널*을 마무리 합시다. 여섯 사람의 팔 열두 개가 있어도 충분치 않아요. 앞으로 두 달 뒤에는 새 '본어드벤처' 호—배에는 또다시 그 이름을 붙 여도 되지 않을까요—를 '기구 항'에 띄우고 싶습니다. 그러니 까 한 시간도 낭비할 수 없어요!"

펜크로프의 협력 요청을 받은 개척자들은 모두 조선소로 내려 가 띠널을 대는 작업에 착수했다. 띠널은 배의 허리띠가 되는 두 꺼운 외판이고, 배의 골조가 되는 늑재를 서로 단단히 연결해준 다. 띠널을 대는 것은 전원이 참가한 힘든 작업이었다.

이렇게 1월 3일은 화산에 신경 쓰지 않고 모두 온종일 열심히 일했다. 물론 그래닛 하우스 앞의 모래톱에서는 화산이 보이지 않는다. 그런데 그날 맑은 하늘을 가로지르는 태양을 크고 어두 운 그림자가 가린 적이 한두 번 있었다. 태양과 섬 사이를 짙은 먹구름이 지나간 것이다. 이 먹구름은 모두 난바다에서 불어오 는 바람에 실려 서녘 하늘로 날아갔다. 물론 사이러스와 스필렛 은 이 먹구름이 지나가는 것을 알아차렸기 때문에, 화산 활동이 진행되고 있는 게 틀림없다고 몇 번이나 이야기를 나누었다. 하 지만 일손을 쉬지는 않았다. 아무리 생각해봐도 지금은 되도록 빨리 배를 완성하는 것이 가장 긴요했다. 일어날 수 있는 온갖 사 태 앞에서 개척자들의 안전을 가장 확실하게 보장해주는 것은

---

*띠널帶板_ 새로 건조하는 선체에 외판(外板)을 대기 전에 뱃전을 보강하기 위해 흘수 선 위에 대는 큰 널판.

역시 배였기 때문이다. 이 배가 언젠가는 유일한 피난처가 될지도 모르지 않는가?

그날 저녁을 먹은 뒤, 사이러스와 스필렛과 하버트는 다시 '전망대'로 올라갔다. 벌써 밤이 와 있었다. 이렇게 어두우면 분화구 근처에서 뭉게뭉게 피어오르는 증기와 연기에 섞여 불꽃이나 빨갛게 달구어진 물질이 화산에서 뿜어져 나오고 있는 것을 볼 수 있을 것이다.

"분화구가 타고 있어요!" 다른 두 사람보다 몸이 가볍기 때문에 맨 먼저 '전망대'에 도착한 하버트가 외쳤다.

10킬로미터쯤 떨어진 프랭클린 산은 마치 거대한 횃불 같았다. 그 꼭대기에서는 검은 연기가 섞인 불길이 몇 개나 솟아오르고 있었다. 많은 연기와 암석과 화산재가 섞여 있기 때문인지, 불꽃의 밝기는 아주 약해서 어둠 속에서도 별로 선명하지 않았다. 하지만 황갈색 빛이 섬 위에 퍼져, 앞쪽의 검은 숲 전체를 어렴풋이 비추고 있었다. 높은 하늘은 거대한 연기 소용돌이로 어두워져 있었지만, 그 소용돌이를 뚫고 별들이 반짝이고 있었다.

"진행 속도가 빠르군!" 사이러스가 말했다.

"놀랄 필요는 없습니다." 스필렛이 대답했다. "화산이 활동을 재개한 것은 오래전이니까요. 기억하고 있겠지요? 처음 증기를 본 것은 우리가 네모 선장의 은신처를 찾으려고 산중턱을 돌아다닐 때였어요. 그게 10월 15일경이었나?"

"그래요!" 하버트가 받았다. "그때부터 벌써 두 달 반이나 지났어요."

그러자 스필렛이 말을 이었다.

"결국 땅속의 불은 10주 동안 서서히 타면서 연기를 낸 거니까, 지금 이렇게 격렬히 타오르기 시작한 것도 그리 놀랄 일은 아니죠."

"땅속에서 무언가가 진동하고 있는 것처럼 느껴지지 않나?" 사이러스가 물었다.

"그렇긴 합니다만……." 스필렛이 대답했다. "지진이라고 하기에는 아직……."

"지진이 일어날 것 같다는 말은 아닐세. 신이 우리를 지진으로부터 지켜주시기를! 그게 아니라 이 진동은 화산 내부의 불길이 워낙 격렬해서 일어난 걸세. 지각은 말하자면 보일러의 벽 같은 거야. 이 보일러 벽은 가스 압력이 강해지면 공명판처럼 떨리기 시작하지. 지금 일어나고 있는 건 바로 그런 현상일세."

"불기둥이 정말 아름답군요."

그때 분화구에서 증기도 그 밝기를 약화시킬 수 없는 커다란 불꽃 같은 불길이 올라왔다. 수많은 빛의 파편과 선명한 반점이 사방팔방으로 날아갔다. 개중에는 천장처럼 위를 뒤덮은 연기를 뚫고 단번에 상공으로 올라가면서, 흰빛이 날 만큼 뜨거운 띠를 뒤에 남기는 것도 있었다. 이 커다란 불꽃에 이어 기관총을 일제 사격하듯 연속적인 폭발음이 일어났다.

사이러스와 스필렛과 하버트는 '전망대'에서 한 시간을 보낸 뒤, 모래톱으로 내려와 그래닛 하우스로 돌아갔다. 사이러스는 생각에 잠겼고 걱정스러워 보였다.

"분화 때문에 조만간 위험한 일이 일어날 거라고 생각하세요?" 스필렛이 물었다.

"그건 뭐라고 말할 수 없네." 사이러스가 대답했다.

"그래도 우리한테 가장 곤란한 문제는 섬을 엉망진창으로 만들 지진이 아닐까요? 하지만 지진을 두려워할 필요는 없을 것 같습니다. 증기와 용암은 이미 밖으로 나가는 배출구를 찾아냈으니까요."

"그래서 나도 지진을 두려워하는 건 아닐세. 지하 증기의 팽창으로 일어나는 지각 변동을 보통 시진이라고 부르지만, 그런 의미에서의 지진은 걱정하지 않아. 하지만 다른 원인으로 큰 재난이 일어나는 경우도 있지."

"어떤 원인 말입니까?"

"잘은 모르겠지만…… 보고 오지 않으면…… 산에 가서…… 며칠 안으로 그 점을 확실히 해두세."

스필렛은 더 이상 묻지 않았다. 화산 폭발음은 점점 강해지고, 메아리가 되어 섬에 울려 퍼지고 있었다. 하지만 그래닛 하우스 주민들은 이윽고 깊은 잠에 빠져들었다.

1월 4일부터 6일까지 사흘이 지났다. 배를 만드는 작업은 여전히 계속되었다. 사이러스도 아무 말 하지 않고 전력을 다해 일에 매달리고 있었다. 프랭클린 산은 불길한 느낌의 먹구름을 머리에 뒤집어쓰고, 불길과 함께 빨갛게 달아오른 암석을 뿜어 올리고 있었다. 이 암석 중에는 분화구로 다시 떨어지는 것도 있었다. 펜크로프는 그 광경을 보고 이렇게 말했다(그에게는 이 현상도 즐거운 구경거리에 불과했다).

"아아! 거인이 저글링을 하고 있네! 저글링 곡예를 하고 있어!"

뿜어 올려진 암석은 다시 분화구 속으로 떨어졌지만, 화산 내부의 압력에 밀려 위에 올라와 있을 터인 용암은 아직 분화구까지 올라오지 않은 모양이었다. 적어도 이쪽에서 볼 수 있는 북동쪽 분화구에서 산의 북쪽 비탈을 흘러내리는 용암은 보이지 않았다.

그런데 배를 만드는 작업이 아무리 긴급하다 해도, 개척자들이 해야 할 일은 그것만이 아니었다. 섬의 여러 곳에 그들이 직접 가서 할 일도 있었다. 그중에서도 가장 중요한 것은 산양과 염소 무리가 있는 가축우리에 가서 먹이를 보급하는 일이었다. 그래서 이튿날인 1월 7일, 에어턴이 우리에 가게 되었다. 에어턴은 이 일에 익숙해져 있고, 혼자서도 충분히 할 수 있을 터였다. 그래서 사이러스가 에어턴에게 이렇게 말하는 것을 들었을 때 펜크로프와 다른 동료들은 놀란 표정을 지었다.

"자네가 내일 우리에 간다면 나도 따라가겠네."

"예?" 펜크로프가 외쳤다. "일할 수 있는 날이 별로 남지 않았습니다. 선생님도 나가면 작업하는 손이 네 개나 부족해요."

"다음날에는 돌아오겠네." 사이러스가 대답했다. "반드시 우리에 갈 필요가 있어. 분화 상황을 확인해두고 싶네."

"분화…… 분화라고요?" 펜크로프가 불만스러운 표정으로 말했다. "그 분화라는 게 중대한 일이겠지만, 저는 별로 걱정하지 않습니다!"

선원이 뭐라고 해도 사이러스가 계획한 조사는 이튿날 실행에 옮겨지게 되었다. 하버트도 사이러스를 따라가고 싶었지만, 펜크로프를 곤란하게 만들고 싶지는 않았다.

이튿날 날이 밝자마자 사이러스와 에어턴은 얼룩말 두 마리를 맨 수레에 타고 서둘러 우리로 갔다.

숲 상공에는 짙은 구름이 흐르고 있었다. 프랭클린 산의 분화구는 끊임없이 검은 연기를 토해내고 있었다. 대기 속을 무겁게 흐르는 이 구름 속에는 온갖 물질이 포함되어 있을 것이다. 구름이 이렇게 불투명하고 무거워 보이는 것은 화산에서 나오는 것이 단순한 연기가 아니기 때문이다. 티끌 모양의 암석 부스러기, 가루처럼 결이 고운 화산재 따위가 두꺼운 구름의 소용돌이 속에 떠돌고 있었다. 화산재는 입자가 아주 작아서 때로는 몇 달 동안이나 공중에 떠 있는 경우도 있었다. 아이슬란드에서 1783년에 분화가 일어났을 때는 1년이 넘도록 대기가 화산재로 가득 차서 햇빛도 뚫고 들어오지 못할 정도였다.

하지만 대부분의 경우 이 분말 모양의 화산재는 아래로 내려온다. 지금 상황도 그러했다. 사이러스와 에어턴이 우리에 도착할 무렵부터 화약처럼 거무스름하고 가벼운 눈 같은 것이 내려오기 시작하여 순식간에 땅의 모습을 바꿔버렸다. 나무들도 초원도 모두 몇 센티미터 두께의 재에 뒤덮였다. 하지만 다행히 북동풍이 불기 시작하여, 대부분의 구름은 바다 쪽으로 흘러갔다.

"이상한 일도 다 있군요." 에어턴이 말했다.

"이건 중대한 일일세." 사이러스가 대답했다. "이 화산재와 속돌은 광물 부스러기 같은 것인데, 이것은 화산 내부 깊숙한 곳에서 격렬한 변화가 일어나고 있다는 것을 보여주지."

"하지만 우리는 어떻게 할 수도 없잖습니까?"

"그래. 이 현상이 어떻게 진전되어가는지 지켜볼 수밖에……그러니까 자네는 우리에 있는 가축을 돌봐주게. 그동안 나는 '붉은 내'의 수원지까지 올라가서 북쪽 산비탈이 어떤 상황인지 조사하고 오겠네. 그런 다음……."

"그런 다음에는요?"

"그 다음에는 우리 둘이서 '다카르 지하 사원'을 찾아가보세.

나는 보아두고 싶네……. 그럼 두 시간 뒤에 자네를 데리러 돌아오겠네."

에어턴은 우리로 들어가, 사이러스가 돌아올 때까지 산양과 염소를 돌보았다. 화산이 분화할 조짐을 보이자 동물들도 불안을 느끼고 있는 것 같았다.

한편 사이러스는 동쪽 산줄기의 능선을 타고 '붉은 내'를 우회하여, 처음 탐험했을 때 동료들과 유황천을 발견한 곳에 이르렀다.

그 일대는 완전히 달라져 있었다. 전에는 연기가 한 곳에서만 솟아오르고 있었는데, 지금은 열세 개나 되는 연기가 땅에서 뿜어 나오고 있었다. 마치 피스톤으로 격렬하게 밀려 올라오는 것 같다. 이 일대의 지각이 엄청난 압력을 받고 있는 것은 분명했다. 대기에는 유황가스 · 수소가스 · 탄산가스가 가득 차 있고, 거기에 수증기까지 섞여 있었다. 사이러스는 평원에 흩어져 있는 응회암*이 작게 흔들리는 것을 느꼈지만, 새로 나온 용암의 흔적은 아직 발견하지 못했다.

프랭클린 산의 북쪽 비탈을 관찰했을 때 사이러스는 그런 현상을 좀더 분명히 확인할 수 있었다. 분화구에서는 연기와 불꽃이 소용돌이치며 뿜어 나오고, 하늘에서는 바위 부스러기가 쏟아져 내리고 있었지만, 용암은 아직 분화구에서 흘러나오고 있지 않았다. 그것은 화산 물질이 아직 중앙 분출로의 상층부에 도달하지 않았음을 말해주고 있었다.

'용암이 흘러나오는 편이 좋았을 텐데!' 사이러스는 생각했

* 응회암_ 분말 모양의 화산재가 세월과 함께 단단한 바위로 변한 것.

그 일대는 완전히 달라져 있었다

다. '용암이 흘러나오면 기존의 루트를 타고 흘렀을 거야. 하지만 지금부터 흘러나온다면, 어딘가 새로운 분출구에서 터져 나올지 몰라. 하지만 진짜 위험은 그런 게 아니야! 네모 선장이 예감했던 게 더 위험해! 그래, 위험은 그런 게 아니야.'

사이러스는 '상어 만'을 향해 뻗어 있는 거대한 용암류까지 걸어갔다. 거기까지 가면 오래된 용암의 줄무늬를 충분히 조사할 수 있었다. 이 용암이 아득히 먼 옛날 유출된 것은 의심할 여지가 없었다.

그후 그는 땅울림에 귀를 기울이며 왔던 길을 되짚어 돌아갔다. 그치지 않는 천둥처럼 들려오는 땅울림에 탁탁 튀는 듯한 폭발음도 가세했다. 아침 아홉 시에 사이러스는 우리로 돌아갔다.

에어턴이 그를 기다리고 있었다.

"짐승들한테 먹이를 주었습니다." 에어턴이 말했다.

"잘했네, 에어턴."

"모두 불안한 것 같습니다."

"동물들은 본능적으로 알고 있지. 본능은 틀리는 법이 없으니까."

"언제 출발할까요?"

"휴대용 등잔과 부싯돌을 가져오게. 지금 당장 출발하세."

에어턴은 시키는 대로 했다. 얼룩말은 수레에서 풀어서 우리에 놓아주었다. 출입문을 밖에서 닫은 뒤, 사이러스는 에어턴을 데리고 해안으로 통하는 좁은 산길을 내려가 서쪽으로 향했다.

두 사람은 하늘에서 내려오는 화산재가 솜처럼 쌓인 땅을 걸었다. 나무 그늘에 네발짐승들의 모습은 보이지 않았다. 새들도 어딘가로 달아나버렸다. 이따금 바람이 불어 땅 위에 쌓인 화산재를 말아 올리기 때문에, 두 개척자는 짙은 소용돌이에 휩싸여 상대의 모습을 볼 수 없게 되었다. 두 사람은 눈과 입에 손수건을 대고 걸었다. 그렇게 하지 않으면 눈이 멀고 숨이 막힐 것 같았기 때문이다.

이런 상황에서는 사이러스와 에어턴도 빨리 걸을 수 없었다. 게다가 공기가 답답해져 있었다. 마치 산소가 타버려서 숨쉬기에 적당하지 않은 공기가 되어버린 것 같다. 100미터쯤 나아갈 때마다 두 사람은 걸음을 멈추고 숨을 돌려야 했다. 그래서 사이러스와 에어턴이 섬의 북서쪽 해안을 이루는 현무암과 반암의 거대한 절벽 위로 나왔을 때는 벌써 열 시가 지나 있었다.

사이러스와 에어턴은 폭풍이 몰아치던 그날 밤 '다카르 지하 사원'으로 갈 때 지나갔던 가파른 비탈을 내려가기 시작했다. 낮이라서 전보다는 위험하지 않았다. 그리고 미끄러운 바위 위에 화산재가 덮여 있어서 내리막 비탈에서도 발을 딛기가 한결 편했다.

이윽고 두 사람은 해안을 따라 뻗어 있는 높이 12미터 정도의 벼랑에 이르렀다. 사이러스는 이 벼랑이 완만하게 기울어져 해수면까지 내려와 있던 것을 기억하고 있었다. 지금은 썰물이 졌을 터인데 모래밭은 어디에도 보이지 않고, 화산재로 탁해진 파도가 해안의 현무암에 직접 밀려오고 있을 뿐이었다.

사이러스와 에어턴은 쉽게 '다카르 지하 사원' 입구를 찾아 벼랑 아래의 층계참 같은 바위에서 걸음을 멈추었다.

"철판 보트가 있을 텐데." 사이러스가 말했다.

"있습니다." 에어턴은 입구의 아치 근처에 끌어 올려둔 보트를 끌어당겼다.

"타세!"

두 사람은 보트에 올라탔다. 작게 일렁이는 파도를 타고 보트는 입구의 낮은 아치 밑을 빠져나가 '지하 사원' 안으로 들어갔다. 에어턴은 부싯돌을 켜서 휴대용 등잔에 불을 붙이고 두 개의 노를 잡았다. 등잔은 앞쪽을 비추도록 뱃머리에 놓았다. 사이러스가 키를 잡았다. 보트는 '지하 사원'의 어둠을 뚫고 앞으로 나아갔다.

이 어두운 동굴을 환하게 비추고 있던 '노틸러스' 호는 이제 수면에 떠 있지 않았다. 아마 그 전깃불은 강력한 발전기 덕분에 지금도 바다 밑바닥을 비추고 있겠지만, 네모 선장이 잠들어 있는 깊은 바다에서는 어떤 빛도 올라오고 있지 않았다.

휴대용 등잔 불빛은 별로 밝지 않았지만, 그래도 '지하 사원'의 오른쪽 암벽을 따라 보트를 전진시킬 수 있었다. 둥근 천장 아래는 묘지 같은 적막이 지배하고 있었다. 적어도 동굴의 중간쯤까지는 그러했다. 하지만 곧 사이러스는 화산 속에서 울려나오는 굉음을 분명히 들었다.

"화산 소리야." 그가 말했다.

이윽고 그 굉음과 함께 독한 냄새를 풍기는 물질이 주위에 감돌았다. 유황가스가 사이러스와 에어턴의 목을 자극했다.

"네모 선장은 이걸 두려워하고 있었어!" 사이러스가 중얼거렸다. 그 얼굴은 조금 창백해져 있었다. "하지만 안쪽 끝까지 가지 않으면 안 돼."

"갑시다!" 에어턴이 대답하고 노 위로 몸을 구부렸다. 보트는 '지하 사원' 안쪽으로 나아갔다.

동굴에 들어온 지 25분 뒤, 보트는 맨 안쪽 암벽에 이르러 멈춰 섰다.

사이러스는 보트의 좌석 위로 올라가 암벽 여기저기를 등불빛으로 비추면서 자세히 살폈다. 이 암벽이 '지하 사원'과 화산의 중앙 분출로를 갈라놓은 칸막이일 것이다. 이 암벽의 두께는 얼마나 될까? 30미터? 아니면 3미터? 확실한 것은 모른다. 하지만 땅속 굉음이 또렷이 들리는 것으로 봐서 벽은 그렇게 두껍지 않을 것이다.

사이러스는 암벽을 수평으로 조사한 뒤, 노 끝에 휴대용 등잔을 묶어서 이번에는 암벽 위쪽을 비추어보았다.

잘 보이지 않는 암벽 틈새, 울퉁불퉁하게 솟아 있는 각기둥 모양의 바위 사이에서 고약한 냄새가 나는 연기가 피어올라 동굴의 공기를 오염시키고 있었다. 암벽에는 수많은 균열이 줄무늬를 그리고 있었다. 개중에는 또렷한 선을 그리며 '지하 사원' 해수면에서 1미터도 안 되는 높이까지 갈라져 있는 곳도 있었다.

사이러스는 깊은 생각에 잠겼다가 또다시 중얼거리듯 말했다.

"그래! 네모 선장의 말이 옳았어! 여기에 위험이 있어! 무서운 위험이!"

에어턴은 아무 말도 하지 않았다. 사이러스의 신호에 따라 다시 노를 잡았다. 30분 뒤에 두 사람은 '다카르 지하 사원'을 빠져나왔다.

암벽에는 수많은 균열이 줄무늬를 그리고 있었다

19

가축우리에서 꼬박 하루를 보내면서 모든 일을 처리한 뒤, 이 튿날인 1월 8일 아침에 사이러스와 에어턴은 그래닛 하우스로 돌아왔다.

곧 사이러스는 동료들을 모아놓고 링컨 섬이 인력으로는 피할 수 없는 아주 큰 위험에 처해 있다고 말했다. 그의 목소리에는 강한 불안감이 어려 있었다.

"아무래도 링컨 섬은 지구와 함께 살아남을 섬은 아닌 것 같네. 이 섬은 이제 곧 파괴될 운명이야. 그 원인은 이 섬 자체에 있으니까, 무슨 짓을 해도 파괴를 피할 수 없네."

개척자들은 무슨 말인지 이해할 수가 없어서 서로 얼굴을 마주본 뒤, 다시 사이러스를 바라보았다.

"설명 좀 해주세요." 스필렛이 말했다.

"설명하겠네." 사이러스가 대답했다. "이건 내가 네모 선장과 단둘이 몇 분 동안 이야기를 나누었을 때 선장이 나한테 설명해준 사실을 자네들한테 그대로 전하는 것뿐일세."

"네모 선장이?" 동료들은 모두 소리쳤다.

"그렇다네. 그분은 죽기 전에 마지막 도움을 주려고 했지."

"마지막 도움이라고요?" 펜크로프가 외쳤다. "마지막 도움이라니! 그분은 죽어서도 우리를 도우려 하고 있단 말입니까?"

"네모 선장이 도대체 뭘 설명했습니까?" 기자가 물었다.

그러자 사이러스가 대답했다.

"이 링컨 섬의 상황은 태평양의 다른 섬들과 다르다는 걸 자네들도 알아주었으면 좋겠네. 이 섬만은 특별해서, 조만간 바다 속에 잠겨 있는 부분이 붕괴하도록 되어 있다네. 네모 선장이 가르쳐준 게 바로 그걸세."

"붕괴한다고요? 링컨 섬이? 설마!" 펜크로프가 외쳤다. 그는 물론 사이러스를 존경하고 있었지만, 그래도 믿기지 않는다는 듯 어깨를 으쓱하지 않을 수 없었다.

"잘 듣게, 펜크로프. 이건 네모 선장이 확인해주었고, 나 자신도 어제 '다카르 지하 사원'에 가서 확인한 사실일세. 그 지하 사원은 섬 내부를 지나 화산까지 뻗어 있네. 맨 안쪽에 있는 암벽이 화산 중앙의 용암 분출로와 지하 사원 사이를 갈라놓고 있을 뿐이지. 그런데 그 암벽에 틈새와 균열이 잔뜩 생겨 있고, 화산 내부에서 발생한 유황가스가 벌써 그 갈라진 틈새로 새어나오고 있다네."

"그래서요?" 펜크로프가 심각한 표정으로 이마에 주름을 잡으면서 물었다.

"그 틈새가 화산 내부의 압력으로 점점 벌어지고 있고, 암벽에도 조금씩 균열이 생기기 시작한 것을 확인했네. 조만간 동굴에 가득 찬 바닷물이 암벽 틈새를 통해 화산 내부로 흘러들 걸세."

"그럼 좋잖아요!" 펜크로프가 다시 농담을 하려고 했다. "그 바닷물이 화산의 불길을 꺼줄 테니까요. 그러면 모든 게 끝나요!"

"그래. 모든 게 끝나지! 바닷물이 암벽을 부수고 돌진하여 화산 내부의 분출로를 통해 분화 물질이 부글부글 끓어오르고 있는 화산 밑바닥까지 흘러들면, 바로 그 순간 링컨 섬은 폭발할 거야! 지중해 바닷물이 에트나 화산의 중심부로 흘러들면 시칠리아 섬이 폭발하듯!"

아주 단정적인 이 말에 동료들은 아무 대꾸도 할 수 없었다. 위험이 얼마나 절박한지, 이제는 그들도 이해할 수 있었다.

사이러스의 말은 전혀 과장이 아니었다. 화산은 대부분 바다나 호수 옆에 솟아 있으니까, 근처에 있는 물을 화산 속으로 흘려보내면 불을 끌 수 있지 않을까 하고 생각한 사람은 지금까지도 많았다. 그런데 그런 짓을 하면 지구의 일부를 날려 보낼 위험이 있다. 그것을 그들은 알지 못했다. 불을 강화하면, 증기가 갑자기 팽창하는 보일러처럼 된다. 온도가 수천 도나 되는 밀폐된 곳에 물이 쏟아져 들어가면, 그 물은 순식간에 맹렬한 에너지가 되어 증발하기 때문에 아무리 튼튼한 덮개도 그 에너지를 견뎌낼 수 없다.

따라서 무서운 붕괴 위기에 놓여 있는 이 섬의 운명은 '다카르 지하 사원'의 암벽이 얼마나 버틸 수 있느냐에 달려 있다. 그것은 의심할 여지가 없다. 붕괴는 몇 달이나 몇 주 뒤가 아니라 며칠이나 몇 시간 뒤에 일어날지도 모른다.

개척자들이 맨 처음 느낀 것은 격렬한 고통이었다! 직접 자기

네 몸에 닥쳐오고 있는 위험을 생각했기 때문이 아니라, 이제까지 편안한 안식처를 제공해준 이 땅, 자신들이 풍요롭게 만든 이 섬, 그들 모두가 사랑하고 언젠가는 번영시키려고 애썼던 이 섬이 파괴되어버린다는 생각 때문이었다. 그렇게 많은 노력이 헛수고가 되어버리다니. 그렇게 힘든 작업이 물거품으로 돌아가버리다니.

펜크로프는 눈물을 억누를 수가 없었다. 볼을 타고 흘러내리는 눈물을 감추려고도 하지 않았다.

대화는 그후에도 잠시 계속되었다. 개척자들에게 어떤 가능성이 남아 있느냐가 논의되었다. 하지만 결국에는 한시도 시간을 낭비하지 말고 경이적인 속도로 작업을 진행하여 빨리 배를 완성하자는 결론에 이르렀다. 그것이야말로 그들이 살아남을 수 있는 유일한 기회였다.

배를 만드는 데에는 모두의 힘이 필요했다. 이제 밀과 채소를 수확하거나 사냥을 하여 그래닛 하우스의 창고를 채워봤자 무슨 소용이 있겠는가? 지금 창고와 부엌에 있는 식량을 배에 옮겨 싣기만 해도, 오랜 항해를 충분히 견딜 수 있을 것이다. 필요한 것은 피할 수 없는 파국이 찾아오기 전에 배를 만들어내는 것이다.

맹렬한 기세로 작업이 재개되었다. 1월 23일, 배의 절반에 두꺼운 외판을 씌웠다. 그때까지 화산 꼭대기에는 아무 변화도 보이지 않았다. 여전히 분화구에서 토해내는 것은 불길과 빨갛게 달구어진 돌멩이가 섞인 증기와 연기였다. 그런데 23일에서 24일에 걸친 밤에 화산의 고원 높이까지 올라와 있던 용암의 힘으로 원뿔 모양의 산꼭대기가 허물어졌다. 무서운 굉음이 울려 퍼졌다. 순간 개척자들은 섬이 붕괴했나 하고 놀라서 그래닛 하우스

밖으로 뛰쳐나왔다.

밤 두 시경이었다.

하늘은 빨갛게 타오르고 있었다. 원뿔 모양의 산꼭대기(높이 300미터 이상, 무게는 수백만 톤)가 무너져 내려 대지를 뒤흔들었다. 다행히 이 원뿔 모양의 산꼭대기는 북쪽으로 기울어져 있었기 때문에, 화산과 바다 사이에 펼쳐진 모래톱과 응회암 평원 위로 떨어졌다. 더욱 크게 입을 벌린 분화구는 강렬한 빛을 하늘로 던졌고, 그 빛이 다시 반사하여 대기가 하얀 빛을 내고 있는 듯이 보였다. 동시에 용암이 새로운 산꼭대기로 뭉클뭉클 올라와, 수반에서 물이 넘쳐흐르듯 띠 모양의 급류를 이루며 뿜어져 나오고 있었다. 화산 비탈에는 수많은 용암류가 불타는 뱀처럼 기어 다니고 있었다.

"우리가, 가축우리가 당한다!" 에어턴이 외쳤다.

에어턴의 외침 소리에 개척자들은 얼룩말 우리로 달려가 수레를 맸다. 모두 한 가지밖에 생각하지 않았다! 우리로 달려가서 거기에 갇혀 있는 동물들을 풀어주어야 한다.

밤 세 시가 되기 전에 그들은 가축우리에 도착했다. 산양과 염소들은 잔뜩 겁을 먹은 채 비명을 지르고 있었다. 벌써 걸쭉하게 녹은 뜨거운 용암류가 산 위에서 초원으로 내려와, 우리를 둘러싼 울타리 쪽으로 다가오고 있었다. 에어턴이 출입문을 열어젖히자 짐승들은 미친 듯이 사방팔방으로 달아났다.

한 시간 뒤, 솟아나온 용암은 가축우리를 덮쳐 그곳에 흐르고 있는 개울물을 증발시키고 오두막에 불을 질렀다. 오두막은 짚단처럼 불길에 휩싸였고, 울타리도 남김없이 불에 삼켜졌다. 우리에는 이제 아무것도 남지 않았다.

용암류가 불타는 뱀처럼 기어 다니고 있었다

개척자들은 이 용암의 침략에 맞서 싸우려고 했다. 하지만 용암의 흐름을 막으려고 애쓰는 것은 무모하고 소용없는 일이었다. 이런 대이변 앞에서 인간은 너무도 무력했다.

1월 24일 아침이 밝았다. 사이러스와 동료들은 그래닛 하우스로 돌아가기 전에 이 홍수 같은 용암이 흐르는 방향을 확인하려고 했다. 프랭클린 산은 전체적으로 보아 동쪽으로 기울어져 있기 때문에, 나무가 울창한 '벌잡이새 숲'이 중간에 가로놓여 있기는 하지만 용암이 '전망대'까지 밀려올 우려가 있었다.

"호수가 우리를 지켜줄 거야." 스필렛이 말했다.

"그렇게 되기를 기대하세!" 사이러스가 받았지만, 그 이상은 아무 말도 하지 않았다.

개척자들은 프랭클린 산의 원뿔형 꼭대기가 무너져 내린 평원까지 가보려고 했지만, 용암이 앞길을 가로막고 있었다. 용암은 '붉은 내' 골짜기와 '폭포 내' 골짜기를 흘러내리면서 강물을 증발시키고 있었다. 이 용암의 흐름을 건너는 것은 무리였다. 용암을 건너기는커녕 용암에서 점점 후퇴해야 했다. 꼭대기가 뜯겨나간 화산은 이제 프랭클린 산이라는 것을 알아보지 못할 정도였다. 오래된 분화구는 사라지고, 산마루는 탁자처럼 평평해져 있었다. 그 남쪽과 동쪽 가장자리에 생긴 두 개의 균열에서 끊임없이 용암이 넘쳐나와, 두 줄기의 확실한 흐름을 만들고 있었다. 새 분화구 위에서는 연기와 재로 이루어진 구름이 하늘로 솟아오른 증기와 한데 뒤섞이고 있었다. 요란한 우레 소리가 이어졌고, 이것도 산 속에서 울려나오는 굉음과 뒤섞였다. 분화구에서는 화성암도 뿜어져 나오고 있었다. 그것은 300미터가 넘게 날아오른 뒤, 구름 속에서 부서져 산탄처럼 쏟아져 내렸다. 하늘에서는 화산 분화에 응답하여 번개가 치고 있었다.

아침 일곱 시쯤 개척자들은 그 자리에 있을 수 없게 되었다. '벌잡이새 숲' 가장자리까지 피난해 있었지만, 화산암 돌멩이가 사방에 흩날리기 시작했을 뿐만 아니라 '붉은 내' 골짜기에서 넘쳐나온 용암이 가축우리로 가는 길을 차단할 우려가 있었다. 숲 앞쪽에 늘어선 나무에 불이 옮겨 붙었다. 수액은 순식간에 증기로 변하여 나무를 화약 상자처럼 날려 보냈지만, 수액이 적은 나무들은 불길의 홍수 한복판에서도 그대로 잠시 서 있었다.

개척자들은 가축우리와 이어진 길을 되짚어 천천히 후퇴하고 있었다. 하지만 동쪽 산허리의 경사가 가팔랐기 때문에 용암의 속도가 빨라서, 용암의 아래층이 굳자마자 걸쭉한 새 용암이 그 위를 뒤덮었다.

그러는 동안에도 '붉은 내' 골짜기를 흘러내리는 커다란 용암류는 점점 위험해졌다. 주위의 숲은 온통 불길에 휩싸였고, 용암 때문에 이미 밑동이 불타기 시작한 나무들 위에는 거대한 연기 소용돌이가 생겨나 있었다.

개척자들은 '붉은 내' 어귀에서 800미터쯤 떨어진 호숫가에 멈춰 섰다. 그들 모두의 생사가 달린 문제를 결정할 때가 다가오고 있었다.

중대한 상황에 맞서는 데 익숙해진 사이러스가 먼저 의견을 말했다. 진실이 어떤 것이든, 동료들이 진실을 이해해주리라는 것을 그는 알고 있었다.

"호수가 용암의 흐름을 막아서 섬의 일부만이라도 파괴되지 않도록 지켜주거나, 아니면 용암류가 '서쪽 숲'까지 덮쳐서 섬에 나무 한 그루 풀 한 포기도 남지 않게 되거나, 둘 중 하나일세. 그

벌거벗은 바위를 둘러보아도 죽음의 세계밖에 없겠지만, 그러는 동안 섬은 폭발하여 진짜 죽음을 맞이할 걸세!"

그러자 펜크로프가 팔짱을 끼고 발로 땅을 차면서 외쳤다.

"그럼 배를 만드는 일을 계속해도 아무 소용이 없군요?"

"펜크로프, 인간은 해야 할 의무를 다해야 해. 끝까지!"

이때 커다란 용암류가 아름드리나무들을 집어삼켜 길을 뚫은 뒤 호숫가로 다가왔다. 그곳은 땅이 조금 올라가 있었지만, 그 땅이 좀더 높으면 용암류가 남쪽으로 내려가는 것을 막을 수 있을지도 모른다.

"일에 착수하세!" 사이러스가 외쳤다.

동료들은 사이러스의 생각을 당장 이해했다. 이 용암의 흐름을 제방으로 막아서 용암이 호수 안으로 흘러들게 하려는 것이다.

개척자들은 조선소로 달려갔다. 그리고 삽과 곡괭이와 도끼를 들고 돌아와, 흙을 나르고 나무를 베었다. 몇 시간 만에 200미터에 걸쳐 1미터 가까운 높이의 제방을 쌓았다. 작업을 끝냈을 때 그들은 겨우 몇 분밖에 일하지 않은 듯한 기분이 들었다.

아슬아슬했다. 제방 쌓는 일이 끝나자마자 걸쭉한 용암이 방어벽 아래까지 흘러왔기 때문이다. 용암류는 물이 불어서 범람하는 강처럼 부풀어 올라, '서쪽 숲'으로 침입하는 것을 방해하고 있는 단 하나의 장애물을 타고 넘기 위해 다가오고 있었다. 하지만 제방은 간신히 용암을 막을 수 있었다. 용암은 제방 앞에서 잠시 머뭇거리는 듯했다. 무서운 1분이 지난 뒤, 용암은 높이가 6미터나 되는 폭포가 되어 호수로 떨어져갔다.

개척자들은 가쁜 숨을 몰아쉬며 꼼짝도 하지 않고 불과 물의 싸움을 말없이 바라보았다.

이 물과 불의 투쟁은 얼마나 놀라운 광경인가! 경탄할 만한 이 공포의 정경을 뭐라고 표현하면 좋을까! 어떻게 묘사하면 좋을까! 물은 끓어오르는 용암에 닿으면 증발하면서 쉬쉬 소리를 낸다. 증기는 공중으로 올라가 높은 곳에서 소용돌이친다. 거대한 보일러의 밸브가 갑자기 열린 것 같다. 하지만 호수에 담긴 물의 양이 아무리 많아도, 이래서는 물이 다 말라버릴 것이다. 용암은 무진장한 원천에서 부글부글 끓어오르는 물질을 끊임없이 대량으로 보급받고 있는데, 호수에는 어디에서도 물이 흘러들지 않기 때문이다.

호수로 떨어진 최초의 용암은 금방 굳어서 바닥에 쌓였고, 얼마 후 수면 위로 모습을 나타냈다. 그 표면에 새 용암이 덮여 굳으면서 호수 중심부로 뻗어나갔다.

이렇게 용암 방파제가 생겨 호수를 메우려 했지만, 호수의 물은 넘쳐흐르지 않았다. 넘쳐흘러야 할 물이 계속 증발했기 때문이다.

쉬쉬거리는 소리와 탁탁 튀는 듯한 소리가 주위의 공기를 찢으며 울려 퍼졌다. 수증기는 바람을 타고 바다 위로 나갔다가 비가 되어 쏟아져 내렸다. 방파제는 계속 뻗어나갔고, 용암 덩어리가 차례로 그 위에 겹쳐 쌓였다. 일찍이 잔잔한 수면이 펼쳐져 있던 곳에 연기를 피워 올리는 거대한 바윗덩어리가 출현했다. 마치 지면이 융기하여 갑자기 엄청난 암초가 모습을 나타낸 것 같았다. 폭풍으로 맹렬히 날뛰던 바다가 갑자기 몰아닥친 영하의 추위에 얼어붙어 그대로 굳어버린 광경을 상상해보라. 저항할 수 없는 용암류가 침입한 지 세 시간 뒤의 호수는 바로 그런 광경을 연상시켰다.

물과 불의 투쟁

이제 물은 불에 패배할 운명이었다.

그래도 용암류가 그랜트 호로 향한 것은 개척자들에게 다행이었다. 이제 며칠 여유가 생겼다. '전망대'와 그래닛 하우스와 조선소는 당분간 위험을 면했다. 이 며칠을 이용하여 배에 외판을 대고 틈새를 세심하게 막아야 한다. 그런 다음 그 배를 바다에 띄우고 대피해야 한다. 안전한 해상으로 나오면 그곳에서 돛대와 돛을 달아도 된다. 섬을 파괴할 폭발의 위험이 바싹 다가왔기 때문에 섬에 머물러 있는 것은 이제 안전하지 않다. 지금까지 안전한 대피소였던 그래닛 하우스의 그 두꺼운 암벽도 언제 와르르 무너져 내릴지 모른다.

그후 1월 25일부터 30일까지 엿새 동안, 개척자들은 배를 만드는 작업에 매진하여 스무 명 몫의 일을 해냈다. 휴식은 거의 취하지 않았다. 분화구에서 솟구쳐 오르는 불길이 주위를 밝게 비추어준 덕에 밤에도 일을 계속할 수 있었다. 용암은 여전히 흘러나오고 있었지만, 그 유출량은 다소 줄어든 것 같았다. 그것은 그나마 다행이었다. 그랜트 호는 용암으로 거의 메워져 있었고, 굳은 용암 위에 다시 새 용암이 밀려오면 그것은 '전망대'로 퍼지고 나아가서는 모래사장도 덮칠 것이기 때문이다.

그래도 섬 동쪽은 이렇게 일부나마 지킬 수 있었지만, 서쪽은 그렇게 되지 않았다. '폭포 내' 골짜기를 흘러내린 두 번째 용암류는 어디에도 장애물이 없었는지, 부글부글 끓어오르는 용암이 '서쪽 숲'에 가득 퍼졌다. 이 무렵에는 맹렬한 더위 때문에 초목이 바싹 말라 있어서, 숲은 눈 깜짝할 사이에 불길에 휩싸였다. 불은 나무의 밑동과 동시에 위쪽의 높은 가지에도 옮겨 붙었다. 나뭇가지가 서로 얽혀 있기 때문에 불은 삽시간에 번져갔다. 용암류가 덮친 나무 밑동보다 오히려 우듬지 쪽에서 불길이 더 빠르고 맹렬하게 번지는 것 같았다.

살쾡이 · 재규어 · 멧돼지 · 카피바라 · 코알라 · 토끼 같은 들짐승과 들새들이 '기구 항'으로 이어진 도로를 넘어 '은혜 강'이나 '흑부리오리 늪' 쪽으로 미친 듯이 달아났다. 하지만 개척자들은 일에 열중한 나머지, 무서운 맹수들한테도 주의를 기울이지 않았다. 그들은 그래닛 하우스를 버렸고, 침니로 피난하려고도 하지 않았다. '은혜 강' 어귀 근처에 천막을 치고 그곳을 임시 거처로 삼고 있었다.

사이러스와 스필렛은 날마다 '전망대'로 올라갔다. 이따금 하버트도 따라갔지만, 펜크로프는 '전망대'에 올라가려고 하지 않았다. 전과는 완전히 달라져버린 섬, 완전히 황폐해진 섬의 모습을 보고 싶지 않았던 것이다.

그것은 정말 가슴 아픈 광경이었다. 수목이 울창했던 섬 전역이 이제 벌거숭이가 되어 있었다. '뱀 반도' 끝에 초록빛 나무들이 조금 남아 있을 뿐이다. 곳곳에 가지가 검게 탄 나무들이 일그러진 모습을 보이고 있었다. 이렇게 파괴된 숲이 '흑부리오리 늪'보다 더 황량했다. 용암은 숲을 완전히 뒤덮고 있었다. 아름다운 초록빛 나무가 무성했던 숲은 이제 용암이 겹쳐 쌓인 황량한 평원이 되어버렸다.

'폭포 내'와 '은혜 강'에서는 물이 한 방울도 흘러들지 않았기 때문에, 그랜트 호마저 완전히 말라버렸다면 개척자들은 갈증을 달래지 못했을 것이다. 하지만 다행히도 호수 남쪽 끝은 피해를 면하고 작은 못이 되어 남아 있었다. 섬에 남은 음료수는 그것뿐이었다.

섬의 북서쪽에는 산줄기가 험하고 날카로운 능선을 그리며, 거대한 발톱을 대지에 박은 것처럼 뻗어 있었다. 얼마나 참혹한 광경인가! 얼마나 소름끼치는 풍경인가! 개척자들에게는 정말 안타까운 일이었다! 하천이 몇 개나 흐르고 많은 농작물을 수확할 수 있는 풍요로운 땅을 갖고 있었는데, 그것이 순식간에 황량한 돌밭으로 변해버렸으니! 식량을 저장해두지 않았다면 살 길을 찾지 못했을 것이다!

"가슴 아프군요." 어느 날 스필렛이 말했다.

"정말이야." 사이러스가 대답했다. "신께서 배를 완성할 수 있는 시간만이라도 주면 좋겠는데!"

"아무래도 화산이 잠잠해지는 것 같지 않습니까? 아직 용암을 토해내고는 있지만, 전처럼 양이 많지는 않은 것 같은데요."

"그건 중요한 게 아닐세. 화산 속에서는 여전히 불이 뜨겁게 타오르고, 바닷물은 항상 거기에 흘러들 가능성이 있으니까. 우리는 불이 난 배의 승객이나 마찬가지야. 불을 끌 수는 없지만, 불이 언젠가는 화약고로 번진다는 걸 알고 있지. 자, 스필렛. 배를 만들러 가세. 한시도 낭비할 수 없어!"

2월 7일까지 일주일 동안 용암은 계속 번졌지만, 분화는 지금까지의 범위를 넘어서지 않았다. 사이러스는 걸쭉한 용암이 모래톱까지 밀려오는 것을 무엇보다 두려워하고 있었다. 그렇게 되면 조선소도 피해를 면할 수 없을 것이다. 그런데 그 무렵 섬의 지면이 진동하기 시작하여 개척자들을 심한 불안에 빠뜨렸다.

2월 20일이 되었다. 배를 바다에 띄우려면 아직도 한 달은 걸린다. 그때까지 섬이 버텨줄까? 펜크로프와 사이러스는 선체의 방수 작업이 끝나는 대로 배를 띄울 작정이었다. 갑판과 선수루,

선내 설비, 돛대와 돛을 다는 작업은 나중에라도 할 수 있겠지만, 어쨌든 개척자들이 섬 밖에 안전한 피난처를 갖는 것이 중요하다. 배는 '기구 항'으로 가져가는 게 좋을 것이다. 분화의 중심부에서 되도록 멀어지는 것이 좋다. 작은 섬과 침니 사이에 낀 '은혜 강' 어귀에 있으면, 섬이 붕괴할 때 배가 짜부라질 위험이 있다. 그들은 선체를 완성하는 데 전력을 기울였다.

3월 3일이 되었다. 이제 열흘쯤 지나면 배를 띄울 수 있을 것으로 예상되었다.

링컨 섬에 온 지 4년째, 개척자들은 무서운 시련에 직면해 있었지만 그들의 마음에 희망이 되살아났다. 펜크로프는 영지가 황폐해지고 피해를 본 뒤로는 말수가 부쩍 줄어들었지만, 그 어두운 표정이 조금 밝아진 것 같았다. 이제 그는 배밖에 생각지 않았다. 모든 희망을 배에 걸고 있었다.

"반드시 배를 완성하겠습니다." 그가 사이러스에게 말했다. "선생님, 서둘러야 합니다. 여름이 가고 이제 곧 가을이 되니까요. 하지만 필요하면 타보르 섬에 기항해서 겨울을 나도 됩니다. 그건 그렇다 쳐도, 링컨 섬에서 살다가 타보르 섬에 가다니! 이런 꼴을 당하게 될 줄은 꿈에도 몰랐어요!"

"일을 서두르세!" 사이러스의 대답은 정해져 있었다.

며칠 뒤에 네브가 물었다.

"나리, 네모 선장님이 아직 살아 있다 해도 이런 일이 일어났을까요?"

"그래, 네브." 사이러스가 대답했다.

"나는 그렇게 생각하지 않아!" 펜크로프가 네브의 귀에 대고 속삭였다.

"나도 그래요!" 네브가 진지한 표정으로 대답했다.

3월 첫 주에 프랭클린 산은 다시 험악해졌다. 분화구에는 또다시 용암이 넘쳐흘러 모든 산비탈을 타고 흘러내렸다. 용암류는 단단히 굳은 응회암 표면을 달려, 첫 번째 분화 때 쓰러지지 않고 남은 해골 같은 나무들을 마저 쓰러뜨렸다.

이 용암류가 이번에는 그랜트 호의 남서쪽 연안을 내려오더니, '글리세린 내'를 넘어 '전망대'로 쳐들어왔다. 용암류는 개척자들이 만든 것을 모두 공격했다. 풍차도 가끔 사육장도 얼룩말 축사도 남김없이 사라졌다. 새들은 겁을 먹고 사방팔방으로 도망쳤다. 토비와 주피도 온몸으로 두려움을 나타내고 있었다. 대참사가 다가온 것을 본능적으로 알고 있었다. 상당히 많은 동물이 첫 번째 분화 때 이미 죽었고, 살아남은 동물들은 대부분 '흑부리오리 늪'으로 피난했다. 그밖에 '전망대'로 도망쳐온 동물이 조금 있을 뿐이었다. 하지만 이 마지막 피난처도 마침내 폐쇄되고 말았다. 큰 강을 이룬 용암은 '전망대' 가장자리를 넘어 불의 폭포처럼 모래톱으로 떨어지기 시작했다. 엄숙할 만큼 무서운 그 광경은 무어라고 형언하기 어려웠다. 밤이 되자 걸쭉한 용암이 나이아가라 폭포를 이루었다! 하얀 빛을 내는 뜨거운 증기는 하늘로 피어오르고, 부글부글 끓어오르는 용암의 흐름은 땅으로 떨어졌다!

개척자들은 궁지에 몰려 있었다. 배의 흘수선 위쪽 이음매에는 방수용 충전물을 아직 충분히 채워넣지 않았지만, 그들은 배를 띄우기로 결정했다.

펜크로프와 에어턴은 진수 준비에 착수했다. 이튿날인 3월 9일 아침에 배를 띄우기로 했다.

그런데 8일에서 9일에 걸친 밤에 분화구에서 거대한 증기 기둥이 솟아올랐다. 증기는 무시무시한 폭발음과 함께 1000미터 가까운 높이까지 치솟았다. '다카르 지하 사원' 암벽이 가스 압력에 굴복하여 허물어졌고, 바닷물이 중앙 분출로를 통해 활활 타고 있는 화산 속 불길로 돌진하여 순식간에 증기로 변한 것이 분명했다. 하지만 이 증기를 토해내기에는 분화구가 너무 작았다. 100킬로미터가 넘게 떨어진 곳에서도 들릴 만큼 무시무시한 폭발음이 대기층을 뒤흔들었다. 화산 자체도 산산조각으로 부서져 태평양에 가라앉았고, 링컨 섬이 있었던 곳에는 몇 분 사이에 망망대해가 펼쳐졌다.

무시무시한 폭발음이 대기층을 뒤흔들었다

20

태평양의 외딴 바위섬—개척자들의 마지막 피난처—
죽음을 예측하다— 뜻밖의 구조—마지막 선행—
대륙 속의 섬—네모선장의 무덤

길이 10미터, 너비 5미터, 수면 위의 높이가 겨우 3미터밖에
안 되는 외딴 바위섬—그것이 태평양의 파도에 잠기지 않은 유
일한 피난처, 발을 디딜 수 있는 유일한 곳이었다.

그래닛 하우스의 바위산에서 남은 것은 오직 그것뿐이었다!
암벽은 무너지고 붕괴했다. 파괴된 대청 암석 가운데 일부가 겹
쳐 쌓였고, 맨 위에 있는 바위가 수면 위로 얼굴을 내민 것이다.
주위의 것은 모두 수면 아래로 모습을 감추었다. 프랭클린 산허
리도 폭발할 때 날아가버렸고, '상어 만'의 두 턱을 이루고 있던
용암과 '전망대', 작은 '구조 섬', '기구 항'의 화강암, '다카르
지하 사원'의 현무암, 분화구에서 그렇게 멀리 떨어져 있었던 길
쭉한 '뱀 반도'도 모두 바다 속으로 가라앉았다.

링컨 섬에서 남은 것은 이 비좁은 바위섬뿐이었고, 거기가 여
섯 명의 개척자와 토비의 피난처가 되었다.

동물들도 대재난이 일어났을 때 모두 죽었다. 섬에 살고 있던

새와 들짐승은 모두 바위에 깔려 죽거나 바닷물에 빠져버렸다. 오랑우탄 주피도 땅이 갈라진 틈새로 추락하여 불행히도 죽어버렸다.

사이러스와 스필렛, 하버트, 펜크로프, 네브와 에어턴이 살아남을 수 있었던 것은 그때 천막에 함께 모여 있었고, 파괴된 물질 파편이 여기저기서 우박처럼 쏟아져 내렸을 때 이미 바다에 내던져져 있었기 때문이다.

여섯 사람이 수면 위로 떠올랐을 때 눈에 들어온 것은 100미터쯤 떨어진 곳에 얼굴을 내민 이 바위섬뿐이었다. 그들은 바위섬으로 헤엄쳐 가서 위로 기어올랐다.

벌거숭이처럼 아무것도 없는 이 바위섬에서 여섯 사람은 벌써 아흐레나 살고 있었다. 대재난이 일어나기 전에 그래닛 하우스 창고에서 꺼내둔 약간의 식량과 바위 구멍에 고여 있는 약간의 빗물. 불행한 개척자들이 입에 넣을 수 있는 것은 그게 전부였다. 마지막 희망이었던 배도 파괴되어버렸다. 이 바위섬을 떠날 수단은 전혀 없었다. 불도 없고, 불을 피울 도구도 없었다. 그들의 운명은 이미 정해져 있었다.

3월 18일이 되었다. 지금까지 최소한의 음식밖에 먹지 않았지만, 이제 여섯 명이 이틀 먹을 식량밖에 남지 않았다. 아무리 지혜를 모으고 머리를 굴려보아도 이런 상황에서는 어떻게 해볼 도리가 없었다. 그들의 운명은 신의 손에 맡겨져 있을 뿐이었다.

사이러스는 침착했지만, 스필렛은 신경이 곤두서 있었고, 펜크로프는 가슴에 분노를 가득 담은 채 그 좁은 공간을 오락가락하고 있었다. 하버트는 사이러스 곁을 떠나지 않은 채 그를 뚫어지게 바라보고 있었다. 사이러스가 그들을 구해줄 수 없는지, 묻고 싶어하는 것 같았다. 네브와 에어턴은 운명에 몸을 맡기고 있었다.

"아아, 정말 너무해! 너무 심해!" 펜크로프는 몇 번이나 같은 말을 되풀이했다. "작은 배라도 있으면 타보르 섬에 갈 수 있을 텐데! 아무것도 없어. 아무것도!"

"네모 선장님은 차라리 죽어서 다행이야!" 네브는 딱 한 번 그렇게 말했을 뿐이다.

그후 닷새 동안 사이러스와 동료들은 식량을 극도로 아끼면서 살아남았다. 굶어죽지 않을 만큼만 먹었기 때문에 몸이 몹시 쇠약해졌다. 하버트와 네브는 헛소리까지 하기 시작했다.

이런 상태에서 그들에게 남겨진 희망이 있을까? 아무것도 없었다! 조금이라도 가능성이 있는 거라면? 여기서 보이는 곳을 배가 지나가는 것일까? 하지만 태평양의 이 해역을 배가 지나가는 일은 없다는 것을 그들은 경험으로 알고 있었다. 그래도 스코틀랜드 배가 우연히 이 시기에 타보르 섬으로 에어턴을 데리러 오기를 기대할 수는 없을까? 그것은 있을 법하지 않았다. 그리고 설령 스코틀랜드 배가 온다 해도, 개척자들은 에어턴에게 일어난 사정을 알리는 편지를 타보르 섬에 놔두지 못했기 때문에, 스코틀랜드 배의 선장은 섬에서 아무것도 찾지 못하고 다시 바다로 나가서 훨씬 남쪽 해역을 지나 귀국할 것이다.

그렇다. 여섯 명이 구조될 희망은 전혀 남아 있지 않았다. 그들에게는 무서운 죽음이 기다리고 있을 뿐이다. 그들은 이 바위섬 위에서 굶어죽거나 목이 말라 죽을 것이다.

이미 그들은 주위에서 무슨 일이 일어나고 있는지도 모른 채, 바위섬 위에 축 늘어져 누워 있었다. 오직 에어턴만이 마지막 남은 힘을 짜내어 아직도 고개를 들고 텅 빈 바다에 절망적인 눈길을 던지고 있었다!

그런데 3월 24일 아침, 에어턴이 어느 방향으로 팔을 뻗었다. 그는 우선 무릎을 꿇고 일어난 다음 몸을 일으켜 세웠다. 그 손은 무슨 신호를 보내려는 것 같았다…….

앞쪽에 배가 보였다! 그 배는 정처 없이 그냥 달리고 있는 게 아니었다. 배는 이곳 암초를 향해 오고 있었다! 배는 전속력으로 곧장 다가왔다. 불행한 여섯 사람에게 수평선을 바라볼 수 있는 기력이 남아 있었다면, 벌써 몇 시간 전에 배를 알아보았을 텐데!

"'덩컨' 호다!" 에어턴이 간신히 중얼거리고는 다시 쓰러져 움직이지 않았다.

사이러스와 그의 동료들이 극진한 간호를 받고 의식을 되찾았을 때 그들은 선실에 누워 있었다. 도대체 어떻게 죽음을 면했는지, 그들은 이해할 수가 없었다.

하지만 에어턴의 말을 듣고 그들은 곧 사정을 이해했다.

"'덩컨' 호' 야!" 에어턴이 중얼거렸다.

사이러스는 두 손을 위로 뻗으며 신에게 감사했다.

"아, 전능하신 신이여! 당신은 우리가 구조되기를 바라셨군요!"

그것은 정말로 '덩컨' 호였다. 그랜트 선장의 아들 로버트가 지휘하는 글레나번 경의 쾌속선 '덩컨' 호였다. 배는 타보르 섬에서 에어턴을 찾아내어, 12년 동안 속죄한 그를 조국으로 데리고 돌아가려고 섬에 파견된 것이다!

"'덩컨' 호다!"

개척자들은 구조되었고, 이제 조국으로 돌아가고 있었다.

"로버트 선장." 사이러스가 물었다. "타보르 섬에서 에어턴을 찾아내지 못하고 그 섬을 떠난 뒤, 왜 거기서 북동쪽으로 150킬로미터나 올라올 생각을 했소?"

"스미스 씨." 로버트 그랜트가 대답했다. "그건 에어턴만이 아니라 당신과 다른 동료들도 모두 찾아내려고 생각했기 때문입니다."

"우리 모두를?"

"틀림없이 찾아낼 수 있다고 생각했지요! 링컨 섬에서!"

"링컨 섬이라고?" 스필렛과 하버트, 네브, 펜크로프가 깜짝 놀라서 동시에 소리를 질렀다.

"어떻게 링컨 섬을 아시오?" 사이러스가 물었다. "그 섬은 지도에도 실려 있지 않은데."

"여러분이 타보르 섬에 남기고 간 메모를 보고 알았을 뿐입니다." 로버트가 대답했다.

"메모라고?" 스필렛이 또 소리를 질렀다.

"그렇습니다. 이걸 보세요." 로버트 그랜트가 종이 한 장을 내밀었다. 거기에는 '에어턴과 미국인 개척자 다섯 명이 현재 살고 있는 거주지'라고 씌어 있고, 링컨 섬의 위치가 경도와 위도로 표시되어 있었다.

"네모 선장이다!" 사이러스는 그 메모를 보고, 그것이 가축우리에서 발견한 쪽지와 같은 필체로 씌어진 것을 알아차렸다.

"그랬던가!" 펜크로프가 말했다. "'본어드벤처' 호에 탄 것은 네모 선장이었어요. 과감하게도 혼자 타보르 섬까지 갔다 온 거예요!"

"메모를 놓고 오려고!" 하버트도 말을 거들었다.

"그러니까 내 말이 맞았어요." 선원이 말을 이었다. "네모 선장은 막판에 또 우리를 도와줄 거라고, 제가 그렇게 말했잖아요."

사이러스는 진심으로 감동하여 말했다.

"우리 생명의 은인인 네모 선장의 영혼을 자비로운 하느님이 받아들여주기를 우리 모두 함께 기도하세."

개척자들은 고개를 숙이고 네모 선장의 이름을 중얼거리며 그의 명복을 빌었다.

이때 에어턴이 사이러스에게 다가가서 물었다.

"이 상자를 어디에 놓아두면 좋을까요?"

그것은 링컨 섬이 바다에 가라앉고 있을 때 에어턴이 목숨을 걸고 구해낸 상자였다. 그 상자를 에어턴은 사이러스에게 넘겨주려 하고 있었다.

"에어턴! 아아, 에어턴!" 사이러스는 깊이 감동하여 에어턴의 이름을 되풀이 불렀다.

그리고 로버트 그랜트에게 이렇게 덧붙여 말했다.

"로버트 선장, 당신들이 섬에 남겨두고 간 죄인은 그동안 속죄하고 정직한 인간으로 다시 태어났소. 나는 그와 악수하는 것을 자랑스럽게 생각하오."

그후 링컨 섬 개척자들은 네모 선장과 자신들의 이야기를 로버트 그랜트에게 들려주었다. 선장은 암초의 위치를 측정한 뒤(암초는 앞으로 태평양 지도에 실릴 것이다) 출항 명령을 내렸다.

2주 뒤에 개척자들은 미국 대륙에 상륙했다. 조국은 정의와 권리를 가져다준 전쟁이 끝난 뒤 평화를 되찾고 있었다.

네모 선장이 링컨 섬 개척자들에게 남긴 상자 속의 보물은 대부분 아이오와 주에 넓은 땅을 사는 데 쓰였다.

다만 그 보물 중에서 가장 아름다운 진주 한 알만은 '덩컨' 호 덕분에 조국으로 돌아온 조난자들의 이름으로 글레나번 경 부인에게 바쳐졌다.

아이오와 주에 넓은 땅을 마련한 개척자들은 링컨 섬에서 환대하려고 생각했던 모든 이들에게 호소했다. 그 땅에서 그들과 함께 열심히 일하여 재산을 쌓아올리고 행복을 잡자고 호소한 것이다. 그곳에는 넓은 개척지가 건설되었고, 태평양 해저에 가라앉은 링컨 섬의 이름이 붙여졌다. 이 개척지에는 '은혜 강'이라는 이름의 강, 프랭클린 산이라는 이름의 산, 그랜트 호라는 작은 호수, '서쪽 숲'이라고 불리게 된 숲도 있었다. 그곳은 바로 육지 속의 섬이었다.

사이러스와 동료들의 유능한 솜씨 덕분에 개척지는 번영을 누렸다. 일찍이 링컨 섬에서 함께 살았던 개척자들은 한 사람도 빠짐없이 그곳에 모여 있었다. 그들은 줄곧 함께 살자고 맹세했기 때문이다. 네브는 주인이 있는 곳을 떠나지 않았고, 에어턴은 어떤 일에도 몸을 바치려 하고 있었다. 펜크로프는 선원보다 농부가 더 잘 어울렸고, 하버트는 사이러스의 지도 아래 많은 것을 배우고 있었다. 스필렛은 〈뉴링컨 헤럴드〉지를 발간했는데, 이것은 전 세계에서 가장 많은 정보를 주는 신문이 되었다.

사이러스 스미스와 그의 동료들은 글레나번 경 부부를 몇 차례나 이 개척지에 초대했다. 또한 존 맹글스 선장과 그의 아내 (로버트 그랜트의 누나), 로버트 그랜트, 맥내브스 소령도 찾아왔다. 이들은 모두 그랜트 선장과 네모 선장의 이야기에 관련된 사람들이다.

이 개척지에서 그들은 과거에도 그러했듯이 지금도 한마음이 되어 행복하게 살았다. 하지만 그들은 그 섬을 결코 잊지 않았다. 맨몸이나 다름없는 비참한 상태로 상륙한 섬, 4년 동안이나 그들에게 필요한 것을 제공해준 섬, 지금은 손바닥만 한 암초가 되어 태평양의 거친 파도에 씻기고 있는 섬, 그리고 네모 선장이라는 인물의 무덤이 된 그 섬을 아무도 잊지 않았다! ■

"쥘 베른은 과거의 낭만주의와
미래의 사실주의가 만나는
문학의 교차로에 서 있었다."

빅터 코헨, 〈컨템퍼러리 리뷰〉(1966년)에서

1. 쥘 베른과 그의 시대

쥘 베른(Jules Verne)은 과학의 시대가 시작될까 말까 한 1828년
에 태어나 20세기가 막 시작된 1905년에 세상을 떠났다. 그러니 그
는 19세기 사람이었다. 게다가 그는 기술자도 아니고 과학자도 아
니었다. 그런데도 그는 20세기에 이룩된 놀라운 과학기술의 진보에
실질적으로 참여했다. 그는 영감을 받은 몽상가, 앞으로 인류에게
일어날 일을 오래전에 미리 '보고' 글로 쓴 예언자였기 때문이다.

베른의 주요 업적은 분명 동시대인들의 과학적·낭만적 열망을
표출한 것이었다. 그는 언뜻 보기에 불가능해 보일 수도 있는 것에
다 기존 지식과 그럴듯한 추론을 적용하여, 독자 대중이 미래를 미
리 맛볼 수 있게 해주었다. 하지만 그는 거기에서 그치지 않았다. 베
른은 진보와 과학과 산업주의에 대한 믿음을 자극하는 한편, 산업
시대와 불가피하게 결부될 것으로 여겨진 비인간성과 비참한 사회
현실에서 벗어날 수 있는 탈출구를 제공했다.

하지만 무엇보다도 그는 뛰어난 몽상가였다. 그는 내면의 눈으로 본 장면들을 놀랄 만큼 정확하고 생생하게 묘사했기 때문에, 수많은 독자들도 저자만큼 또렷하게 그 장면들을 볼 수 있을 정도였다. '경이의 여행'(Voyages extraordinaires) 시리즈를 이루고 있는 60여 편(중편과 작가 사후에 발표된 작품을 포함하면 80편에 이른다)의 책을 보면, 지상이나 지하나 하늘에 그가 묘사하지 않은 곳이 한 군데도 없고, 실제 과학에서 이루어진 발전들 가운데 그가 풍부한 상상력으로 미래의 상황을 정확하게 예측하고 과감하게 이용하지 않은 것이 하나도 없었다.

간단히 말해서 쥘 베른은 이 세상에 'SF'(Science Fiction)를 가져다주었다. 물론 신기한 이야기는 오래전부터 존재해왔다. 베른이 한 일은 당시의 과학적 성취를 넘어서지만 인간의 꿈을 이루는 아이디어를 진지하게 다루고 체계적으로 개발한 것이었다. 그는 정보와 이야기를 결합했고, 이 새로운 공식을 근대 테크놀로지의 테두리 안에 도입함으로써 모험과 판타지를 과학소설로 변화시켰다.

하지만 베른이 문학에 이바지한 것이 과학소설뿐이라고 생각하는 것은 잘못이다. 좀더 자세히 살펴보면, 모험소설 작가들도 모두 베른에게 큰 빚을 지고 있다는 것을 알 수 있기 때문이다. 베른의 소설을 읽다 보면 작가는 동시대의 과학자나 탐험가들을 실명 그대로 등장시켜, 그들의 현재진행형 업적을 끊임없이 독자들에게 일깨운다. 그럼으로써 베른이 만들어낸 허구의 과학자들과 그들의 장래 계획도 독자들이 믿지 않을 수 없게 한다. 현재의 과학을 언급함으로써 미래의 과학을 '실재'시킨다고나 할까. 베른 연구의 권위자인 I.O. 에번스는 이런 기법의 소설을 일컬어 '테크니컬 픽션'이라고 불렀다.

이렇게 놀라운 상상력과 천재적인 통찰력을 가진 작가 쥘 베른은 어떤 사람이었는가? 그는 어떤 인생을 살았을까? 사실은 놀랄 만큼 평범하다.

쥘 베른은 1828년 2월 8일에 프랑스 북서부의 항구도시 낭트의 페이도 섬에서 태어났다. 낭트는 1598년에 앙리 4세가 '낭트 칙령'을 발표하여 36년간에 걸친 종교전쟁에 마침표를 찍은 곳으로 유명하지만, 대서양으로 흘러드는 루아르 강 연안에 위치한 지리적 여건 때문에 예로부터 해외무역 기지로 발달한 도시다. 특히 18세기 초에는 프랑스의 잡화와 아프리카의 노예와 아메리카 대륙의 산물을 교환하는 이른바 '삼각무역'으로 프랑스 제1의 무역항이 되어 번영을 누렸다.

쥘 베른의 외가는 15세기에 귀족의 지위를 얻은 지방 명문 집안이지만, 일찍부터 낭트로 나와 해운업과 무역업에 종사하고 있었다. 쥘의 어머니 소피 드 라 퓌의 친할아버지는 유복한 선주였고 외할아버지는 항해사였다고 한다. 한편 베른 집안은 대대로 법관을 배출한 법률가 가문인데, 원래 낭트에 연고가 있었던 것은 아니지만 1825년에 쥘의 아버지 피에르가 낭트에 법률사무소를 차리고 이곳으로 이주했다. 이렇게 낭트에서 두 집안이 인연을 맺어, 이윽고 쥘이 태어나게 된 것이다.

그 무렵 낭트는 혁명기의 내란과 동인도회사 폐지 등의 영향으로 100년 전의 활기는 잃어버렸지만, 이국정서가 풍부한 항구도시로서 번영의 흔적을 간직하고 있었다. 그런 환경 속에서 태어나 자란 덕에 쥘 소년의 마음에도 일찍부터 바다와 이국에 대한 동경이 싹튼 모양이다.

그의 생애를 이야기할 때면 반드시 인용되는 에피소드가 하나 있다. 열한 살 때인 1839년, 동갑내기 사촌누이에게 연정을 품고 있던 쥘은 산호목걸이를 구해다 선물하려고 인도로 가는 원양선에 몰래 탔다가 배가 프랑스 해안을 벗어나기 직전에 루아르 강어귀에서 아버지에게 붙잡혀 호된 꾸지람을 들었다. 그때 소년은 "앞으로는 상상 속에서만 여행하겠다"고 맹세했다고 한다. 이 유명한 '전설'이 사실인지 아닌지는 알 수 없지만, 낭만적인 꿈을 좇아 미지의 나라로 여행을 떠나려는 소년의 모습은 과연 쥘 베른답다는 생각이 든다.

현실의 여행을 금지당한 쥘은 집안의 전통과 아버지의 뜻에 따라 법조계에 진출하려고 파리로 나와 법률 공부를 시작한다. 베른 집안처럼 법조계와 관계가 깊은 가문이 아니더라도 19세기 부르주아 집안의 자제들은 법률가가 되는 것이 일반적인 진로의 하나였다. 유명한 작가들 중에도 발자크, 메리메, 플로베르, 모파상 등이 젊은 시절에 법률을 공부했다.

파리로 나온 베른은 샤토브리앙(프랑스 낭만주의의 선구적 작가)의 누나와 결혼한 삼촌의 소개로 문학 살롱에 드나들게 되었고, 거기서 알렉상드르 뒤마(아버지)와 사귀게 되었다. 뒤마는 《삼총사》와 《몬테크리스토 백작》의 작가로 유명하지만, 무엇보다도 연극계의 거물이었다. 소년 시절부터 문학(특히 극작)에 관심을 가지고 있었던 베른은 1849년에 법학사 학위를 받았지만, 낭트로 돌아가지 않고 문학의 길을 걷기로 결심한다. 20대 초반부터 30대 초반까지 그는 희극이나 중편소설, 특히 오페레타의 대본을 쓰고, 셰익스피어와 에드거 앨런 포의 작품, 여행기, 과학서 등 많은 책을 읽었다. 베른에게는 화려한 비약을 앞둔 수련기였다.

1857년에 베른은 두 아이가 딸린 젊은 과부 오노린과 결혼했다.

이 결혼에는 수수께끼 같은 부분이 많고, 그후의 생활에 대해서도 베른 자신은 거의 언급하지 않았다. 이윽고 아들도 태어나고, 겉보기에는 죽을 때까지 평온한 가정생활이 계속되지만, 여러 가지 점으로 보아 그에게는 여성과 결혼을 혐오하는 경향이 있었던 것 같다. 작품의 등장인물을 보아도 독신 남자가 압도적으로 많고, 여성 등장인물은 거의 판에 박힌 조역에 머물러 있다.

어쨌든 이 결혼으로 베른의 생활은 가정 밖에서도 크게 달라지게 되었다. '생계를 위해' 처남의 소개로 증권거래소에 취직한 것이다. 베른과 주식은 전혀 어울리지 않는 듯 보이지만, 19세기 후반부터 20세기 초까지 주식시장의 발전과 함께 투자는 대중적으로 널리 보급되어 있었고, 당시 문인들 중에도 주식에 관여한 사람이 많았다. 베른도 주식거래를 통해 과학기술과 산업의 발전 및 사회생활의 변화를 실감하고, 전 세계의 정보를 간접적으로 얻고 있었다. 그런 관점에서 생각하면 당시 문인과 주식의 관계는 재미있는 연구 과제가 될지도 모른다.

증권거래소에 드나들면서도 베른의 문학 활동은 계속되었다. 작품은 역시 가벼운 희곡이 중심이었지만, 〈가정박물관〉이라는 잡지가 그의 주된 활동 무대였다. 이 월간지는 가족용 교양오락잡지로서, 문학 이외에 과학이나 지리적 발견을 삽화와 함께 게재하고 있었다. 베른은 나중에 소설의 원형이나 소재가 될 만한 이야기를 이 잡지에 많이 발표했다.

1862년, 베른은 기구를 타고 아프리카를 탐험하는 이야기를 썼다. 기구는 당시 사람들의 관심을 모으고 있었고, 특히 유명한 사진작가이자 소설가 · 저널리스트 · 평론가 · 만화가로도 활약한 나다르(Nadar, 1820~1910)가 1863년에 기구 '거인호'로 실험 비행을 한 것은 엄청난 센세이션을 불러일으켰다. 베른과 나다르는 기구에 대한 열정을 계기로 의기투합하여 평생 친구가 되었지만, 나다르의 비행 계획은 유럽 전역에서 큰 반향을 얻은 반면 베른의 소설은 출판할 전망조차 보이지 않았다. 그는 원고를 들고 여기저기 출판사를 찾아다니는 형편이었다. 그 무렵, 베른의 생애에서 가장 중요한 만남이 이루어진다. 피에르 쥘 에첼(Pierre-Jules Hetzel, 1814~86)과의 만남이었다.

에첼은 단순한 출판업자가 아니었다. 직접 펜을 들고 많은 작품을 쓴 작가였고, 철저한 공화주의자로서 2월혁명 이후 수립된 임시정부에서는 각료급 요직을 맡기도 했다. 출판에서는 빅토르 위고나 조르주 상드 같은 위대한 낭만주의 작가들의 보급판 책을 펴내고 있었지만, 나폴레옹 3세의 제2제정이 시작되자 벨기에로 잠시 망명했다가 파리로 돌아온 뒤에는 아동도서 출판에 힘을 쏟게 된다. 당시 프랑스에서는 교회가 아동 교육을 지배하고 있었다. 프랑스의 미래는 교육에 달려 있다고 생각한 에첼은 젊은 두뇌가 시대에 뒤떨어진 교육에 묶여 있는 현실을 개탄하고, '재미있고 유익한 책', 특히 당시의 교회 교육에서는 무시되고 있던 유용한 과학 지식을 알기 쉽게 가르치는 서적을 출판하여 새 시대에 어울리는 아이들을 키우려고 한 것이다.

1862년 당시, 에첼은 청소년용 잡지인 〈교육과 오락〉을 창간할 계획을 세우고 집필자를 찾고 있었다. 따라서 두 사람의 만남은 양쪽에 결정적인 사건이 되었다. 에첼은 아직 다듬어지지 않은 베른의 원고를 읽고 그 재능을 간파하여 장기 계약을 제의했다. 베른은 물론 크게 기뻐하며 승낙하고, 이리하여 소설가 베른이 탄생하게 된 것이다.

베른의 원고는 에첼의 조언에 따라 수정된 뒤, 1863년에 《기구를 타고 5주간》이라는 제목으로 출판되어 대성공을 거두었다. 그후 풍부한 결실을 맺은 2인3각의 활동이 시작된다. 베른은 쌓여 있던 것을 토해내듯 차례로 작품을 써냈고, 그의 작품은 대부분 〈교육과 오락〉을 비롯한 잡지나 신문에 연재된 뒤 에첼의 출판사에서 단행본으로 간행되고, 다시 삽화를 넣은 선물용 호화장정본으로 재출간된다. 수많은 판화로 장식된 호화장정본은 당시 선물용으로 인기를 끌었을 뿐 아니라 지금도 애호가들이 군침을 흘리는 대상이고, 파리에는 '쥘 베른'이라는 전문 고서점까지 있을 정도다.

이리하여 '경이의 여행' 시리즈로 지금도 전 세계 독자들에게 사랑받고 있는 걸작들이 1년에 두세 권이라는 놀랄 만한 속도로 잇따라 태어났다. '알려져 있는 세계와 알려지지 않은 세계'라는 부제로도 알 수 있듯이 '경이의 여행'은 인간이 아직 발을 들여놓지 않은 미개지, 망망대해에 떠 있는 무인도로의 여행으로 끝나는 것은 아니다. 지구의 중심으로 들어가거나, 극지방으로 가거나, 공중으로 떠오르거나, 바다 밑바닥으로 내려가거나, 지구의 대기권을 뚫고 우주로 날아가는 등 웅장한 규모를 갖는 모험 여행이다. '경이의 여행'에는 지리학·천문학·동물학·식물학·고생물학 등 많은 정보와 지식이 들어 있기 때문에 '백과사전 여행'으로도 볼 수 있다. 또한 인간 형성의 통과의례가 아니라 유럽인의 근저에 숨어 있는 신화나 종교에 도달하기 위한 '통과의례 여행'이기도 하다.

'경이의 여행'은 요즘 말하는 SF의 선구이기도 했다. 실제로 잠수함, 포탄에 의한 우주여행, 비행기계, 입체 영상 장치, 움직이는 해상 도시 등 현실보다 앞선 작품 속에서 '발명'되거나 실용화된 기계와 장치도 많다. 그런 것이 등장하지 않는 경우에도 베른의 작품은 언제나 학문적인 지식이나 기술적인 정보를 많이 담고 있어서, 계몽적 과학소설의 면모를 갖추고 있다.

이런 작품들이 태어난 배경에는 물론 당시의 과학기술이나 산업의 발달, 그에 수반되는 세계의 확대, 정보량의 증가 등의 현상이 있다. 19세기 후반에는 전기를 중심으로 하는 온갖 발명과 발견이 잇따랐을 뿐 아니라, 철도와 기선이 눈부시게 발달했고 전신망이 전 세계로 뻗어갔으며, 증권거래소는 활기에 넘쳤고, 신문 발행 부수는 크게 늘어났다. 런던과 파리에서는 세계박람회가 열려, 최신 과학기술과 전 세계의 문물을 전시하여 사람들의 꿈을 자극했다. 인류는 지식을 통해 커다란 힘을 얻고 끝없이 진보할 거라고 당시 사람들은 믿었다. 베른은 그런 낙관적인 미래를 작품 속에 끌어들여 소년의 꿈과 결부시킨다. 그의 작품에 자주 등장하는 만물박사는 그런 세계에서의 이상적인 인물상이라고 할 수 있다.

물론 현대의 관점에서 보면 과학기술의 진보가 좋은 결과만 가져온 것은 아니다. 산업의 발달은 한편으로는 빈부격차와 생활환경 악화를 낳았고, 과학의 발달은 전쟁 기술의 진보를 가져왔다. 유럽인의 세계 진출은 인종차별과 결부된 식민지 지배가 되어, 이윽고 20세기에 일어난 두 차례의 세계대전으로 이어진다.

베른이 평화사상과 인도주의의 입장에 선 작가였다는 것은 작품에 묘사된 이상사회의 모습과 전쟁 비판, 노예제 폐지, 민족해방 등의 메시지를 보아도 분명하지만, 한편으로는 졸라나 디킨스와는 달리 현실의 사회적 모순에는 별로 눈을 돌리지 않았음도 인정해야 한다. 또한 그의 작품에 되풀이 묘사되는 탐험이나 건설의 꿈이 당시 제국주의적인 식민지 확대 경쟁과 보조를 맞춘 것도 부인할 수 없다. 휴머니즘을 호소하면서 식민지 지배를 긍정하는 것은 모순된

태도지만, 당시 사람들에게는 그런 의식이 거의 없었다. 베른도 미개지에 문명을 가져다주는 한 식민지 지배도 나쁘지 않다고 생각한 것 같다. 문학에 과학기술을 도입하고 소년 독자층을 개척했다는 면만이 아니라 그런 면에서도 베른은 시류를 탄 작가, 또는 시류보다 한 걸음 앞서 나아간 작가였다고 말할 수 있다.

1869년에 《해저 2만리》를 발표한 뒤, 1872년에는 전쟁(1870년의 프랑스-프로이센 전쟁)과 혁명(1871년의 파리코뮌)으로 불안정해진 파리를 떠나 아내의 고향인 아미앵으로 이주한다. 이 무렵부터 그는 국민적, 아니 세계적인 명성을 얻게 되었다. 《80일간의 세계일주》 연재가 유럽과 미국의 독자들까지 들끓게 한 것을 비롯하여 《신비의 섬》과 《황제의 밀사》 등이 차례로 베스트셀러가 되었고, 연극으로 각색되어 대성공을 거두었다. 레지옹도뇌르 훈장, 아카데미 프랑세즈 문학상 등의 영예도 얻었고, 사교계에서도 인기를 얻게 된다.

하지만 만년에 가까워질수록 베른의 사상은 차츰 염세적인 색채를 띠기 시작한다. 진보에 대한 의문, 미래에 대한 회의, 나아가서는 인간에 대한 불신이 작품 속에 감돌게 된다. 물론 《해저 2만리》의 네모 선장의 모습에서 볼 수 있듯이, 그의 작품에는 원래 수수께끼 같은 어두운 정념이 숨어 있었다. 하지만 《카르파티아 성》과 《깃발을 바라보며》 등 후기로 갈수록 회의적인 분위기가 짙어지는 것도 분명하다.

이런 작풍 변화에 대해서는 베른의 사생활에 일어난 불행이 영향을 미쳤다는 설도 있다. 1886년 3월, 정신장애를 가진 조카의 총에 맞아 상처를 입었고, 그로부터 일주일 뒤에는 그의 문학적 아버지라고 해야 할 에첼이 여행지인 몬테카를로에서 죽는다. 그의 시신은 파리로 운구되어 장례식이 치러지지만 베른은 참석하지 않았다. 에첼의 죽음은 베른에게 깊은 슬픔을 안겨주었을 뿐 아니라, 그의 몽상의 어두운 면을 억제하는 역할을 맡아온 인물이 없어진 것을 의미하기도 했다. 다시 이듬해에는 어머니가 세상을 떠난다. 부와 명예가 늘어나면서 세 번이나 바꾼 호화 요트도 처분하고, 그후로는 여행도 떠나지 않게 되었다.

1888년에 그는 아미앵 시의회 의원에 당선되었다. 하지만 사생활에서는 인간혐오증이 더욱 심해져, 사교를 좋아하는 아내가 아무리 부탁해도 좀처럼 사람을 만나려 하지 않은 모양이다. 그런 가운데서도 창작에 대한 정열만은 결코 잃지 않았다. 백내장으로 말미암은 시력 저하와 싸우면서도 규칙적인 집필 생활을 계속하여 해마다 꾸준히 작품을 발표했다.

1905년, 전부터 앓고 있던 당뇨병이 악화했다. 증상이 시시각각 전 세계에 보도되는 가운데, 3월 24일 베른은 가족에게 둘러싸여 숨을 거둔다. 향년 77세. 장례식에는 수많은 사람들이 모여들었고, 전 세계에서 조사(弔詞)가 밀려들었다고 한다.

최근 유네스코(UNESCO)가 조사한 바에 따르면, 쥘 베른은 외국어로 가장 많이 번역된 작가 순위에서 다섯 손가락 안에 꼽히는 것으로 밝혀졌다.* 이처럼 그는 상당히 널리 알려져 있는 작가지만, 좀더 들여다보면 상당히 잘못 알려져 있는 작가이기도 하다. 많은

---

* 유네스코에서 펴내는 《번역서 연감》(Index Translationum)에는 해마다 전 세계에서 새로 출간된 번역서의 총수가 실려 있다. 이 통계 조사가 실시되기 시작한 1948년 이래 쥘 베른은 'Top 10'의 자리를 벗어난 적이 없는데, 21세기에 들어선 이후에는 순위가 더욱 높아져 줄곧 3~5위를 차지하고 있다. 2006년 6월에 발표된 자료에 따르면 베른을 앞선 저자는 월트 디즈니사와 애거사 크리스티뿐이다.

사람들이 베른을 아동용 판타지 작가로만 알고 있는데, 이렇게 된 데에는 물론 그만한 이유가 있다. 그가 성공을 거둔 것은 아동도서 출판업자와 손잡은 결과였고, 베른의 작품 중에는 아동도서 시장을 겨냥한 것도 여럿 있었다. 또한 그의 작품에 나오는 발명품들은 그것을 난생처음 접하는 19세기 독자들에게는 경탄할 만한 것이었지만, 과학 발전의 현실은 곧 그것을 능가해버렸기 때문에 그후의 세대에게는 시시하고 평범해 보였을 것이다.

하지만 이제 그는 더 이상 아동문학가로 여겨지지 않는다. 오히려 과학기술 전문 잡지가 그의 작품을 연구 분석하는 일이 점점 늘어나고 있다. 사실 베른만큼 독특하고 다양한 작품을 창작했거나 교양과 오락을 겸비한 소설을 쓴 작가는 거의 없었다.

이 고독하고 부지런하고 창의적인 작가가 불멸의 존재가 된 이유를 프랑스의 평론가인 장 셰노는 이렇게 설명하고 있다.

"쥘 베른과 '경이의 여행'이 아직도 살아 있다면, 그것은 그 작품들이 20세기가 피하지 못했고, 앞으로도 피하지 못할 문제들을 일찌감치 제기하고 있었기 때문이다."

2. 작품 해설

《신비의 섬》(L'Île mystérieuse)은 1874년 1월부터 1875년 12월까지 〈교육과 오락〉 잡지에 연재된 뒤, 에첼의 출판사에서 단행본으로 출간되었다.

1870년대 전반은 베른이 《해저 2만리》(1870), 《모피의 나라》(1872), 《80일간의 세계일주》(1873) 같은 걸작을 차례로 발표하여 평판을 높인 시기다. 《80일간의 세계일주》는 폭발적인 인기를 얻어, 당시로는 이례적인 베스트셀러가 되었다(10만 부가 넘게 팔렸다고 한다). 그 다음에 쓴 《신비의 섬》도 베른이 작가로서 상승기류를 탔을 무렵의 대표작이라고 할 수 있다.

《신비의 섬》은 무엇보다도 먼저 '로빈슨 이야기' 계열에 속하는 작품이다. 같은 계열에 속하는 《15소년 표류기》의 해설에서도 말했듯이, 어릴 때부터 다니엘 디포의 《로빈슨 크루소》를 애독하여 그 인물에 강한 애착을 갖고 있었던 베른은 다양한 '로빈슨의 모습'을 만들어내려고 애썼다. 《15소년 표류기》는 무인도에 표착한 15명의 소년이 가혹한 환경 속에서 시련을 견디며 살아가는 모험담이다.

하지만 베른의 '로빈슨 이야기'는 언제나 배가 난파하여 무인도에 표착한 조난자들만 다루고 있는 것은 아니다.

초기의 역작 《그랜트 선장의 아이들》(1868)은 상어 뱃속에서 나온 문서를 스코틀랜드 귀족이 읽고, 조난당한 그랜트 선장을 찾아 남아메리카에서 오스트레일리아에 이르는 광대한 지역을 돌아다니다가 결국 태평양의 외딴섬(이 책에도 등장하는 타보르 섬)에 있던 그랜트 선장을 발견하는 모험담이다.

《모피의 나라》는 캐나다의 원정대가 북극권에 기지를 세우려 하지만, 대륙의 일부인 줄 알았던 땅이 사실은 커다란 얼음 덩어리였다는 이야기다. 이 얼음 덩어리가 지진으로 표류하기 시작했고, 거기에 타고 있던 사람들은 결국 해빙의 공포와 싸우다가 위기일발의 순간에 알류샨 열도에 표착한다. 이것도 '로빈슨 이야기'의 변형이라고 볼 수 있다.

이상의 작품 외에도 베른은 《15세의 선장》(1878), 《로빈슨들의 학교》(1882), 《스크류 섬》(1895), 죽은 뒤에 출판된 《조너선 호의 조난자들》(1909)과 《영원한 아담》(1910) 등 로빈슨을 주제로 한 이야기를 많이 썼다. 하지만《신비의 섬》은 3부작으로 이루어진 소설의 웅장한 규모로 보나, 수수께끼를 아로새긴 이야기 전개의 재미로 보아도 '로빈슨 이야기'의 최고 걸작이라고 부르기에 어울리는 작품이다.

베른이 독자적인 '로빈슨 이야기'를 창작하기로 마음먹은 것은 에첼을 만나기 훨씬 전이었던 모양이지만,《신비의 섬》의 원형이 되는 이야기를 실제로 쓰기 시작한 것은 1870년이다. 그러면《로빈슨 아저씨》라는 제목까지 붙인 이 소설의 내용은 어떤 것이었을까.

미국으로 가고 있던 캐나다 범선에서 선상반란이 일어나 선장이 살해된다. 배에는 미국인 기술자 해리 클리프턴과 그의 가족이 함께 타고 있었지만, 해리는 선실에 갇히고 부인과 네 아이는 보트에 실려 바다에 버려진다. 이것을 보고 동정한 프랑스인 선원 플리프가 보트에 올라타고 클리프턴의 가족과 함께 망망대해의 외딴섬에 표착하여 고난의 생활을 시작한다.

거처는 호숫가 동굴로 결정했지만, 그들은 가진 물건이 거의 없고 성냥 한 개비로 겨우 피운 불도 태풍에 꺼져버려 불안한 나날이 이어진다. 어느 날 탐험하러 나간 플리프는 개 짖는 소리를 듣고 빈사상태의 해리를 발견한다. 개는 해리가 키우던 피드였다. 해리는 상처를 입으면서도 애견과 함께 배를 탈출하여 간신히 이 섬에 도착한 것이다. 재회한 클리프턴 가족은 해리의 풍부한 지식 덕분에 급속히 생활을 개선했고, 숲 속에서 만난 오랑우탄을 하인으로 길들여 주피라고 이름짓는다. 가족은 아이들이 '로빈슨 아저씨'라고 부르게 된 플리프와 함께 무인도 생활을 꿋꿋이 견뎌낸다.

여기까지의 줄거리에서도 이미 알아차렸겠지만,《로빈슨 아저씨》의 몇몇 세부는《신비의 섬》과 공통점을 갖고 있다. 예를 들면 거처로 사용된 호숫가 동굴, 애견 피드(《신비의 섬》에서는 토비)의 활약, 기술자의 뛰어난 지식과 재주, 남은 성냥 한 개비, 오랑우탄을 하인으로 길들이는 에피소드 등이다.

베른은 《로빈슨 아저씨》의 제1권 원고(베른은 이 소설을 3권짜리 장편으로 쓸 작정이었다)를 에첼에게 보냈지만, 에첼은 곧 엄격한 비평을 작가에게 써 보냈다. "이 작품의 등장인물은 지금까지 나온 로빈슨 크루소들의 생활을 되풀이하는 데 만족할 뿐, 독창성도 새로움도 없다." 베른은 결국 《로빈슨 아저씨》의 집필을 중도에 포기하여, 이 작품은 미완성으로 끝났다.

베른이 《로빈슨 아저씨》를 포기한 뒤 《신비의 섬》을 잡지에 연재할 때까지 4년 정도의 세월이 흘렀지만, 베른과 에첼의 《왕복서간집》을 읽어보면 1873년 2월에는 베른이 《신비의 섬》 집필에 자신있게 몰두하고 있었음을 알 수 있다. 새로운 구상으로 독자들의 흥미를 끄는 소설을 탄생시키려 한 것이다.

《신비의 섬》의 다섯 조난자들은 과거에 등장한 어느 로빈슨보다 훨씬 열악한 상황(가진 것이 아무것도 없는 처지)에서 살아남기 위해 애쓰는 생활을 시작할 수밖에 없다. 배가 난파하여 조난한 사람들과 달리 '하늘의 조난자'인 그들은 기구를 조금이라도 가볍게 하기 위해 소지품을 모두 내버려야 했기 때문이다. 가진 것이라고는 달랑 몸에 걸친 옷밖에 없는 맨몸뚱이 상태로 출발한 그들은 섬의 풍부한 천연자원을 최대한 활용한다. '무'에서 '유'를 만들어냈다고 해도 좋을 정도다. 이렇게 다섯 사람은 똘똘 뭉쳐서 자신들의 능력을 결집하여 '옛날의 로빈슨 크루소들보다 훨씬 풍족한' 생활을 영위할 수 있게 된다.

사이러스 스미스를 비롯한 개척자들에게 링컨 섬은 하나의 유토

피아가 되었다고 해도 좋다. 재난의 땅이었을 터인 무인도가 어느새 '언제라도 난국을 헤쳐나갈 수 있는' 곳으로 바뀌었기 때문이다. 다섯 명의 개척자들은 이 섬에 조화로운 사회를 구축한다. 그곳에서는 일찍이 범죄자였던 에어턴이나 오랑우탄인 주피까지도 같은 동료로 받아들여진다.

개척자들은 맹수의 침입을 막기 위해 그래닛 하우스와 농장 주위를 호수·하천·인공수로 같은 물의 띠로 둘러싸버렸다. 링컨 섬이라는 무인도 안에 또 하나의 작은 섬을 만든 셈이다. 이것은 사이러스 스미스의 계획이지만, 물론 원작자인 베른의 구상이기도 하다. 프랑스의 비평가 롤랑 바르트(1915~80)는 베른이 어딘가에 틀어박히고 싶다는 어린애 같은 꿈을 품고 있었다고 말하면서 이 《신비의 섬》을 인용한다. 그리고 보면 무인도도 열기구도 달나라로 가는 포탄도 '노틸러스' 호 같은 잠수함도 모두 단절된 좁은 공간에 불과하다.

베른과 에첼의 《왕복서간집》을 통해 우리는 《신비의 섬》을 둘러싼 원작자와 출판업자의 의견 대립을 알 수 있다. 두 사람은 우선 타보르 섬에 버려진 에어턴을 어떻게 다룰 것이냐를 놓고 상당히 격렬하게 대립했다.

에첼은 에어턴이 등장하는 제2부 원고를 읽고 이 과거의 탈옥수가 아무리 오랫동안 무인도 생활을 했다 해도 인간이 그렇게 야만인이 될 수는 없다고 주장했다. 또한 에어턴이 링컨 섬에 끌려간 뒤에도 좀처럼 인간다운 이성을 되찾지 못하는 것에 대해, 그가 야생 상태를 유지하는 기간이 너무 길다고 비난했다.

이에 대해 베른은 강한 어조로 반박한다. "12년 동안 고독한 생활을 했다고 해서 이렇게까지 야만인이 될 수 있느냐고 독자들이 항

의할 것을 당신은 걱정하고 있는 모양인데, 그렇지 않습니다. 중요한 것은 야만인 에어턴이 인간으로 돌아오는 것입니다." 베른은 오랜 무인도 생활 끝에 짐승처럼 되어버린 인간이 선량한 사람들과의 공동생활 속에서 차츰 인간성을 되찾는다는 시나리오에 절대적인 자신감을 갖고 있었다.

또 하나, 《신비의 섬》 제3부에서 네모 선장이 죽기 직진에 내뱉은 마지막 말을 에첼이 멋대로 고쳐 쓴 사실도 밝혀졌다. 현재 간행되고 있는 판에서는 죽어가는 선장이 이렇게 묘사되어 있다. "……일찍이 수많은 불꽃을 내뿜었던 그 눈동자에 마지막 불꽃이 번득였다. 그후 그는 '신과 조국!' 이라고 중얼거리면서 조용히 숨을 거두었다."

그런데 베른의 원고에서는 네모 선장의 마지막 말이 '독립!' 으로 되어 있다. 네모 선장은 《해저 2만리》에서 문명사회와 인연을 끊고 사회의 규율에 따르지 않는 인간으로 묘사되었고, 《신비의 섬》에서도 문명사회에 대한 증오와 공포를 품고 해저로 모습을 감춘 인물로 묘사되어 있다. 따라서 당연히 '독립' 이 네모 선장의 마지막 말로 어울리는 것 같다. 그런데 베른은 에첼의 행위에 이의를 제기하거나 항변하지 않았다(그 이유는 알 수 없다. 베른과 에첼의 강한 유대를 말해주는 에피소드라고 평하는 사람도 있다).

베른은 제2부에서 에어턴을 등장시키고 제3부에서는 네모 선장을 부활시켜, 이 소설을 《그랜트 선장의 아이들》 및 《해저 2만리》와 결부시켰다. 《신비의 섬》은 이들 3부작을 마무리하는 작품으로 볼 수도 있다. 그런데 베른은 처음부터 세 작품을 관련시켜 소설을 구상한 것은 아니다. 그것은 세 소설에 등장하는 사건이 모두 1865년 무렵에 평행하여 일어난 것으로도 추측할 수 있다. 세 작품이 거의 같은 연대의 이야기라면, 에어턴이 무인도에서 12년 동안이나 살았던 것과 네모 선장이 늙어서 죽음을 기다리는 신세가 된 것도 앞뒤가 맞지 않는다.

19세기 프랑스의 위대한 작가 발자크는 자신의 작품을 모두 《인간희극》이라는 제목으로 통합했다. 그리고 작품을 서로 관련시키기 위해 같은 인물이 몇 작품에 걸쳐 등장하는 '인물 재등장' 수법을 사용했다. 베른이 《신비의 섬》에서 에어턴이나 네모 선장을 등장시킨 것도 불완전하나마 '인물 재등장' 수법을 사용했다고 말할 수 있다.

그런데 두 인물을 두 소설에 재등장시킨 결과, 그 활동 시기에 아무래도 의문이 생기게 되었다. 네모 선장은 '노틸러스' 호에 타고 있던 1866년에 프랑스인 교수 일행이 잠수함으로 굴러들어왔다가 1867년에 탈출했다고 말했지만, 늙은 선장이 '다카르 지하 사원'에서 고백하고 있는 시점은 1868년 10월이니까 이치에 맞지 않는다(이런 사실은 베른 자신도 잘 알고 있어서, 그는 '원주'를 덧붙여 그 불합리를 살짝 비껴가고 있다). 이 책에서는 이런 경우 되도록 원작을 살려 '원문 그대로' 처리했다(재미있게도 프랑스 출판사는 책이 판을 거듭해도 그런 오류를 바로잡으려 하지 않는다. 어디까지나 원작자의 뜻을 존중하여 원문을 굳게 지키고 있는 것처럼 보인다).

오른쪽에 나온 링컨 섬 지도는 쥘 베른이 손수 그린 것이다. 꽤나 복잡한 섬의 지형을 솜씨 좋게 그려냈다. 초등학교 시절, 베른은 특별히 우등생이라고는 할 수 없었지만 지도를 보거나 그리는 것은 무척 좋아했던 모양이다. 낭트의 생스타니슬라스 신학교(1837~40년 재학)에 다닐 때는 지리 과목에서 몇 번이나 우등상을 받았다고 한다. 이 책 첫머리에 실린 링컨 섬 지도는 물론 베른이 그린 이 지도를 토대로 작성된 것이다.

영화가 탄생한 지 얼마 지나지 않은 1902년, 프랑스의 영화감독 조르주 멜리에스는 판타지 영화의 걸작인 〈달나라 여행〉을 제작하여 대성공을 거두었는데, 이 영화는 쥘 베른의 《지구에서 달까지》와 《달나라 탐험》을 각색한 작품이다. 베른의 작품은 이렇게 20세기 초부터 영화인들의 창작 의욕을 크게 자극했고, 그의 소설 대부분이 영화로 만들어졌다. 특히 《신비의 섬》은 미국과 그밖의 나라에서 20편 가까이 영화화되었다.

본문 속의 삽화는 쥘 데카르트 페라(Jules Descartes Férat,

영화 〈달나라 여행〉의 한 장면

1829~90)가 판화로 제작한 것이다. 그는 루브르 미술관의 천장화 등을 그린 레옹 코니에의 제자이며, 빅토르 위고와 에밀 졸라의 소설 삽화도 그렸다. 베른의 《신비의 섬》 외에 《떠 있는 도시》, 《세 명의 러시아인과 세 명의 영국인의 모험》, 《모피의 나라》, 《챈슬러호》, 《황제의 밀사》 등 많은 작품의 삽화를 맡았다.

《신비의 섬》—구원과 섭리의 이중주*

토머스 C. 렌지(버팔로 주립대학 학습지원센터 교수)

걸작으로 평가받기도 하는 《신비의 섬》은 문명과 과학기술의 발달을 비유적으로 다룬 정교한 우화다. 이 작품은 쥘 베른의 실증주의적 시각을 요약하고 있지만, 인류의 노력이 '조물주'의 의지와 일치할 때에만 성공을 거둔다는 점을 일깨워준다.

《신비의 섬》의 원형은 물론 《로빈슨 크루소》다. 베른의 '무인도 이야기' 가운데 이 작품이 정신과 구성 면에서 다니엘 디포와 가장 가깝다. 이 작품에서는 크루소의 경험이 대부분 좀더 웅장하고 과학적으로 그럴듯한 상황으로 변형되어 있다.

이야기는 미국 남북전쟁이 끝나기 몇 달 전에 시작된다. 다섯 명의 북군 포로가 열기구를 타고 버지니아 주 리치먼드에 있는 남부연합의 본거지를 탈출한다. 강풍을 타고 서쪽으로 날아간 열기구는

---

* 이 글은 토머스 C. 렌지(Thomas C. Renzi)의 《Jules Verne on Film》(1998)에 실린 비평문을 번역한 것이다.

결국 남태평양의 무인도에 추락한다. 그들은 문자 그대로 몸에 걸친 옷가지 말고는 아무것도 가진 게 없는 빈털터리여서, 살아남으려면 지식과 창의력에 의존해야 한다. 사이러스 스미스는 과학적 능력을 발휘하여 섬의 자원을 이용하고, 그리하여 기본적인 필수품을 공급할 뿐만 아니라 문명사회에 필적하는 생활수준을 이룩한다.

이따금 '보이지 않는 행위자'가 조난자들의 생활에 개입하여 다양한 방식으로 그들을 도와주고 위험에서 구해주기까지 한다. 어느 날 조난자들은 가까운 타보르 섬에서 보내진 병에 든 쪽지를 발견한다. 그 쪽지가 보이지 않는 동료한테서 온 게 아닐까 하고 생각한 그들은 배를 만들어 타고 그 섬으로 간다. 그곳에서 펜크로프와 하버트와 스필렛은 추방된 유형수 에어턴(《그랜트 선장의 아이들》에 나온 잔인한 해적)을 발견한다. 하지만 12년 동안 인간과 접촉하지 못한 고독과 소외 속에서 에어턴은 미개인으로 퇴화해버렸기 때문에, 그들의 보이지 않는 구세주였을 리가 없다. 그들은 에어턴을 자기네 섬으로 데려와서 그가 인간의 섬세한 감정을 되찾을 수 있도록 도와준다.

결국 조난자들은 수수께끼의 은인을 발견한다. 네모 선장은 섬에 살고 있었고, 그의 잠수함 '노틸러스'호는 빠져나갈 수 없는 해저동굴에 갇혀 있었다. 그는 자신의 일생(《해저 2만리》에 나오지 않는 부분)을 이야기한다. 그는 제국주의 영국에 맞서 반란을 일으킨 인도의 다카르 왕자다. 하지만 그의 봉기는 실패했고, 그는 추방당한 신세가 되었다. 그는 잠수함을 만들어 바다를 공포의 도가니로 몰아넣었고, 결국 여기 와서 지금까지 혼자 살았다.

네모 선장은 자신의 정체를 밝힌 직후 숨을 거두고, 그의 요구에 따라 사이러스와 그의 동료들은 '노틸러스'호를 그 안에서 숨진 선장과 함께 가라앉힌다.

한편 오래전에 죽은 것으로 여겨진 링컨 섬의 화산이 되살아날 조짐을 보인다. 그들이 처음 만든 배는 섬을 공격한 해적들의 손에 파괴되었고, 그들은 두 번째 배를 만들려고 하지만 배를 완성하기 전에 지각변동이 일어난다. 섬은 지진으로 산산조각이 나서, 여섯 사람이 간신히 올라설 수 있을 만큼 작은 바위섬이 되어버린다. 바로 그 순간 '덩컨' 호가 때맞춰 도착한다.

생존자들은 미국으로 돌아간다. 그동안의 경험에 영향을 받은 그들은 아이오와 주에 공동체를 재건하고, 자기네 섬에 붙인 이름을 따서 그 공동체를 '링컨 섬'이라고 부르고, 그들의 사회에 동참하라고 다른 사람들에게 권한다.

베른의 스토리텔링이 가진 장점은 대개 아이디어의 독창성에 있다고 여겨진다. 하지만 그보다 인상적인 또 다른 요소는 구성이다. 《신비의 섬》의 구성은 조난자들과 에어턴과 네모 선장의 세 가지 별개의 이야기(에어턴과 네모 선장의 이야기는 각각 《그랜트 선장의 아이들》과 《해저 2만리》의 에필로그 역할을 하고 있다)와 과학기술의 진보에 대한 패러디를 매끄럽게 통합했다는 점에서 주목할 만하다.

우화적으로 《신비의 섬》은 공산주의가 지배 이데올로기로 작용하는 유토피아 문학의 한 보기다. 링컨 섬은 대륙의 소우주이고, 천연자원의 광범위한 다양성 때문에 자급자족할 수 있는 땅덩어리다. 사이러스는 순수한 천연자원을 인간에게 유용한 제품과 도구로 바꾸어 생활 조건을 향상시킬 수 있는 방법을 아는 과학자를 대표한다. 다른 사람들도 각자 자신의 특별한 재능을 이용하여 공동체 전체의 이익에 이바지한다. 그들은 모두 같은 믿음을 공유하고 있기 때문에, 모두가 인정하는 지도자 사이러스는 그 권위의 힘을 행사할 필요가 없다. 사실 네모 선장은 그들의 이런 속성을 인정하고 평가했기 때문에 인류에 대한 믿음을 되찾는다.

과학이 인류의 진보에 미친 영향은 섬의 개발 단계에서 나타난다. 섬에 처음 상륙한 뒤, 조난자들은 주로 생존에 관심을 갖고, 인간이 살아가기 위해 기본적으로 필요한 식량과 피난처를 마련하는 데 전념한다. 초기의 식사 재료인 '리소돔'(돌맛조개)은 '돌집'이라는 뜻이다. 그들의 첫 식사가 그들이 처음 마련한 초보적 형태의 피난처—'침니'라고 불린 천연 바위동굴—를 가리키기도 하는 것은 참으로 상징적이다. 그렇게 그들은 겨우 연명이나 할 만한 필수품을 자연에 의존하면서 무인도 생활을 시작한다.

하지만 사이러스의 지도로 차츰 그들은 탐험가와 지리학자·석공·목수·농부·양치기·유리공·대장장이·재봉사·야금공이 된다. 그들은 사실상 야만인과 다를 바 없는 생활에서 벗어나 선진 문명의 과학기술에 필적하는 자급자족 공동체를 스스로 만들어낸다.

《그랜트 선장의 아이들》에서 그랬듯이 자연과의 투쟁은 인간들 사이의 투쟁으로 바뀐다. '스피디'호를 탄 해적들이 도착하면서 조난자들은 섬을 지키기 위해 싸워야 한다. 이것은 제국주의가 인간 사이의 경쟁과 전쟁으로 이어진다는 것을 암시한다. 조난자들은 전투에서 이기지만, 달아난 해적 몇 명은 한동안 그들의 생활을 위협한다. 무제한의 자유와 자신의 성취에 대한 자부심을 특징으로 하는 과거의 조화로운 생활은 그들이 이룩한 모든 것이 파괴될지도 모른다는 두려움으로 엉망이 된다. 시기적절한 수호신의 손만이 그들을 구해준다. 네모 선장이 마침내 전기총으로 해적들을 '처형'하는 것이다.

조난자들의 이야기는 몇 개의 모티프를 통해 에어턴과 네모 선장의 이야기와 연결되어 있다. 첫째, 각자를 둘러싼 상황은 다르지만, 에어턴과 네모 선장과 다섯 명의 미국인들은 모두 세상에서 버림받은 사람이다. 미국인들은 자연력인 폭풍의 희생자다. 에어턴은 인간의 결정인 법적 판결의 결과로 세상에서 버림받은 사람이다. 그리고 실패한 반란에 연루된 네모 선상은 스스로 사신을 사회에서 추방한다. 고립의 원인이 무엇이든, 인간이 문명을 영속화하면서 행복을 찾으려면 공동체는 과학기술의 진보와 결합해야 한다.

미국인들은 집단으로 고립되었다는 이점을 갖는다. 이것은 사이러스의 비상한 과학지식과 맞물려, 조난자들을 석기시대 상태에서 선진 과학기술 문명으로 급속히 끌어올린다. 그들의 상황은 에어턴과 정반대다. 에어턴은 처음에는 간신히 연명할 수 있는 필수품밖에 없었던 미국인들보다 나은 상황에서 출발하지만, 생활수준을 향상시킬 지식과 자원이 없기 때문에 자연이 차츰 그의 이성을 침식하여 인간이라기보다 짐승에 더 가까운 존재로 변형시킨다. 그는 다시 인간 공동체에 받아들여진 뒤에야 비로소 과거의 이성을 되찾고, 그 공동체 안에서 일하고 공동체를 위해 헌신하는 법을 배운다.

네모 선장은 문명의 정점에 서 있는 것처럼 보일 것이다. 뭐니뭐니해도 그는 웅장한 발명품인 '노틸러스' 호를 소유하고 있고, 자기 발명품과 일곱 바다에서 건져낸 최고의 예술품에 둘러싸여 있다. 하지만 에어턴과 마찬가지로 그는 인간 사회와 접촉하지 못하고, 그의 모든 과학과 인공물도 그 결핍을 벌충해주지는 못한다. 하나가 없으면 다른 하나만으로는 충분치 않고, 네모 선장은 자멸적인 고독 속에서 보낸 그 오랜 세월을 정당화하려고 헛되이 애쓰면서 비참하게 죽는다.

섭리는 이번에도 베른의 주요 관심사로 등장한다. 세 이야기의 교차 자체가 섭리—우리는 그 섭리를 작가인 쥘 베른의 뜻으로 생각할 수도 있지만, 이야기의 논리 안에서는 '조물주'의 뜻이라고 말할 수도 있다—의 작용을 암시하는 우연의 일치다.

에어턴과 네모 선장이 실패하는 주요 원인은 그들이 믿음을 잃고 인류 및 종교와의 관계를 끊었기 때문이다. 조난자들은 대체로 자연에 사려 깊게 접근하고 협동심을 발휘하여 '섭리'에서 최대의 이익을 얻는다. 섬의 발전은 천연자원을 이용하는 방법에 대한 그들의 지식만이 아니라 우선 자원을 갖는 것에 달려 있다. 그들은 자연이 그들에게 제공하는 자원이 신의 섭리와 연결되어 있다는 것을 인정한다. 그래서 그들은 자신의 성공을 인간의 노력(지식, 과학, 창의력)과 신의 개입(천연자원)이 결합한 결과로 평가한다. 여기에 추가된 아이러니는 네모 선장이 본의 아니게 '섬의 수호신' 역할을 하는 것이다. 그는 조난자들이 간절히 필요로 하는 도움을 주어, 모르는 사이에 신의 섭리를 실행하는 도구 역할을 한다.

하지만 조난자들이 과학기술 발전의 정점에 도달하는 순간, 섬은 산산조각으로 부서진다. 작은 바위섬 위에서 오도 가도 못하게 된 조난자들은 그들이 통제할 수 없는 힘이 존재한다는 사실을 깨닫는다. 인간의 노력을 보여주는 모든 성과물은 자연(신의 섭리를 실행하는 도구)의 격변 한 번으로 단숨에 사라질 수 있다.

모든 희망이 사라지는 듯이 보이는 바로 그 순간, '덩컨' 호의 출현은 부자연스럽기는 하지만 섭리의 개념을 강화해준다. 베른은 논리적 설명을 제공하여 '데우스 엑스 마키나'(그리스 연극에서 기계장치로 갑자기 나타나서 극의 복잡한 내용을 해결해주는 신) 장치를 최소화한다. 네모 선장이 타보르 섬에 쪽지를 남겨 에어턴이 있는 곳을 '덩컨' 호에 알려주었다는 것이다. 이 상황은 부자연스러워 보이지만, 베른은 그보다 덜 명백하고 더 심오한 것을 암시하고 있다. 조난자들이 이 세계의 모든 인공적 창조물을 빼앗긴 순간, 또 다른 세계의 동정적인 힘이 개입하여 그들을 구해준다. 이 사건에서 소설 전체의 중심 모티프—'구원'—가 나온다.

구원은 인명 구조라는 구체적 의미에서 세 이야기를 서로 이어준다. 모든 인물이 구조에 참여하고, 이것은 필연적으로 복잡한 형태의 상호관계를 수반한다.

조난자들은 물론 네모 선장에게 여러 번 구조된다. 그는 물에 빠져 죽을 뻔한 사이러스를 구해주고, 약을 주어 하버트의 목숨을 구해준다. 타보르 섬에 쪽지를 남겨 '덩컨' 호가 때맞춰 링컨 섬에 도착할 수 있게 해준다. 에어턴도 간접적으로 이 구조에 관여한다. 그가 아니었다면 '덩컨' 호가 애당초 거기에 올 이유가 없었을 것이다. 네모 선장과 에어턴은 모르는 사이에 서로 협력하여 이 마지막 구조가 이루어지게 한다.

에어턴의 구조도 양쪽이 협력한 결과다. 네모 선장은 병에 넣은 메시지를 파도에 띄워 보내고, 그것이 조난자들을 에어턴한테 인도한다. 조난자들은 그를 인간 공동체로 데려와, 인내심과 이해심을 발휘하여 에어턴이 인간성을 되찾도록 도와준다.

이런 신체적 구조들 이외에 좀더 중요한 구원인 정신의 구원과 관련된 상황도 존재한다. 조난자들이 신체적으로 에어턴을 구조한 뒤, 에어턴은 양심의 가책에 시달리는 증거를 보인다. 이것은 그가 정말로 구원받았다는 표시다. 범죄자는 양심의 가책을 느끼기 전에는 사회에 다시 받아들여질 자격이 없다(적어도 베른에 따르면 그렇다). 사이러스와 동료들은 에어턴의 뉘우침을 인정하지만, 그보다 훨씬 중요한 것은 '덩컨' 호의 도착이다. 이것은 '판사'인 글레나번 경이 에어턴의 속죄 기간이 끝났으며 구원이 완성되었다고 선언한 것을 의미한다.

네모 선장의 상황은 그렇게 분명히 해결되지 않는다. 그는 에어턴과 마찬가지로 잃었던 희망을 되찾는다. 그는 대부분의 인간이 야비하고 오만한 동물이라고 믿고, 인간에 대한 복수를 추구하며 거의 평생을 보냈다. 하지만 조난자들의 조화로운 생활을 관찰한 뒤, 그는 새로운 희망과 새로운 낙관론을 경험한다. 이것은 어떤 면에서는 그를 구원하는 것처럼 보인다.

하지만 네모 선장이 정말로 구원받았는지는 논란의 여지가 있다. 에어턴은 과학 지식이 부족해서 야만인으로 타락하는 것을 피할 수 없었지만, 인간에게 동정심과 양심을 주는 기본적인 자질을 유지한다. 반대로 네모 선장은 문명적인 겉치레를 떠받칠 수 있는 과학적 기계장치를 갖고 있지만, 인간성을 잃어버렸다. 그가 이따금 조난자들을 돕는 것은 동정심의 흔적을 반영한다. 하지만 자기가 전함을 침몰시킨 것(《해저 2만리》에서)이 옳았는지 어떤지 말해달라고 사이러스에게 간청할 때, 그는 죄의식과 정의감 사이에 끼여 괴로워하는 영혼이 그를 옳고 그름도 분간할 수 없는 상태로 만들어버린 것을 보여준다. 그는 자기 행동을 정당화할 수 없고, 사이러스가 대신 그것을 판단해줄 필요가 있다. 그는 자기가 잘못했다고 인정할 수도 없다. 복수심에 불타는 다카르 왕자의 동기가 너무 중요하기 때문이다. 그의 양심은 마비되고 무력해졌다. 그래서 네모 선장은 에어턴과는 달리 구원받을 수 없다. 조난자들이 링컨 섬에서 극적으로 구조되기 전에 그가 죽는 것은 그가 인간 공동체로 돌아갈 수 없다는 것을 암시한다.

모티프로서의 구원은 이런 주요 사건에서도 충분히 명백하지만, 거기에 훨씬 더 많은 의미를 부여하는 것은 소설 전체에 걸쳐 지극히 사소한 세부 속에도 그 모티프가 복잡하게 짜여져 있다는 것이다. 그것은 재생과 부활·회복·복구·대체·회수·재건·개간의 다양한 이미지로 나타난다. 예를 들면 제1부의 제목— '하늘에서 떨어진 조난자들' —자체가 재생을 암시한다. 조난자들은 과거의 생활 방식과 단절되어 무인도에서 새로운 존재로 다시 태어난다. 에어턴의 구원도 그가 상징적으로 죽었다(사회에서 추방되었다)가 인간 공동체에 다시 태어난다는 의미에서 재생의 개념을 수반한다. 화산 분화는 재생의 본보기다. 사이러스는 화산이 '죽었다'고 선언했다. 하지만 자연은 인간의 생각을 조롱하듯 잠자는 화산을 깨운다. 사이러스가 니트로글리세린을 이용하여 그랜트 호에서 흘러나오는 물줄기를 바꾸고 지하 동굴을 거처로 삼을 때, 개간이 일어난다. 나중에 오랑우탄들은 자연을 대신하여 그래닛 하우스에 대한 권리를 주장했지만, 조난자들은 네모 선장의 도움으로 그래닛 하우스를 오랑우탄들한테서 되찾는다.

이런 예는 끝없이 계속된다. 이 몇 가지 예는 이야기에 통일성을 부여하기 위해 구원이라는 개념을 사용하는 베른의 예술 의식이 어느 정도인가를 보여준다. 소설의 길이와 소설을 쓰는 데 걸린 시간, 잡지 출간 일정에 맞춰 소설을 써내야 한다는 압박감을 감안하면 그것은 놀랄 만한 성취다.

이 책은 장점도 많지만 결점도 갖고 있다. 베른은 과학적 과정의 세부를 과장하고, 소수의 사람만 이해할 수 있는 신비로운 지식에 탐닉하는 태도를 보여준다. 이것은 서술을 사실상 중단시킨다. 사이러스의 글리세린 제조와 전지 제조에는 은유적 의미가 함축되어 있지만, 그렇다 쳐도 그 묘사는 너무 장황하다.

베른의 주요 약점인 성격 묘사를 변호할 수 있는 말은 별로 없다. 그의 문학은 대부분의 과학소설이 그렇듯이 플롯과 개념과 주제가 성격 묘사보다 우선하는 '아이디어의 문학'이다. 그가 탐구하는 것은 인간성이 아니라 인류와 사회와 자연력의 관계다. 따라서 베른은 전에 만들어놓은 인물에 이름만 새로 붙여서, 똑같은 인물 유형을 가진 이야기를 되풀이하는 데 만족한다. 네모 선장은 우리가 그에 대해 알고 있는 사실보다 모르는 것 때문에 더욱 우리의 호기심을 자극한다. 이 네모 선장을 제외하면 나머지 등장인물은 학식이 높은 인물, 우스꽝스러운 인물, 헌신적인 하인, 신체적 활동에 능한 인물, 그리고 필요한 경우에는 등장인물들을 뒷받침하는 조연이라는 표준 역할을 계속 수행한다. 작품에 따라 이들이 다양한 조합으로 등장한다. 이런 인물들이 세 가지 감정—동정심, 유머, 분노—이외의 다른 감정을 표현하는 경우는 거의 없다.

하지만 이런 약점은 더 큰 성취에 비추어 너그럽게 눈감아줄 수도 있다. 《신비의 섬》은 플롯과 등장인물과 주제에서 베른의 통상적인 관행을 보여주지만, 구성이 탄탄하고 훌륭한 통일성을 갖춘 흥미진진한 이야기로 뛰어난 문학작품이다. 이 소설은 아직도 널리 읽히기 때문에 계속 출판되고 있다. 이 작품은 진정한 예술가의 생생한 상상력과 창의력을 반영하기 때문이다.

신비의 섬 3

초판 1쇄 발행 2006년 10월 10일
2판 1쇄 인쇄 2022년 6월 14일
2판 1쇄 발행 2022년 6월 30일

지은이 쥘 베른
옮긴이 김석희
펴낸이 정중모
펴낸곳 도서출판 열림원

출판등록 1980년 5월 19일(제406-2000-000204호)
주소 경기도 파주시 회동길 152
전화 031-955-0700
팩스 031-955-0661   페이스북 /yolimwon
홈페이지 www.yolimwon.com   트위터 @yolimwon
이메일 editor@yolimwon.com   인스타그램 @yolimwon

주간 김현정   마케팅 홍보 김선규 최가인
편집 조혜영 황우정 최연서   온라인사업 서명희
디자인 강희철   제작 관리 윤준수 이원희 고은정 원보람

ISBN 979-11-7040-109-4 04860
      979-11-7040-098-1 (세트)